发现李庄 第三卷

岱峻 编著

一本战时风雅笺

四川人民出版社

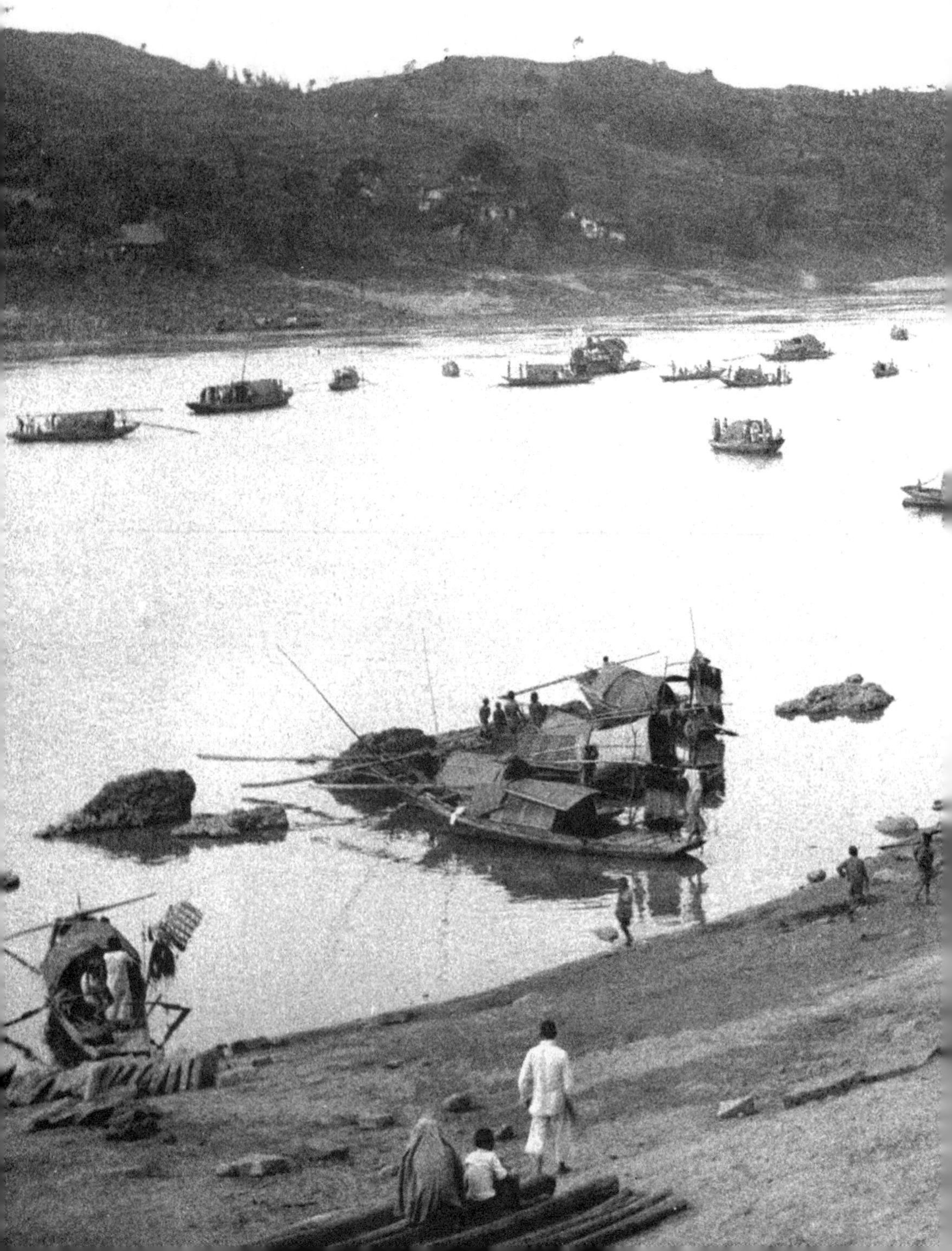

李庄坐落长江源
悠悠历史朔秦汉
山顶曾经开棧道
山腹奇险置悬棺

1940年代长江边上的李庄（台北"中研院"史语所供图）

Contents 目录

江山依旧留雁影
《一本战时风雅笺》序 / 001

第一编 弦外遗音

□傅斯年
悲歌 / 010

□陈寅恪
颇恨平生畏蜀游 / 012
寅恪先生示诗依韵奉和　陈槃 / 012
癸未春日感赋 / 014
《霜红龛集》望海诗云"一灯续日月不寐照烦恼不生不死间如何为怀抱"感题其后 / 014
乙巳元夕前二日，始闻南京博物院院长曾昭燏君逝世于灵谷寺追挽一律 / 014

□董作宾
西厢即事 / 015
香樟集 / 016
傅斯年先生吊祭文 / 018

□岑仲勉
送槃厂休假旋里 / 019
博翁、槃庵数年间迭相唱和，迩来妄有加入，因以代言 / 019
喜槃厂至，和博翁韵 / 020

□陈　槃
宿赤水河站 / 021
泸州食柑 / 021
奉和郢客词丈惠诗原韵 / 021

奉訓岑仲勉丈 / 021

南溪板栗坳西里许得松树坡山涧幽奇屡游有作 / 022

田畔海棠憔悴着花 / 022

步韵奉答仲勉前辈，继和博翁韵见詒之作，原唱有玉树连枝大小秦之喻，拙訓因有第五六句 / 022

杂诗 / 023

报梁方仲 / 023

方仲和予前诗再报之 / 023

秋稻渐登抚事感作 / 023

杂诗七首 / 024

苑峰属书扇面感秋凄异聊复作诗 / 026

秋思和贞一 / 026

假日出游遂憩松树坡 / 026

海棠盛开 / 027

杂诗六首 / 027

秋山绝句 / 028

冬月梨花幽芳可挹 / 028

酬梧梓 / 028

农历除夕，方仲招饮，相约赋诗。方仲明春将奉派赴美，念当分携因以为赠 / 029

游介眉女史以近制茶花赋出示属题 / 030

桐花 / 030

七月廿七日孟真师寓斋小集即事 / 030

王君献唐有约为山院茶花写真诗以促之，王君善饮因行末句 / 031

永历钞本大般若波罗蜜多经一卷，昆明寺僧焚余物也。王之屏购归属余为题 / 031

栗峰杂诗 / 031

彦堂先生以羲之换鹅图命题 / 032

□劳 榦

戎州即事二首 / 033

自宜宾下李庄舟中 / 033

江村 / 033

题董彦堂先生《殷历谱》 / 034

过凉州 / 034

凉州词 / 034

五古 居延故址 / 034

和千家诗七绝 / 035

边塞杂咏八首 / 036

河西杂兴四首 / 037

题句三首 / 038

傅孟真先生挽词三首/038

□ 王叔岷

抵李庄栗峰口占五古 / 040

返李庄栗峰，殊有废养远游之感，因赋五古及序一首 / 040

仲春叔岷还乡，言中研院于季春迁往南京，诗以励之 王耀卿/040

无题 / 041

无题 / 041

□ 夏　鼐

敦煌佛爷庙偶成 / 043

南部县遇雨二绝 / 043

七律 富利场读书度岁 / 043

往事 / 044

□ 周天健

三十二年旧历除夕 / 046

□ 游　寿

伐绿萼梅赋并序 / 047

山居志序 / 049

□ 梁方仲

褽诗五首 / 051

无题 / 051

和方仲诗 杨联陞 / 052

挽岑仲勉诗 / 052

□史久庄

　　七古短章 / 054

　　拙稿辱史久庄校勘并题以诗，依韵致谢 李权 / 055

　　好事近 / 055

　　调笑令 / 055

　　鹊桥仙·悼亡 / 055

□王献唐

　　绝句两首 / 057

　　贺彦堂五十寿 / 057

　　示小萍 / 058

　　题向湖清话图寄逸雪 / 058

□李　权

　　七律 初闻李庄 / 060

　　答李博父同年李庄见寄 林思进 / 060

　　无题 / 061

　　七律 李庄闻警报用前韵 / 061

　　生日承同仁公讌赋此申谢兼抒鄙忱 / 061

　　贺婚礼 为逯钦立与罗荷芳催粧 / 062

　　板峰纾怀 / 063

　　七律 送陶孟和访美 / 063

□曾昭燏

　　寄怀子絿约廉柏林 / 064

　　满庭芳·莫愁湖 / 064

　　点绛唇 / 064

□林徽因

　　春天田里漫步 / 066

　　一天 / 067

　　十一月的小村 / 067

　　忧郁 / 069

　　哭三弟恒——三十年空战阵亡 / 069

□ 卢　绳
　　溪庄辞岁 / 072
　　呈梁、刘二师 / 072
　　李庄石牛山旋螺殿二首 / 073
　　戎州纪行 / 073
　　溪庄杂咏 / 074
　　赠罗哲文 / 074
　　溪庄端阳，观龙船竞渡 / 075

□ 王世襄
　　大树图歌（选二）/ 076

□ 罗哲文
　　李庄闻鬼子投降 / 078
　　别李庄 / 078
　　纪念梁思成先生诞生八十五周年 / 078
　　重访故乡 / 078

□ 冯　泽
　　大江亦识生离苦 / 079
　　遥忆李庄友 / 079

□ 翁长溥
　　忆李庄 纪念同济大学八十周年校庆 / 080

□ 张轶群
　　题自绘栗峰家园图 / 081
　　别重庆东下 / 081

□ 志
　　满江红·怀念李庄 / 082

□ 赵宇馨
　　李庄歌——纪念1944届同学毕业五十周年，追忆李庄往事 / 083

□ 向　楚
　　得伯希新得武周石刻 / 086
　　又得伯希新得武周石刻 / 086

□ 罗南陔
　　题赠敏兴萍三小友 / 088
□ 罗筱蕖
　　巴掌颂 / 090
□ 罗荫芬
　　送九妹随院之南京 / 092
□ 罗莼芬
　　无题 / 093
□ 罗菡芬
　　无题 / 094
□ 周懋庸
　　李庄歌——为抗日战争胜利六十周年而作 / 095
　　调寄　台城路 / 096
　　故乡行　六十年重返李庄 / 097

第二编　六同忆旧

□ 傅斯年
　　亟庐诗钞叙 / 099
　　"五四"二十五年 / 100
　　《六同别录》编辑者告白 / 104
　　送李约瑟博士返英国 / 105
□ 陈寅恪
　　与董彦堂论《殷历谱》书 / 108
□ 李　济
　　李霖灿《麽些象形文字字典》序 / 109
　　《中国考古学报》前言 / 112
□ 董作宾
　　《殷历谱》跋语 / 114
　　飞渡太平洋 / 115

□那廉君
　　迁川之路 / 116
□王叔岷
　　栗峰轶事 / 118
□劳　榦
　　敬为光涛吾兄书 / 120
□夏　鼐
　　安阳殷墟的头骨研究 / 121
　　一九四四年史语所过元旦 / 122
□石璋如
　　板栗坳　戏楼台　代所长 / 124
　　回忆《六同别录》 / 127
□凌纯声　芮逸夫搜集
　　两个善夸的人 / 129
　　神算 / 130
□郭良玉
　　闲静安宁的李庄生活 / 132
□梁柏有
　　李庄，留下我童年记忆的地方 / 135
□史语所
　　留别李庄栗峰碑铭 / 137
□金岳霖
　　悼沈性仁 / 139
□罗嘉骦
　　抗战中的李庄 / 145
□费正清
　　李庄之行 / 149
□梅贻琦
　　一九四一年李庄纪行 / 152
□索予明
　　烽火漫天拼学术——记李庄时期的中博 / 158

□李霖灿
　　再谈玉龙雪山 / 165
　　《殷历谱》二三事 / 172
　　日记两则 / 173
□梁思成
　　为什么研究中国建筑 / 177
□刘致平
　　南溪李庄镇 / 184
□王世襄
　　李庄琐忆 / 186
□罗哲文
　　几回清梦回李庄 / 192
□丁文渊
　　同济测量系十周年纪念 / 194
□徐诵明
　　国立北平大学1939年毕业生纪念册序文 / 196
　　同济大学题赠罗公祠匾 / 197
□魏　微
　　国庆日在同济 / 200
□高　涛
　　同济生活在李庄 / 202
□李光谟
　　《李济传》序文 / 207
□王汎森
　　把吴钩看了，栏杆拍遍——重访史语所旧迹 / 209
　　"新建古迹"：只有地点是古的 / 212

第三编　李庄飞鸿

一九三七年
　　中博院停工播迁移藏事呈教育部文（8月21日） / 215

一九三八年
宜宾地方官员与教育部往来电文（3月21日，4月4日） / 215

一九三九年
傅斯年致梅贻琦、蒋梦麟、张伯苓（8月30日） / 217
傅斯年致梅贻琦、蒋梦麟、黄钰生（11月20日） / 217
曾昭燏致向达（10月8日大理寄至昆明） / 218

一九四〇年
傅斯年致赵元任（2月22日重庆寄至美国） / 220
傅斯年致各组主任函（8月14日昆字十六号 至密） / 222
中博院王振铎致李济（10月4日李庄寄至昆明） / 223
梁思永致董作宾（10月29日昆明寄至李庄） / 225

一九四一年
傅斯年致朱家骅（1月22日李庄寄至重庆） / 226
南溪县李庄三十二位士绅致四川省第六区行政督察专员冷薰南
（3月29日） / 226
傅斯年致向达（4月22日重庆寄至昆明） / 228
俞大綵致李凤徽（7月31日重庆寄至李庄） / 229
傅斯年致董作宾、梁思永（8月25日重庆寄至李庄） / 231
梁思永致李济（10月16日李庄寄至重庆） / 232
周均时致四川省第六区专员公署（10月27日李庄寄至宜宾） / 234
傅斯年致向达（11月8日重庆寄至昆明） / 234
汤用彤致李济（11月22日昆明寄至重庆） / 235

一九四二年
李济与傅斯年往复书信（3月27日、3月30日） / 236
向达致曾昭燏（9月22日敦煌寄至李庄） / 238
向达致曾昭燏（9月26日敦煌寄至李庄） / 238
王献唐致屈万里（9月29日、11月19日） / 239
吴金鼎致李济（9月某日成都华阳县牧马山寄至李庄） / 242
夏鼐致李济（10月24日浙江温州寄至李庄） / 243
向达致曾昭燏，附致李济、傅斯年书（11月5日敦煌寄至李庄） / 245

傅斯年、李济致于右任（12月5日李庄寄至重庆） / 251

一九四三年

梁思成致李济（1月6日李庄寄至成都） / 255

曾昭燏致李济（2月6日李庄寄至成都） / 256

陶孟和致傅斯年、李济（6月30日兰州寄至李庄） / 258

孔德成致王献唐（8月10日、9月16日重庆寄至李庄） / 259

梁思成、林徽因致陈岱孙（9月27日、11月4日李庄寄至昆明西南联大） / 261

李济致吴金鼎（某月某日李庄寄至成都） / 266

一九四四年

吴定良与朱家骅往复电文（1月8日、1月19日） / 267

丁文渊致朱家骅（2月11日） / 270

李化民等人联名致朱家骅（7月10日） / 271

梁方仲致陶孟和（6月3日重庆寄至李庄） / 274

丁文渊致蒋融（6月12日） / 275

孔德成致董作宾（7月21日重庆寄至李庄） / 275

陈寅恪致李济、傅斯年（11月23日成都寄至李庄） / 276

刘敦桢致李济（11月28日重庆寄至李庄） / 277

一九四五年

李陈启华致李济（1月29日李庄寄至重庆） / 279

曾昭燏致李济（2月15日李庄寄至重庆） / 280

李光谟致李济（2月17日李庄寄至重庆） / 281

傅斯年致夏鼐（2月23日李庄寄至敦煌） / 284

傅斯年致张群（3月10日） / 286

游寿致董作宾（4月2日重庆寄至李庄） / 289

一九四六年

傅斯年致董作宾并转同人（2月19日） / 291

冯友兰致李济（3月1日昆明西南联大寄至重庆） / 292

唐筼致傅斯年（3月16日成都寄至某地） / 292

傅斯年致董作宾（4月7日某地寄至李庄） / 293

黄彰健致董作宾（9月22日）／295
　　严中平致董作宾（10月2日重庆寄至李庄）／296
　　杨希枚致董作宾（10月4日）／298
　　陶孟和致董作宾（7月18日某地寄至李庄）／298
一九四八年
　　李济梁思永往复通信（7月2日，8月5日）／300
　　曾昭燏致杭立武（12月6日）／302
一九四九年
　　陈致平致董作宾（6月8日）／303

附　录

抗战时期迁入李庄的主要单位 ／305
本书主要人物简表（1948年统计数据） ／306
走出李庄的两岸学者当选院士不完全名单 ／308
参考书目 ／311

江山依旧留雁影

《一本战时风雅笺》序

临高江湖阔，避地日月长。迁入李庄的先生兮"一日不作一日不食"。除了读书治学，也偶尔娱情遣性，调剂单调孤寂。或眺日出落霞，或望夏瀑秋水，或看秋叶春花，或涂抹翰墨丹青，或翱翔音乐世界，或寄情诗文；也有人在一灯如豆的静寂中，把苦闷挣扎与憧憬写进帛书，系于雁足……

异乡离人惧月圆。石璋如回忆1941年在李庄板栗坳过的第一个中秋节：

> 三十年过中秋节的时候，山上本地人很少，研究院的人很多，董先生就发起图画展览，让山卜的小学生、研究院工作人员都画一张画，中秋节当天在牌坊头一带的大樟树下开展览会。我当时也画了图参展，内容是高挂天空中的月亮中有个小女孩，她把手伸长到地上想拿供桌上摆好的水果、供品吃。其他人都画得很规矩，月亮、云彩等等，我画得比较轻松，小孩子们很喜欢这张图。大家也度过开心的中秋节。[1]

这类自娱自乐的画展，若稍事准备，展品或令举国惊艳，让后世舞文弄笔者汗颜。

留学法国的庞薰琹，是印象派的绘画大家，他开启了不同于徐悲鸿写实主义的另一画风。当年他是李庄中博院专门研究员，那批《苗民山居图》就是在那时赴贵州做田野调查完成的。当然，他最终还是未弃画笔。

与他似而不同的谭旦冏，毕业于法国国立帝雄艺术学院，画作《大

---

[1] 陈存恭编：《石璋如先生口述历史》，九州出版社，2013，209页。

西广场》曾入选1932年巴黎秋季沙龙，那是在艺术大师罗丹和雷诺阿等倡导下创办的，是推动法国现代艺术、发现艺术人才的重要场所，荟聚巴黎的画家莫不以此为荣。像庞薰琹一样，画家谭旦冏也在战时入职中博院。但他从此离开画布，走上治学一途，关注《天工开物》的民间工艺，为传统社会的"非物质文化"留驻了历史记录《中华民间工艺图说》。

李霖灿是庞薰琹、谭旦冏的学生，在当年的西湖艺专，是与吴冠中、周德群一类的才子。战时的一段特殊经历，自此改变人生，于是"前半生玉龙观雪"[1]，也有了一个名号，叫"麼些先生"。

板栗坳柴门口住过一位不起眼的老太太，语言学家李方桂的母亲，她下笔就是国宝，她是清宫慈禧太后的专职画师，笔名小藤花馆主。她那位研究非汉语语言学的博士儿子，随意勾勒，逸笔草草，足见潜移默化的功力。

这样的笔墨圣手可以拈出一长列，如劳榦的父亲劳勷、山东图书馆馆长王献唐、甲骨书法家董作宾、后来名冠九州的女书法家游寿等等。而今皆片纸片金，当时不过就是随心遣性，彼此馈赠的"秀才人情"。

史语所考古组有一个技工叫潘悫，字君实，曾经是安阳发掘的考古十兄弟之一。他富有表演天才，善变魔术，爱唱京剧，绰号"潘白脸"，其一板一腔，举手投足，长留在同人的记忆里。李方桂太太徐樱善唱昆曲，幼承家传，得到过昆曲大师俞振飞的指教。只是板栗坳"岂无山讴与村笛，伊哑嘲杂难为听"，后随先生到了成都华西坝，曾与张充和、陈竹君、沈福全、吴宓等组成名扬遐迩的学人曲会。徐樱一亮歌喉，动人心弦，留驻在很多名人的回忆里。

当年，四川大学中文系毕业生王叔岷考入北大文科研究所，去李庄报到时，提一网篮书，抱负一张琴，无愧风流才子。他学琴有家传，父亲曾给他请过名家。但他或许不知李庄早有"高山流水"。

中博院主任李济，当年考入清华，就曾表演过古琴，上过清华的校刊。读书期间，他发表过一篇题为《幽兰》的琴学论文。留美归来，1925年受聘清华国学研究院，教授考古学。当年《清华周刊》报道，校

---

[1] "后半生故宫看画"，姑留一笔。

园里来了一位琴家。

人类学组研究员凌纯声博士也擅琴。1919年考入南京高师后，即向琴家王燕卿学琴，能精湛演奏《关山月》《秋江夜泊》《长门怨》《平沙落雁》等名曲。1923年赴法国巴黎大学留学，研究民族学。1927年夏，出席德国法兰克福国际音乐会，即在会上演奏古琴曲。演出现场照片刊登在中国学院的期刊上，被音乐家王光祈收入《中国音乐史》。1928年3月，凌纯声、童之弦合编的琴谱《霓裳羽衣》由上海商务印书馆出版。抗战初期，因痛失"无名古琴"尤其是"青霄鹤唳"琴，且损毁数年陪伴的琴学书籍，凌纯声从此不再摸琴。[1]

"诗歌是中国人的宗教"（林语堂）。在李庄，有文学追星族，如同济的青年诗社；还有新文学的一弯"新月"，才貌集于一身的林徽因。这位女性所写的新诗，有初到李庄早春的欣忻，有三弟殉国的哀恸，有陷入泥泞的叹息和病榻上的撑持。

如果说新诗似启明星升起时清亮激越的鸟鸣，类似民歌的歌谣体则是山涧流淌的一溪明月。董作宾的《香樟树》，似梆子腔、信天游，比兴有趣，叙事生动，意境隽永。"中国一切文学都是从民间来的"，用傅斯年的话说："这些山林文学的意境有的很是宁静，有的很是激昂，真隐士多是真激昂的，因为真的隐士，非'负性带气'不可……"

傅斯年曾被北大同窗誉为"黄河流域第一人才子"，其祖上是走科考之路的旧官吏。他本是旧土壤中长出的苗。后来提倡新学术，反对守旧复古，对国粹诸如京戏、国画、中医等多有批判。"引进新知"与"整理国故"，二者如何平衡？五四时期，他也写新诗，如《老头子和小孩子》，但很快就告别激情，回归书本。他旧学根底深，言而有文，排成长短句风流不减，如"文辞中的情感，仿佛像大海上层的波花，无论他平如镜子时，或者高涛巨浪时，都有下层的深海在流动，上面的风云又造成这些色相，我们必须超过于文学之外，才可以认识到文学之中。"[2] "劫后归来真正凄绝，北海满地黄叶，抱素书屋前一潭秋水为

---

[1] 尹文：《东南大学艺术教育史（1902—2002）》，东南大学出版社，2016，63页。
[2] 傅斯年：《中国古代文学史讲义》，安徽人民出版社，2019，8页。

之爽然自失矣。"[1]

但他治史语所,提倡"板凳要坐十年冷",偏偏要反对才子性灵。

王叔岷考进附设李庄史语所的北大文科研究所,回忆初见导师傅斯年的情景:"我将写的诗文呈上,向他请教,他说说笑笑,学识之渊博,言谈之风趣,气度之高昂,我震惊而敬慕……"傅斯年嘱咐他洗净才子气,又赠他王士禛的《古诗选》及姚鼐《今体诗钞》。治学之余,王叔岷不废吟咏,其诗兼擅各体,尤精五古,发乎深情,傲挺之姿,苍郁之气,犹盘纤于文字间,有诗集《四余斋诗草》《南园杂咏》等多种存世。

2015年6月3日,劳榦之子劳延煊教授在致笔者的信中写道:

> 我忽然想起一个关于孟真先生跋扈的故事,是弟亲眼目击的。发生年月早已遗忘,但情景仍历历在目。李庄张家不愧为世家,保留了许多传统文化。史语所同人在阁楼(大概是柴门口)一个储藏室里发现了精雕的木制《千字文》印版全本,大家当然都极为高兴。每家分发了印本。最后决定由董彦老来替我们做讲解,很多年轻同事们也纷纷来听讲。不料有一次傅先生从重庆开会归来,从山下坐了滑竿直奔牌坊头讲堂。一见彦老在讲这个,也不顾满讲堂的人,就开始骂董先生!大家只好不欢而散。傅公这样粗鲁、蛮横的行为,在今日是决不会被容忍的,这也给了我一个终身不可磨灭的印象。[2]

强人政治,应战时之机。蒋介石公开提出:"为了集中力量争取抗战胜利,坚决反对个人自由主义。"有人就此批评史语所的学风,愈渐偏重考证,偏离诗人性情,题襟唱和日益寂寥。东坡尝言:"少小时须令气象峥嵘,彩色绚烂。渐老渐熟,乃造平淡。"劳延煊在信中总结道:"现在看起来,孟真先生之一意孤行并非全所之福,然轻舟已过万

---

[1] 1933年10月28日傅斯年致李济、赵元任、罗常培、李方桂的信。
[2] 2015年6月12日,劳延煊致笔者电子邮件。

重山矣！"[1]

就在这一点上，钱穆与史语学派始终榫卯不合。他教小学生写作文，把学生带到松林间古墓地里，要每一个学生选一株树坐下来，开始体会孤独的"静"。片刻后问学生，是否听见头上的风声。学生摇头。他要他们再听。过了一阵，他对学生说，这里上百株松树，风穿松针而过，松针很细，又多空隙，"风过其间，其声飒然，与他处不同，此谓松风"[2]。

诗意地生活，做学问要避免方巾气。战时颠沛流离，吟诗作赋，以表达幽微思绪及诸多不合时宜，不失为精神慰藉之良方。傅斯年何以如此不解风情？他强调学者要洗掉才子气，反对诗人性灵，以为诗注浪费光阴。但对陈寅恪的《元白诗笺证稿》却不能不认可；他不提倡写古体诗，但对陈寅恪的诗不得不服膺；对其以诗证诗，以诗证史的治史方法不能不激赏。劳榦写道：

> 寅恪先生的尊人是陈伯严先生（三立），清末民初首屈一指的诗人，新江西诗派的领袖。他的诗高华魁伟，平心而论，恐已超过宋代的黄陈。寅恪先生受此趋庭之教，当然有非凡的造诣。他自称"论诗我亦弹词体"，恐怕只是一种谦辞。其实他的诗出入唐宋而自成一格，实非弹词体所能限。他的被传诵的吊王静庵先生诗是白香山体，而再生缘题诗却是亭义山体。其中的"绝世才华偏命薄，戍边离恨更归迟"和"上清自昔伤沦谪，下里何人喻苦辛"恰恰嵌入了"上清沦谪得归迟"一句。[3]

陈寅恪未到李庄，但作为史语所历史组主任，依然是板栗坳茶花院的灵魂。陈槃、劳榦、王叔岷、周天健以及社会所的梁方仲等，都直接或间接受他影响。陈槃请益最为殷勤，也较长时期为陈先生代理历史组组务。1938年在昆明靛花巷史语所宿舍，他诵读陈寅恪的《残春》

---

[1] 2015年6月12日，劳延煊致笔者电子邮件。
[2] 无锡市吴文化研究会鸿山分会、无锡市鸿山泰伯文学社编著：《穆公慧泽——纪念钱穆仙逝二十周年》，2010，117页。
[3] 沈云龙：《再见大师》，岳麓书社，2015，98—101页。

1943年夏，劳榦父亲劳勋画于李庄（董敏供图）

诗后，即写《寅恪先生示诗依韵奉和》。1943年，陈寅恪一家自香港脱险，暂居桂林雁山别墅，寄赠《癸未春日感赋》，陈槃即写《寅恪先生示诗依韵奉和》诗。"诗是自家事"，自滇迁川，陈槃以诗记录沿途见闻，如过赤水河，满山柑橘入眼，初到李庄，及其后发生的大凡小事，如《南溪板栗坳西里许得松树坡山涧幽奇屡游有作》《田畔海棠憔悴着花》《栗峰杂诗》等，精心采撷，融情入景，出语雅健。国家不幸诗家幸，得江山之助者欤！

时在李庄的学者，如王献唐、陈槃、劳榦、周天健、游寿、梁方仲、卢绳等，皆为吟侣。咏山川风物，状节令变化，抒家国之感，倚声之家，恪守成规，平仄声韵，悉依前制。周天健是史语所后进，能与所中同人同窗治学，颇感惬意，曾题赠陈槃："载酒尚多留问字，压装初看远行诗"；酬禀陈寅恪："异录流传一灯史，名山今昔两诗人。留题甲子心犹在，入眼沧桑泪欲贫。"师友相得，精神愉悦。

诗词书画，是李庄学者粗粝生命之润泽。证之夏鼐日记，1944年元旦，"所中循例放假三天，代理所长董彦堂先生，用栗峰读书会的名义，开了一个新年同乐会，将大礼堂布置为会场，挂上了花纸、党国旗与纸灯。门口贴上一副红对子：'岁序又更新，装了一肚皮国恨家仇，卧薪尝胆之余，何妨散散气；寒酸犹似旧，剩下满脑子诗云子曰，读书写字之外，且自开开心'，是屈万里君撰的对子，王献唐先生写的隶书。会场四壁又挂上许多书画，颇为热闹"[1]。

斯人已杳，雁过留影。这批学人在战火纷飞、硝烟弥漫的岁月，以怎样的姿态生存，以什么样的信念支撑学术理想，如何面对突变的学术环境，学术生命有何种不同走向，当事人的回忆，尤其是寄至李庄和寄往外地的信函，丰满的细节，生动的文字，复活了历历往事。

"云笺字字萦方寸"。李济在给傅斯年一封信中谈到自己"数月以来，失眠已成一习惯，中夜辗转"，"弟自觉今日最迫切之需要，为解脱，而非光辉。衷心所祈求者为数年安静之时间。若再不能得，或将成为一永久之废物矣"。林徽因写给傅斯年的感谢信中，有"在我们方面

---

[1] 夏鼐：《夏鼐日记》卷3，华东师范大学出版社，2011，151页。

虽感到Lucky，终增愧悚，深觉抗战中未有贡献，自身先成朋友及社会上的累赘的可耻"及"近来更胶着于疾病处残之阶段，体衰智困，学问工作恐已无份，将来终负今日教勉之意，太难为情了"等语。他们所看重的是工作、学问和贡献，看重时代的要求和自我的担承。

在长江边的李庄小镇，这批知识人朝夕相处，祸福与共，也难免不有罅隙、龃龉，甚至冲突。同济二十多位教授状告丁文渊校长，最终丁氏不得不怏怏而去；傅斯年与李济因小事大吵，不可开交，搅动无数人，终以"将相和"皆大欢喜；再如游寿，或因人微言轻，人的矛盾经文字再三解释也难以弥合，最终拂袖而去……

有微茫也就有阴影。学人之间，有惺惺相惜的恳挚互助，也不乏思想与观念差异、对立，甚至冲突。凡胎肉身，人不免会有瞻前顾后的利弊权衡，也有嫉妒邀功、口是心非等种种不名誉。那批学人，无论如何勤奋、睿智、自励、清高，也都是被形塑在一定时空中的个体。文字发乎内心，于是借由一封封书信、一行行文字，每位学人的心路历程也渐渐明晰凸显。真正的人，不同于神，守底线，有自省，日日新。"真正的英雄绝不是永没有卑下的情操，只是永不向卑下的情操屈服罢了。"（罗曼·罗兰语）因凭这些真实的文字，那些人才血肉充沛，情感动人。

第二编《六同忆旧》，"六同"是指战时李庄这一特定的时空。傅斯年曾解读："六同是萧梁时代的郡名，其郡治似乎既是我们研究所现在所在地——四川南溪的李庄镇——或者相去不远。其他的古地名，大多现在用在邻近处，而六同这个名词，颇近'抗战胜利'之意。"

此卷"风雅笺"。风雅，原指《诗经》中的《国风》《大雅》《小雅》，亦代指《诗经》，泛指诗文之事。如南朝梁太子萧统写《文选·序》："故风雅之道，粲然可观。"《明史·文苑传四·袁宏道》："与士大夫谈说诗文，以风雅自命。""笺"，即为信札之雅称。

本卷诗文部分的编排，仍袭前两卷，以中研院史语所、社会所，中博院，营造学社和同济大学为序；书信部分，主要依照时序，同时兼顾内容的连贯性。方便之门，也可能先入为主；年代久远，资料匮缺，不免挂一漏万；才疏学浅，错讹或在所不免，凡此种种，敬祈读者教我。

岱峻　辛丑年八月十九

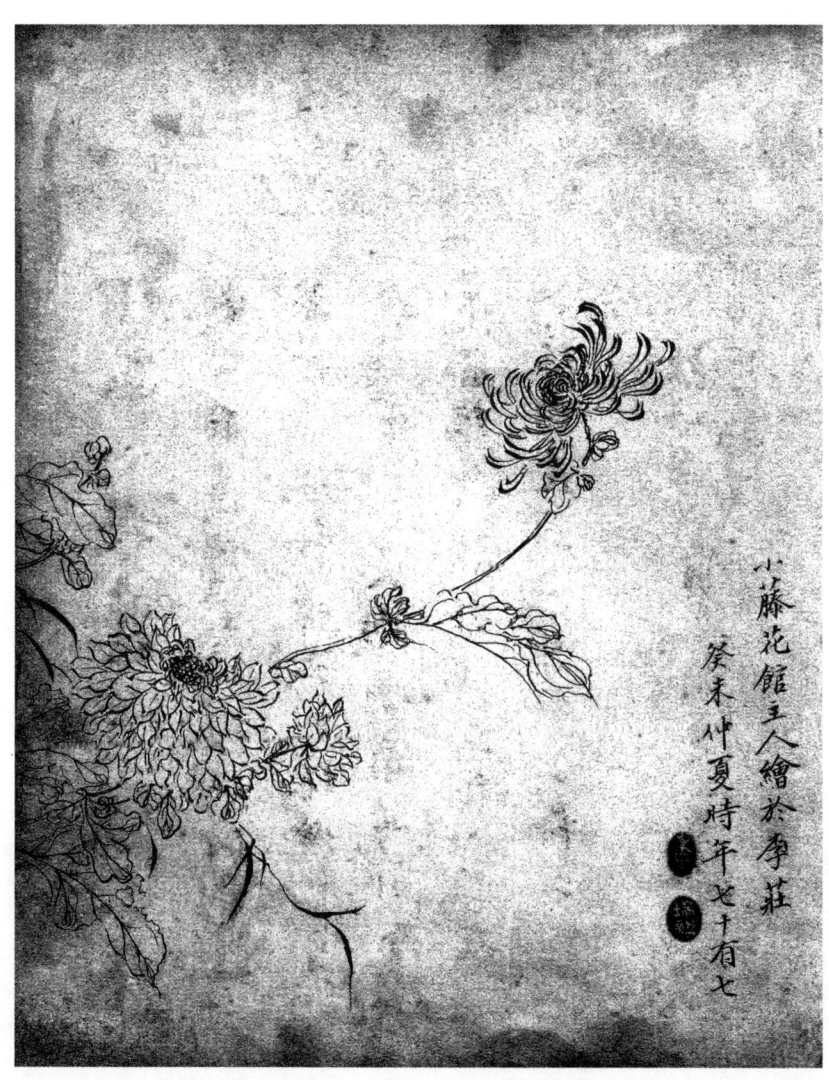

1943年6月15日，李方桂母亲李瑞韶老夫人画作（董敏供图）

第一编　弦外遗音

□ 傅斯年

悲 歌

泰山重一死，堂堂去不回。身名收马革，风日惨云雷。

忠义犹生气，艰难想将才，中原谁匡济，流涕楚郢哀。

公殉国汉东，今夏中原新败，廉公若在，岂无长城！故有末二句，不仅泣然念公已也。

民国三十三年十月[1]

注释：

楚郢：即郢楚，古地名，春秋战国时楚国的都城，今湖北江陵。《左传·定公四年》：吴师陷楚郢，楚昭王奔随，楚大夫申包胥赴秦乞师。"秦伯使辞焉，曰：'寡人闻命矣，子姑就馆，将图而告。'对曰：'寡君越在草莽，未获所伏，下臣何敢即安？'立依于庭墙而哭，日夜不绝声，勺饮不入口七日，秦哀公为之赋《无衣》，九顿首而坐，秦师乃出。"

1944年10月，在李庄桂花坳家中，傅斯年写下这首《悲歌》诗，感时伤势，悼战死湖北襄阳的张自忠将军殉国四周年，且含隐喻。

---

[1] 清渊诗社编：《碧血祭：纪念张自忠将军百岁诞辰诗词专集》，山东人民出版社，1991，246页。

1940年1月，傅斯年题赠董作宾（董敏供图）

□ 陈寅恪

颇恨平生畏蜀游[1]

槃厂吾兄左右：前莘田先生转示大作，甚佩甚佩。姑录呈近作一首聊答盛意，不足言诗也。顺候时祉！ 弟寅恪拜 五月廿日

颇恨平生畏蜀游，无端乘兴到渝州。
千年故垒英雄尽，万里长江日夜流。
食蛤那知天下事，看花愁近最高楼。
行都灯火春寒夕，一梦迷离更白头。

1940年3月陈寅恪由香港乘飞机到重庆，参加中研院第二届评议会第一次年会，返港后遂作此诗。其中"颇恨平生畏蜀游，无端乘兴到渝州"句，坊间有二解：李白诗《蜀道难》，关山阻隔，旅途艰险，故"畏蜀游"；或以为巴蜀藏龙卧虎，陈寅恪虚怀若谷，自谦"畏蜀游"。

附：陈槃诗

寅恪先生示诗依韵奉和[2]

故国城荒草自春，山河事与泪痕新。
宜修九逝心难悔，抗志分明国有人。
工部早传诗当史，于思谁遣病为贫。
堂堂料理千秋在，不坏天南劫后身。

注释：

九鼎铭辞争颂德：1943年2月28日"中央社讯"有《铸九鼎呈献总裁》报道，国民党中央党部下属"全国大学暨工矿党部"，"为庆祝中美中英新约成

---

[1] 原诗无题，其后有改动。抄录陈寅恪致陈槃手稿。
[2] 陈槃：《涧庄文录》，上海古籍出版社，2001，732页。

立，纷电组织部朱（家骅）部长，发起铸鼎奉献总裁致敬"。历史学家顾颉刚受邀作《鼎铭》，其曰："万邦协和，光华复旦。於维总裁，允文允武。亲仁善邻，罔或予侮。我士我工，载欣载舞。献兹九鼎，宝于万古。"颇遭非议，顾氏在当年5月13日的日记中写："孟真（傅斯年）谓予作九鼎铭，大受朋辈不满。寅恪诗中有'九鼎铭辞争颂德'语，比予于王莽时之献符命。诸君盖忘我之为公务员，使寅恪与我易地而处，能不为是乎！"

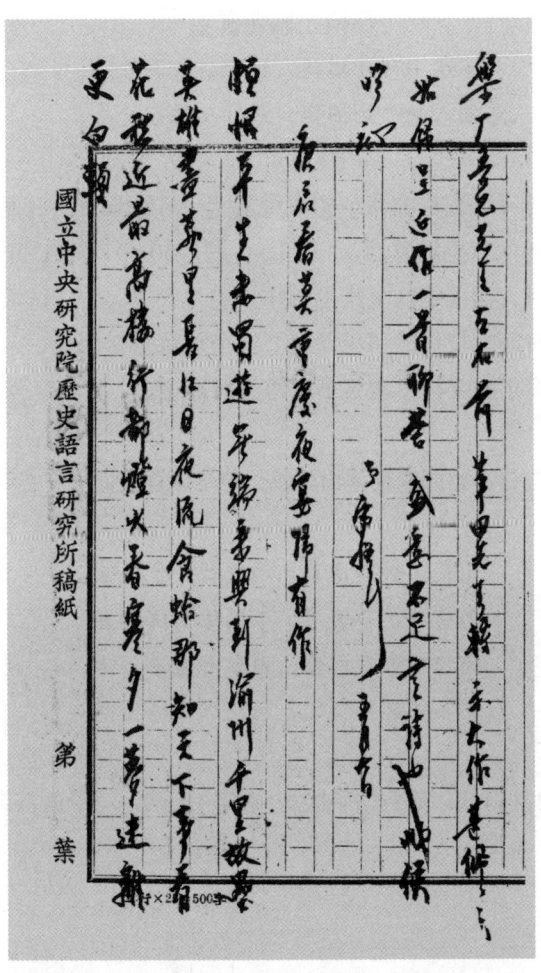

1940年5月7日，陈寅恪致陈槃信暨诗（李在中供图）

癸未春日感赋 时居桂林雁山别墅

沧海生还又见春，岂知春与时俱新。

读书渐已师秦吏，钳市终须避楚人。

九鼎铭辞争颂德，百年粗粝总伤贫。

周妻何肉尤吾累，大患分明是此身。

一九四三年春[1]

《霜红龛集》望海诗云"一灯续日月不寐照烦恼不生不死间如何为怀抱"感题其后[2]

不生不死最堪伤，犹说扶余海外王，

同入兴亡烦恼梦，霜红一枕已沧桑。

陈寅恪作《〈霜红龛集〉望海诗云"一灯续日月不寐照烦恼不生不死间如何为怀抱"感题其后》一首，自题1950年12月，正是傅斯年猝逝于台北之时，而《霜红龛集》的作者是傅青主，喻指傅斯年，"望海诗"表明是对海峡彼岸的傅氏而发。这一首诗意味深长、余蕴无穷，回忆两人二十多年的交往，表达了对傅氏的怀念。

乙巳元夕前二日，始闻南京博物院院长曾昭燏君逝世于灵谷寺追挽一律[3]

论交三世旧通家，初见长安岁月赊。

何待济尼知道韫，未闻徐女配秦嘉。

高才短命人谁惜，白璧青蝇事可嗟。

灵谷烦冤应夜哭，天阴雨湿隔天涯。

1965年2月14日，陈寅恪听闻曾昭燏的死讯，写了这首诗。

---

[1] 陈寅恪著，陈美延编：《陈寅恪集·诗集》，三联书店，2001，35页。
[2] 陈寅恪著，陈美延编：《陈寅恪集·诗集》，三联书店，2001，74页。
[3] 陈寅恪著，陈美延编：《陈寅恪集·诗集》，三联书店，2001，165页。

□ 董作宾

西厢即事

夜来月影当窗,
朝来月影当窗,
把窗前两株翠柏,
都疎疎落落地写到窗上,
还有方塘中一池秋水,
也绮罗般织入柏叶,
往复荡漾。

这一刻的蚕宫西厢呵!
已胜过焙茶坞里,
三年以来,
无限的风光。

注释:

疎疎:同"疏疏"。

董作宾手书新诗一首(董敏供图)

香樟集（栗峰谣）[1]

乙酉（一九四五）秋于李庄

香樟豆，圆又圆。
研究学问不值钱！
"来到李庄四年整，
没人问俺热和冷！"
光身汉，下决心：
"娶个太太待俺亲！"

山茶花，朵朵红。
三院学士最多情：
折一把茶花求婚去，
第一个成功是逯卓亭。

山茶花，年年开。
戴一朵茶花下山来。
自从大桥会一会，
李光涛相思苦难捱！

拿起笔，写封信，
要给小姐通音讯。
情书一束送上去，
果然打动了小姐的心。

风吹竹叶颤簌簌，
小姐在门前望情哥。
嫂问姑：
"你在那儿看啥子？"

---

[1] 《香樟集》又名《栗峰谣》，是 1945 年 9 月 21 日董作宾应邀为同事李光涛张素萱女士证婚时所写贺词。

"我看那，长丰轮客人恁样多。"

张打铁，李打铁，
买点礼物送小姐。
几次下山等长虹，
又怕人说"是把衣料接"。

月亮光光，
打水洗衣裳；
洗得干干净净，
穿着上仓房。
仓房头，有高楼；
楼下歇，遇到张三姐。
三姐眯眯笑，
喜得光涛双脚跳，
一跳跳到板栗坳，
三天三夜睡不着觉。

八月十五桂花香，
十六月亮明光光。
素萱光涛成昏礼，
他们俩：
花好月圆乐未央！

注释：

　　三院：史语所在板栗坳租赁三个办公区，其中三院又名茶花院，即历史组办公地、别存书库及部分单身职工宿舍。

　　逯卓亭：逯钦立，字卓亭。

　　长虹：如同上文"长丰轮"，为途经李庄的川江客轮。

傅斯年先生吊祭文

天生我公，于齐之西。世仰日星，人望云虹。
民十有六，缔交伊初。司教大学，复启新图。
考史洹上，廿有三年。同甘共苦，南越北燕。
惟公弘通，贯于中外。涵育万有，无乎不在。
笔方司马，德比史鱼。才高八斗，学尽五车。
古今上下，洋溢纵横，立德立言，即知即行。
春风时雨，化及南天，祭酒二载，浔士三千。
万言绝笔，见公苦心，百年树人，犹尽鸿深。
老成云亡，天丧斯文，幽明异途，忧心如焚。
公学有传，公亦无求，身后之名，万岁千秋。

1927年，董作宾在广州与傅斯年初识，此后亦兄亦友。在国事蜩螗、动荡沸羹的困境下，他们从北京、上海、南京、长沙、昆明、李庄、台北，一路走过了廿三个寒暑。1950年冬，傅斯年突然去世，对董作宾是个极沉重的打击，白日他绕室蹙眉，入夜难以安眠。12月30日晚，在傅先生公祭前一晚，董作宾在台北青田街"平庐"，以甲骨文字书写了一篇一百六十字的祭文，以为哀思。

董作宾甲骨文书《吊祭傅斯年先生》，原作公祭后佚失，2001年由其长子董玉京摹写（董敏提供）

□岑仲勉

送槃厂休假旋里

一九四二年十一月廿二

行旅维艰，无可举赠，强凑乙章，藉示薄意。
  陈子飘然去，关山阻且长。
  好凭诗入梦，便觉福无疆。
  辙转乡心急，经占国运昌。[1]
  枇杷花正着，即看绽金黄。[2]

  早年攻苦究天人，玉树连枝大小秦。[3]
  业捣膏肓箧癖左，记教酩酊劝迁辛。[4]
  五丁开路休疑怪，六甲循环可有神。[5]
  旧学商量多借重，待将鸡黍洗车尘。

博翁、槃庵数年间迭相唱和，迩来妄有加入，因以代言

  蒹葭白露慕伊人，文驾齐驱敌晋秦。
  视草有惭嫌梗涩，摩碑空羡并薑辛。
  逍遥乐尽寻庄子，倜傥风应梦雉神。[6]
  争怪无盐怜自美，趦趄犹是望飞尘。

---

[1] 原注：君方事谶纬。
[2] 原注：语略双关。
[3] 原注：旧唐书，秦景通与弟暐，尤精汉书，号大小秦君。
[4] 注：白诗，笑劝迁辛酒。自注云：辛大立度性嗜酒。
[5] 注：槃厂方究纬，故以此问。
[6] 原注：槃厂诗怆神此则断章取义。

喜槃厂至，和博翁韵 [1]

可无良策献天人，共道苏张继入秦。
揽辔早能知疾苦，临亭何事効酸辛。
千山览尽排思广，五岳归来摘句神。
国士相期陈伯玉，仿佯方外不同尘。

注释：

岑仲勉（1886—1961），字仲勉，别名汝懋，出生于广东顺德，时为中研院史语所历史组研究员，隋唐史家。其治学重要成就是以碑刻考证历史，以碑志考证史实，代表著作有《佛游天竺记考释》《隋唐史》《唐人行第录》等。擅诗，与时在李庄的陈槃（槃庵）、李权（博父）、劳榦等，时有唱和。

槃厂，即陈槃（1905—1999），字槃庵，号涧庄，广东五华人，广州中山大学国文系毕业，旋入中研院史语所，1940年底随所迁李庄，后代理史语所历史组主任。1948年底随史语所迁台，兼任台湾大学文学院教授，1963年获授台湾"中央研究院"院士。著有《左氏春秋义例辨》《大学中庸今释》《古谶纬研讨及其书录解题》《旧学旧史说丛》《涧庄文录》（上、下）等。

博翁，李权（1868—1947），湖北钟祥县人。字巽孚，号博父，别号郢客。清末拔贡，民国间曾在学部任职。著有《钟祥艺文志》《钟祥金石考》《钟祥县志》等著作。李权是考古学家李济之父，流寓李庄。

---

[1] 陈槃：《涧庄文录》，上海古籍出版社，2010，753—754页。

□ 陈 槃

一九四〇年

宿赤水河站（黔蜀分界处）[1]

绿水翻名赤，桥雄两岸悬。向来不毛地，岁月长人烟。
公路连山迥，滩声净耳眠。栖皇违难过，惭负凿荒贤。

注释：

栖皇：忙碌不安，奔波不定。

泸州食柑

此奴清润故为尤，遮眼千林粲有秋。
略于岭东乡味逊，霜红时节遇泸州。

奉和郢客词丈惠诗原韵

相持滇蜀作流人，岂论桃源为暴秦。
东岛稽天来大浸，九州万古一怀辛。
文章家国终何补，腐臭研摩恧不神。
犹喜风流余一老，未妨前路托车尘。[2]

一九四一年

奉訓岑仲勉丈[3]

宁静得天衷，遗荣郦汉同。直将迥世抱，擅作著书雄。
翰墨缘何幸，声华望旧崇。嘉州余事健，诗律自唐风。

---

[1] 陈槃：《涧庄文录》，上海古籍出版社，2001，753—754 页。
[2] 陈槃：《涧庄文录》，上海古籍出版社，2001，723 页。
[3] 陈槃：《涧庄文录》，上海古籍出版社，2001，724 页。

注释：

訓：同"酬"，交际往来。

遗荣：抛弃荣华富贵。

邴汉：琅琊人，西汉末年以清行而见称的名士。此处喻尊岑仲勉先生。

箸：写成的作品。

南溪板栗坳西里许得松树坡山涧幽奇屡游有作[1]

结想高天云，溪山媚风色。孤往有好怀，岩峦遂攀陟。
山骨石精神，坚刚剩镵刻。颇怜千株松，岑上何年植。
盘剥余尺土，霜根不能食。虬姿奋欲腾，矫变肆横特。
涧曲山环回，涧树何修直。阳和所不到，寒瘦看已极。
人家远树村，松涛战寥默。坐久赏无违，情忻理有得。

注释：

镵刻：刻画，雕凿。

田畔海棠憔悴着花[2]

春事海棠柔，花光草树稠。华年迟俊赏，高韵殆难酬。
风露无人晓，胭脂有泪收。明看还芜秽，何以慰君愁。

步韵奉答仲勉前辈，继和博翁韵见詒之作，原唱有玉树连枝大小秦之喻，拙訓因有第五六句

愧无玄义发天人，绝业公能究大秦[3]。
盛事古今才未易，风期姜桂老逾辛。
伶俜有弟贫兼别，吟望残山梦怆神。
犹有德邻贤爱客，向来文酒接光尘。[4]

---

[1] 陈槃：《涧庄文录》，上海古籍出版社，2001，724页。
[2] 同上引。
[3] 原注：先生专精边裔史地中西交通之学。
[4] 原注：元唱自云：旧唐书，秦景通与弟暐尤精汉书，号大小秦君。

注释：

媿，同"愧"。

杂诗

芊县路不除，花草寻诗处。踯躅惜幽香，千回不能去。
芳意浩无涯，风日丽山茶。露重春寒夜，纸窗闻落花。
登临成独往，烂烂古霞生。夕阳明远树，一桁岭云横。
微植不殊众，利溥极中华。蜀山擅天下，如海发桐花。

报梁方仲[1]

翩翩独赏音，光风有照临。望京余此噫，谁识伯鸾深。
历史遗今日，吾生及壮时。苍茫定何意，辛苦泪为诗。

注释：

伯鸾：汉代梁鸿的字。梁鸿家贫好学不求仕进，与妻孟光共入霸陵山中以耕织为业，夫妇相敬有礼。后因以伯鸾借指隐逸不仕之人，此为梁方仲的喻指。

方仲和予前诗再报之

孤秀出清襟，梁生贻妙音。雍容看尔好，多难尚吾今。
岁月诗同靡，萧骚发独任。百年此种种，何意又沈吟。

注释：

萧骚：形容景色冷落。
沈吟：亦作"沉吟"。

秋稻渐登抚事感作

失喜曾禁六月忧，饥年心眼珑边秋。
足兵足食劳今日，怀国怀贤仗老谋。
时雨深耕丰既稔，后期聊慰劣能收。

---

[1] 陈槃：《涧庄文录》，上海古籍出版社，2001，725页。

求田下意君休笑，未有南山可饭牛。[1]

注释：

珑：古人在祈雨时所用的玉器，上刻龙形花纹。此处当作"祈雨"。

南山饭牛：春秋时，卫国人宁戚欲求仕于齐桓公，穷困无盘缠，遂为商人赶牛前往，夜宿齐国东门外。一日，桓公夜出迎客，宁戚故意当面喂牛，且击牛角而歌："南山轩，白石烂，生不遭尧与舜禅……"齐桓公闻之，遂举为客卿。后以"饭牛"用作失意求仕，得遇闻达之典。

杂诗七首

秀野当小园，涉趣日谁偶。
偃息宜夏长，远意落岩薮。
凤仙寂寞开，瓜蔓绵相纠。
蜂喧花媚时，鸟窥人静后。
一雨生秋风，变衰谅难久。
墙竹青玉姿，潇洒绝尘友。
渐来劳我心，商声凌半亩。

1939年陈槃诗《山中杂兴》（台北"中研院"史语所供图）

端居忽不乐，秋气与凄索。问学缅何成，腐志或糟粕。
同学英少年，功名竞腾跃。顽散与世疏，沈冥要能约。
生年不满百，雅尚可无托。

淮阴感旧恩，报施不忘本。鸟尽弓可藏，岂必满招损。
当其未遇时，艰难唯一饭。王孙良可哀，漂母真婉娩。
杰士轻千金，母情何缱绻。

---

[1] 原注：结句答高适、曾纯雪两君赠诗之意。

文章千古事，佳恶难可臧。应时还改定，闻善滋不忘。
世情轻薄甚，自许如中狂。尺故有所短，寸宁无一长。
可怜刘季绪，琐琐不自量。

人伦于师友，道合而义存。不合可以去，道义亦所敦。
入主而出奴，是非甚澜翻。忠恕而已矣，以德则不怨。
我思古君子，绝交无恶言。

屋山鸣老鸟，旦旦无所依。饮啄向何处，风雨常苦饥。
当其伏雏日，得食念儿归。儿饥母忍饱，儿瘦母不肥。
一朝雏羽满，母老力既微。此时母望儿，天远各自飞。

倭奴肆无道，荐食如长蛇。九州三万里，白骨交黄沙。
哀军奋其气，贼众为震哆。死同泰山重，功在无可加。
穷儒未饿死，国恩宁怨嗟。艰难思将士，流涕不为家。

注释：

商声：五音中的商音，秋声。

臧，收藏。通"藏"。

淮阴感恩，回馈漂母事，谓韩信为布衣时，贫而无行，寄食招嫌。一日在城墙下钓鱼，有老妪数人河中漂洗丝絮，其一人见其饿像，为之施饭，接连数十日。韩信喜对老妪言："吾必有以重报母。"答曰："大丈夫不能自食，吾哀王孙而进食，岂望报乎！"后来，韩信被刘邦封为楚王，果以千金报答漂母。

刘季绪：刘修，字季绪，三国时人，官至东安太守。《三国志·魏书·陈思王传》裴松之注引曹植《与杨祖德书》："刘季绪才不逮于作者，而好诋呵文章"，"季绪琐琐，何足以云"。

屋山：屋顶，屋脊。

苑峰属书扇面感秋凄异聊复作诗

冷暖一时真，玉颜思故人。相逢犹是梦，掩抑若为颦。
遂尔辞怀袖，终然伫苦辛。风流尔须惜，秋怨渐生尘。

注释：

苑峰，张政烺（1912—2005）的字，山东荣成崖头镇人。时为史语所图书管理员，后为我国著名的古代史专家，在古文字学、古文献学等领域皆有很高造诣。

一九四二年

秋思和贞一

古树无多罨画堂，照愁日夕警新霜。
销磨渐觉诗为债，排遣何关酒有肠。
泪尽中原供眼远，山晴一发倚秋苍。
灯前寂寞余奇字，永忆当年执戟郎。

转徙无家客似囚，依前愁思不能抽。
同仇见说西人子，共济犹劳海外舟。
来日艰难知蜀道，夕阳云木乱山秋。
欲迥天地君能赋，眼底东南火尚流。

注释：

贞一：劳榦，字贞一。
罨：覆盖。

假日出游遂憩松树坡

雾雨愁滞淫，缩手春无赖。破晴还出门，俯仰足清泰。
千松吾所私，岁月听坐大。竭来幽独吟，逸韵谁同会。
依倚石岑烟，思发空青外。浩荡不能收，堕我万重籁。

时和春物美，兴言娱劳生。襟想在真趣，缅焉遗世情。

山林坚夙好，淹留更无成。要令甘澹泊，用拙养吾贞。
　　春风如好酒，春味如中酲。杂花生草树，风日想闻莺。

注释：

　　酲：酒醉昏沉。

海棠盛开

　　春人眉妩嫩胭脂，难写临妆照影迟。
　　幽恨见添花溅泪，夜寒清减玉为肌。
　　经年婉变坚同约，别日红芳怨有诗。
　　留眼可怜从一幻，竟无怀抱似当时。

杂诗六首

　　时风和畅，时雨既调。田父至喜，好语相招。
　　我情良慰，亦同我苗。闲窗蔓草，茂叔养怡。
　　满前天趣，触绪纷披。董生何苦，三年下帷。
　　千林雨过，新翠欲流。山园满眼，清阴坐收。
　　凉蝉才了，又闻晴鸠。空虚自逃，三径可托。
　　沈吟古欢，怀哉不作。乾坤若人，千载落落。
　　子惠知我，不我齐遗。白我不见，光阴载驰。
　　身名易朽，莫慰相思。浮云日夕，沉沉故国。
　　人生有情，清泪沾臆。欲写新题，何由寄得。

注释：

　　茂叔：北宋理学家周敦颐（1017—1073），又名周元皓，原名周敦实，字茂叔，号濂溪，谥号元公。

　　董生何苦，三年下帷：原指汉代董仲舒讲学放下室内悬挂的帷幕，三年不看窗外这件事。此处或喻董作宾专心致志撰写《殷历谱》事。

　　三径：汉蒋诩辞官不仕，隐于杜陵，闭门不出，舍中竹下三径，只有羊仲与求仲出入。典出晋·赵岐《三辅决录》卷一。后以三径比喻隐士居处，如"三径就荒，松菊犹存"。（《文选·陶渊明·归去来兮辞》）。

秋山绝句

零落空阶夜，虫吟作意秋。故园惭人梦，促织不曾休。
清秋属松桂，望望在苕亭。佳期江海暮，空对秀山馨。

注释：

苕亭：高峻貌。

冬月梨花幽芳可挹

雨洗精神三两枝，忍寒衣袂独来思。
应缘妆缀随常分，绝胜梨云似画时。
天与情亲聊不负，众中行乐久无诗。
吹花嚼雪轻狂否，莫被游蜂浪见欺。

酬梧梓

箸作丁夫子，逍遥百宋廛。文章依性命，哀乐极华年。
泪共身为患，情余海未填。料应霜有讯，灯夜照无眠。[1]

注释：

梧梓：丁声树（1909—1989）号，河南邓州人。曾任国立中研院史语所研究员，新中国成立后任中国科学院哲学社会科学部委员，中国社会科学院语言研究所研究员。在音韵、训诂、语法、方言、词典编纂等诸学科皆有造诣。

百宋廛：中国清代著名藏书楼。清人黄丕烈（1763—1825），字绍武，号荛圃、荛夫，又号复翁，江苏吴县人。有功名，无意仕，旋即返里，专事收藏、校雠和著述。所藏善本秘本珍本极为丰富。藏宋版书达百余种，专辟一室为"百宋一廛"而藏之，自作有《百宋一廛书录》一卷。有人作《百宋一廛赋》，他自作注释，说明版刻源流和收藏传授。

---

[1] 原注：君常忠不寐。

1942年9月28日,陈槃题诗(董敏供图)

一九四四年

农历除夕,方仲招饮,相约赋诗。
方仲明春将奉派赴美,念当分携因以为赠

袖手风云了除日,山堂三载世相遗。
炫高骇俗吾轻敢,随分清言酒傥奇。
观国文章收海外,压年消息报梅枝。[1]
前程九万君能勉,珍重人间鬓未丝。

---

[1] 原注:瓶供有折枝红梅。

游介眉女史以近制茶花赋出示属题

春山草长春江波，春花锦烂春融和。
汉宫春人慵乍起，珊瑚海日高枝柯。
帘拢庭院轻寒度，泪绡烟玉深深护。
柳絮风流道韫传，茶花今见清才赋。
江南哀怨付飘零，家国凄凉事既经。
去日山春花似梦，醉题余对短檠星。
东阳太守堪愁绝，广平当年心似铁。
一树繁红蜀客心，缤纷何意残同雪。

注释：

游介眉：游寿，字介眉。时为史语所古籍图书"别存书库"图书管理员。
道韫：东晋谢道韫，谢安侄女，把雪比作柳絮的诗人。亦借指才女。
短檠：矮灯架，借指小灯。

桐 花

山半云生石畔畬，乍晴微雨养桐花。
一川三月春无价，消得寻常百姓家。
日长春暖玉生雯，花好今年胜二分。
诗梦夜凉情似水，满山桐月白纷纷。

注释：

畬：为垦熟的旱地。
雯：有花纹的云彩。

七月廿七日孟真师寓斋小集即事

伏雨悬空阴，高斋放闲地。四海极崩腾，儒行失求志。
吾师天人资，风声宏树植。平生康济心，覃精到经义。
远绍复旁罗，崇言发英粹。师母贤已劳，奉字及余事。
篱落繁花蔬，庭园得安置。娟娟野水仙，亭亭紫霞帔。
离离烂满枝，烟滋小红媚。番茄苏内热，堆盘间糕食。

嘉客期能来[1]，清欢一时寄。骄夏未渠休，微凉泼秾翠。

一九四五年
王君献唐有约为山院茶花写真诗以促之，王君善饮因行末句
有美劳光彩，东风花绚楼。锦衾空自误，烟月背情休。
佳冶偏宜笑，婵娟属好修。莫令心手妙，春尽酒杯愁。

注释：
佳冶、婵娟，皆指娇美妖冶的女子。此代指王献唐擅画工笔仕女。

永历钞本大般若波罗蜜多经一卷，昆明寺僧焚余物也。王之屏购归属余为题
东胡来款关，明社忽焉屋。福王与唐王，半壁随颠覆。
永历尤艰虞，万死极穷魇。览古既沧桑，遗哀尚荒服。
一卷般若经，焚余宝臧畜。当年比丘流，岂料谁收读。
明史要新研，纷君在心目。爬梳精论丛，文衡笔千秃。
佛法此因缘，野亭君可筑。

注释：
王崇武，宁之屏，河北雄县人，史语所历史组助理研究员。

栗峰杂诗
感兴既不同时，成诗更非一日，汇而次之，是为杂诗云。
无多湖海气能消，人世今同避世遥。
欢喜出门逢好语，小春时节雨肥苗。[2]
得雨疏畦宜补豆，向晴油菜来年春。
迂儒口腹寻常了，六载荒园作主人。
西堂烟景夜如银，露下冷红有怨颦。

---

[1] 原注：济之、彦堂诸先生。
[2] 原注：农谚云：秋霖夜雨强担粪。

只恐山茶吾负汝，殷勤清对月中真。
人家西涧郁林丘，佳日长教得胜游。
树态烟裁差昔似，顽山冬景接残秋。
被霜群树俨红芳，未许花时二月强。
茅屋数村晴更好，劳渠作病绚烟光。
权枒余映雪霜株，风景人稀草且芜。
独以荒寒归笔底，乱山无主属啼乌。
赴寒空阔客魂消，梦堕江流东去潮。
百计心情收不得，霜华风水暮迢迢。

一九四六年

彦堂先生以羲之换鹅图命题

右军有真性，忠孝收令誉。风流古高妙，一艺乃其余。
董生光国士，孤学穷探畲。殷正精已第，殷礼谁纷如。
临池忻暇豫，道士今烦渠。图画喻禘想，鹅汝不龃龉。
顽傲鸣能好，听经亦吾徒。沧波明白羽，风日属清娱。
是中得天趣，濠上同知鱼。向来谁辨此，空赏换鹅书。[1]

注释：

右军：王羲之曾任右军将军。

董生：此处指彦堂（董作宾）先生。

---

[1] 陈槃：《涧庄文录》，上海古籍出版社，2010，737 页。

□ 劳　榦

戎州即事二首

千轮古道压秋霜，莫向羁心问短长。
万里游踪仍傍水，千秋薄俸总称郎。
临高始信江湖阔，避地翻惊日月长。
犹记园林风雨地，岁寒松柏独苍苍。

万瓦联城一塔收，片帆残照古戎州。
天涯霜讯催黄叶，乱世浮名薄壮游。
读史喜看匡济事，客居难讳稻粱谋。
江干巷陌晴如画，此日还知足好秋。

注释：

戎州：宜宾古称。

自宜宾下李庄舟中

转折东流水，凄迷更若何。不嫌归棹晚，微感露华多。
野市随山聚，渔舟载雾过。江村到家近，农唱听相和[1]。

江　村

十里江村照眼明，笑看林樾已生成。
孤怀抵死争兴废，老态逢人说弟兄。
闲入酒楼携夜色，笑陪田舍看春耕。
华年历历无聊长，不改投荒万里情。

---

[1] 原注：和字叶平声。

题董彦堂先生《殷历谱》

九年征战记流离，捷绪初传意更非。
各对遥天人共老，频惊塞雁尔何归。
疑文龟历般般定，淑世磷书总总违。
春酒酹麓江上路，生怜社稷一戎衣。

过凉州

长征趋玉塞，今日过凉州。野树迎霜气，高城入旱秋。
泉深田野辟，地阔晚烟浮。南望崎岖处，祁连正白头。

凉州词

斜阳正照凉州道，处处清霜摧碧草。
危参残雪旧无言，流水寒鸦秋欲老。
百年杨柳未全衰，驿道牛羊款款来。
蒲管何人吹故垒，寒梅又听一城开。
长城塞上霜烟下，拔地清泉仍牧马。
去鸿归鹭自纷纭，问谁曾是争雄者。
西风瑟瑟发穷荒，昨日吹云向大梁。
到海九河仍有迹，闲田犹自遍栽桑。

五古 居延故址

行役尚未已，日暮居延城。废垒高重重，想见悬旗旌。
今兹天海间，但有秋云轻。归途遇崎岖，枯柳相依凭。
长河向天流，落日如有声。刺草凝白霜，古道纷纵横。
岂伊车辙间，曾有千军行。吊古宁复尔，世乱思清平。
谁为画长策，赢此千岁名。

注释：

　　居延：古地名，在现内蒙古自治区额济纳旗。1930年，西北科学考察团在额济纳旗河流域，对汉代烽燧遗址进行调查挖掘，出土简牍一万余只。称"居延汉简"。

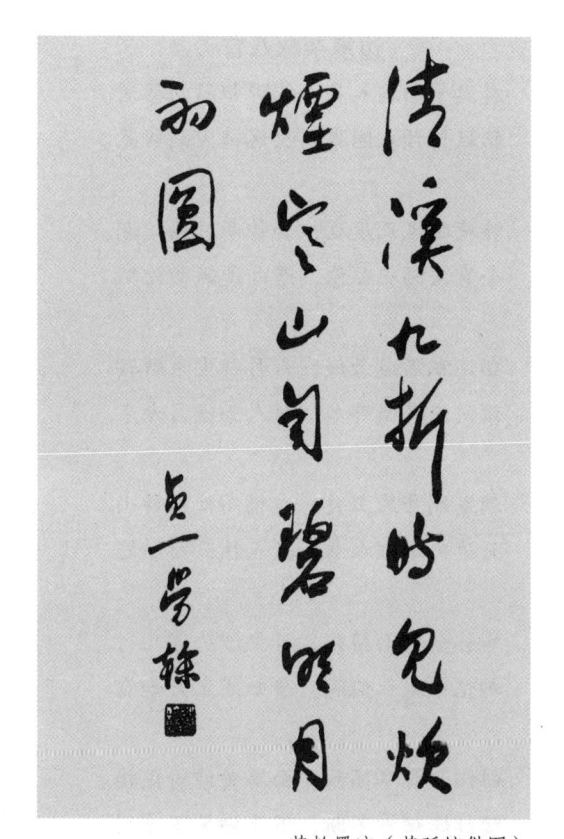

劳榦墨迹（劳延煊供图）

和千家诗七绝

万里青阳化作春，谁家梁燕翦香匀。
佛狸祠下成荒径，翻忆当年击楫人。
平沙古塞戍楼残，二月风高送远寒。
日午凉州传牧笛，祁连积雪正阑干。
犁前粪土贵如酥，更问渠头下水无。
昔日种瓜人已渺，不知春色满皇都。

注释：

击楫：亦作"击檝"。指晋祖逖统兵北伐，渡江中流，拍击船桨，立誓收复中原的故事。亦用为颂扬收复失地统一国家的壮志之典。

边塞杂咏八首

漠漠平山远入吴，依群归雁向菰蒲。
秋风何预人间事，吹落征尘到碧芜。

昨夜西风正度辽，如钩新月照归潮。
今宵又领驰驱意，遥向蓬瀛曲处飘。

祁连积石戍云残，六月征尘未解鞍。
谁问酒泉城畔水，照人如镜月光寒。

朝发删丹暮玉关，戍楼高处压群山。
天边何限征人意，数点秋云白雁还。

华林金谷雨茫茫，日夕沙头字几行。
却忆东城春似海，争知塞上月如霜。

斜阳满目尽高秋，白草黄沙倚戍楼。
续续烽烟看不断，五千横笛下凉州。

牧马千群柳万枝，翻怜灞岸曲中时。
貂裘不换新丰酒，却诵车邻出塞诗。

碧海渊淳白水流，韶光十载又西州。
繁华事盛章台路，都护将军自白头。

注释：

蓬瀛：意指蓬莱和瀛洲，都是神山名，泛指仙境。

河西杂兴四首
辛巳年（一九四一）

北风呼啸过群山，吹雪如尘万壑干。
路转马嘶人影外，可知音讯到长安。

寒林古道马蹄荒，一片斜阳认渺茫。
自古江南哀不尽，含情何必孔东塘。

门前山径草方生，春满江湄万里情。
欲寄柔风吹晓市，翻怜夜雨撼高城。

壮怀辛苦鬓先知，寂寞河山似旧时。
明烛小窗如此夜，何当重诵杜陵诗。

注释：

自古江南哀不尽，含情何必孔东塘：《哀江南》是清代戏剧家孔尚任（号东塘）代表作《桃花扇》结尾《余韵》中的一套北曲，通过描写教曲师傅苏昆生在南明灭亡后重游南京所见的凄凉景象，话兴亡之感，抒亡国之痛，表达了强烈的故国哀思。

1941年劳榦和石璋如奉命参加西北史地考察。劳榦沿途所作《过凉州》《凉州词》《五古 居延故址》《和千家诗七绝》《边塞杂咏八首》《河西杂兴四首》即记此。此次考察对研究居延汉简的劳榦帮助极大，促使他后来写成《汉代兵制及汉简中的兵制》（1943）、《汉简中的河西经济生活》（1944）、《两关遗址考》（1944）、《释汉代之亭障与烽燧》（1948）、《论汉代玉门关的迁徙问题》（1960）等重要论著。

题句三首

皓月西风重，孤城白日高。年年江海客，清露满征袍。
天外长江水，弦中人海涛。问谁怀兴处，秋意托龙韬。

二十年中事，星躔进退时。苍茫人海里，何故更催诗。
大野龙潜久，群山别梦知。婆娑怜故柳，生意上新枝。

大庚木未落，洞庭秋已深。还将数行雁，寄与九州心。
好句凭悬解，新诗费苦吟。南村篱菊盛，蜡屐一相寻。

傅孟真先生挽词三首

经纶称贾谊，志节近梁鸿。独行嵩华峻，宏文宇宙公。
遗容蒿目在，巷哭学宫同。伫望东门路，萧条引暮风。

二十年间日，纷纷梦忆深。穷经千古事，知己百年心。
画墁鸡窥盂，雠书敢谢任。天风高北斗，银汉失相寻。

回首艰难日，朝朝说溃兵。抗言追李固，渡海想田横。
岂料过阳九，真归梦两楹。苍凉思息壤，群涕待收京。[1]

注释：

蒿目：《庄子·骈指》"蒿目而忧世之患"，举目所见时事艰危而深感忧虑。

画墁：谓在新粉刷的墙壁上乱画。比喻劳而无用。《孟子·滕文公下》："有人于此，毁瓦画墁，其志将以求食也，则子食之乎？"

---

[1] 劳榦诗均选自劳榦著《成庐诗稿》，由劳榦之子劳延炯先生提供。

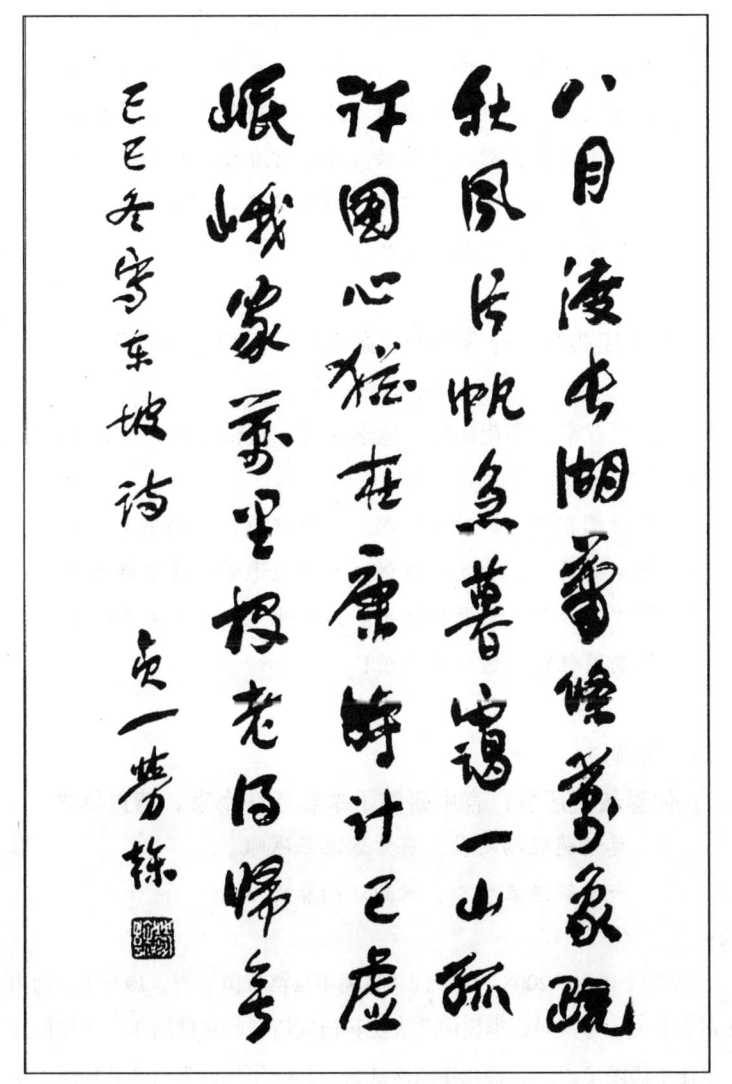

1989年冬劳榦书东坡诗（劳延煊供图）

□王叔岷

抵李庄栗峰口占五古

宿读李庄书，今向李庄行。行行八百里，山水路纵横。
秋色澹无际，秋兴转凄清。适然居得所，山坳屋数楹。
奇书十万卷，随我啖其精。素琴常在壁，信手陶吾情。
庭前多好鸟，时时弄巧声。户外多修竹，翠色拂新晴。
人生适志耳，即此寄浮生。

返李庄栗峰，殊有废养远游之感，因赋五古及序一首
（一九四六年）

仲春还家省亲，樱花初放，返李庄时，樱桃已熟矣。春光欲尽，不久复有江南之行，废养远游，慨然成咏！

归时樱花开，来时樱桃熟。欲以献慈亲，幽思空往复。
留家半月中，承欢叹日促。今将益远游，春草连天绿。
壮岁苦奔驰，未敢压膳粥。名利两无成，长弃天伦乐。
江南虽佳丽，何如守茆屋！

附王耀卿诗：
仲春叔岷还乡，言中研院于季春迁往南京，诗以励之

莫谱葩经岵屺歌，有方远志壮岷峨。
一篙锦浪浓于染，绿到江南春更多。

注释：

王叔岷（1914—2008）生于四川省简阳县洛带镇下街，1938年，四川大学中文系毕业后，考入时迁李庄的北大文科研究所，师从傅斯年、汤用彤等，毕业后留任中研院史语所。1948年随所迁台。1960年代，先后在新加坡大学、台湾大学、马来西亚大学、新加坡南洋大学等校教书，勤于著述，完成《史记斠证》《庄子校诠》等巨著。2008年8月，王叔岷在成都龙泉驿区辞世。

茆：同"茅"，茅草。

王增荣（1876—1950），字耀卿，王叔岷之父。早年自四川绅法班法政别科卒业，曾任民国四川高等法院书记官，卒于1950年。

岵屺：《诗·魏风·陟岵》："陟彼岵兮，瞻望父兮……陟彼屺兮，瞻望母兮。"《诗·序》谓为行役者思念父母之作。后因以"屺岵"代指父母。

一篙锦浪：化用清人顾复初撰成都望江楼联"送一篙春水，绿到江南"中的句子。

无 题（一九四八年底）

史语所连同故宫博物院、南京博物院、中央图书馆珍贵文物搬运上船，由下关出发，驶往台湾。茫茫沧海，碧鸥绕樯翔舞，久久不去。去乡之情，情何以堪！因思孔子乘桴浮于海事，占此绝句。

急遽传桴满载行，千年文物系儒生。

碧鸥何事随樯舞，沧沧茫茫去乡情！

无 题

岷自一九四一年进北大文科研究所，至一九五一在台大教书，追随傅先生十年，为人、治学、处世，受益至深。平日偶翻检傅先生所赠王士禛《古诗选》及姚鼐《今体诗钞》，还有最珍贵的日本影印高山寺旧钞卷子本《庄子》七卷，不禁感从中来，黯然纪之以诗：

十年亲炙副心期，孤岛弦歌未忍离。

点检缥缃余恸在，千秋风义忆吾师！[1]

---

[1] 王叔岷：《慕庐忆往：王叔岷回忆录》，中华书局，2007。

哭光涛兄

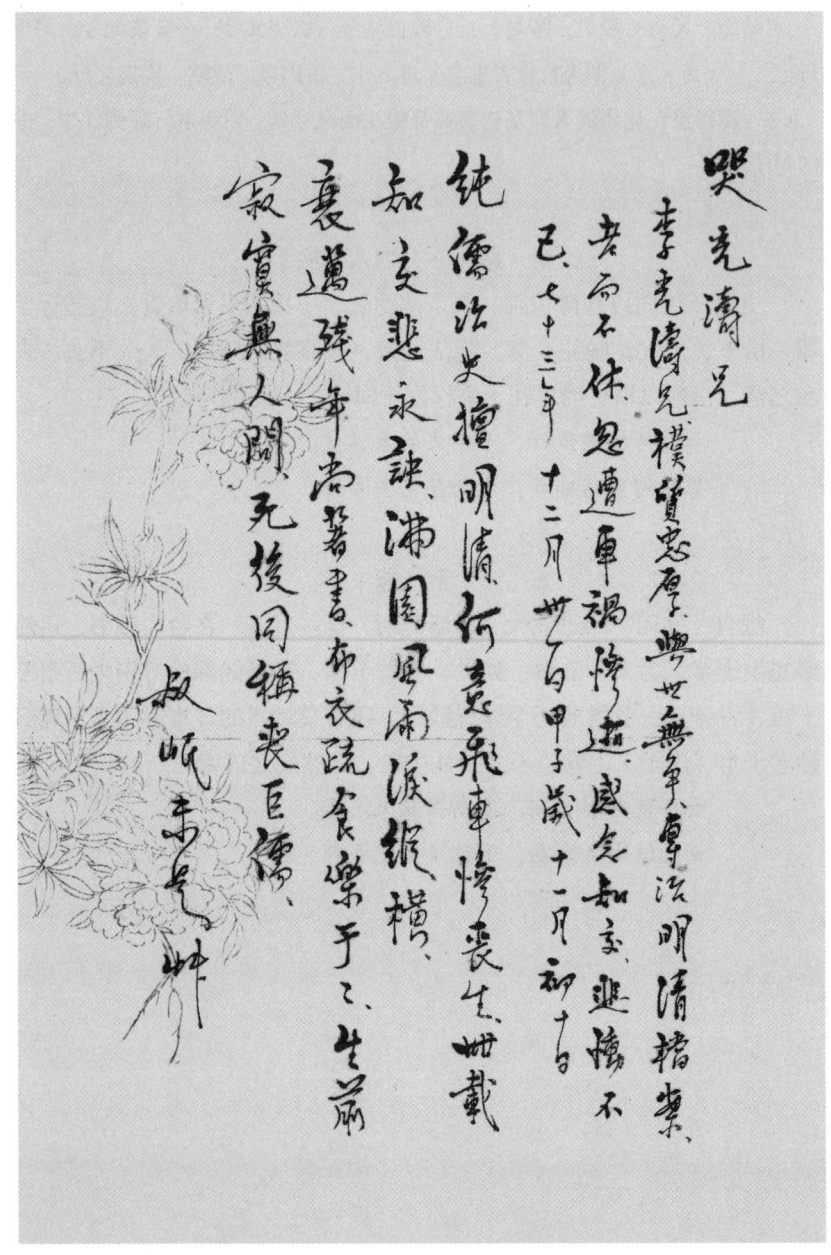

李光涛兄朴贽忠厚，与世无争，专治明清档案，老而不休。忽遭车祸惨逝。悬念知交逝怆不已。七十三年十二月廿五日甲子岁十一月初三日

纯儒治史擅明清，行意飞车惨丧生。卅载
知交悲永诀，渖园风雨泪纵横。
襄迈残年尚著书，布衣疏食乐于斯。生前
寂寞无人问，无复同俦丧巨儒。

叔岷李光涛

1984年12月31日，王叔岷诗：《哭光涛兄》（李幼萱供图）

□ 夏　鼐

敦煌佛爷庙偶成
（一九四四年）

前生合成披袈裟，野庙栖身便是家。
静参禅悦眠僧榻，闲观题壁啜苦茶。
欹枕听风撼怪柳，凭窗观月照流沙。
却忆当年寂照寺，挖罢蛮洞看山花。

1944年，史语所参加西北史地考察团，赴西北考古调查的夏鼐和向达把工作站建在距离敦煌县城15里以外的佛爷庙，到了酷暑季节暂歇收工，搬到千佛洞避暑。夏鼐在回复李庄同事的问询时，以这首《敦煌佛爷庙偶成》示作答，此诗步周作人五十自寿诗诗韵。诗中寂照寺，是1941年参加川康古迹考察团发掘彭山汉墓的工作点。写景寄情，诉说环境孤寂及对故人往事的怀念。

南部县遇雨二绝
（一九四六年一月廿九日）

拥衾不寐对孤灯[1]，寒雨打篷被如冰。
年来飘泊旅途上，生涯犹如行脚僧。
千峰隐约白云间，偃卧舱中尽日闲。
却忆去岁冬雪时，骑驼衢寒出玉关。[2]

七律 富利场读书度岁[3]
（一九四六年二月一日）

嘉陵江上雨疏疏，夜泊河湾逢暴徒。

---

[1] 作者原注：太平船上之太平灯。
[2] 夏鼐：《夏鼐日记》卷4，华东师范大学出版社，2011，13页。
[3] 原诗无题，标题为编著者岱峻所加。

行笥席卷百物尽，旅囊搜刮一金无。
赏景恨无杯中酒，消闲唯有筐里书。
朝朝佐膳唯盐，可奈今朝是岁除。

1946年初，夏鼐完成西北考察，搭乘西北油矿部门的大卡车，把行李及发掘的古物运回史语所。入川后抵广元昭化码头上船，顺嘉陵江而下，一路上经历土匪劫掠、船只搁浅等诸多险象。船工刀口舔血，风波出没，船上纵酒，岸上买笑。是年2月1日是乙酉年除夕，船泊南部县富利场度岁。下午街上即罕游人，摊贩多货罄返家。夏鼐餐风饮露，忍饥受冻，唯一的排遣是读书，读《十八家诗钞》。

往　事
（一九八三年）

离乡五载未能还，漂泊西南西北间。
张氏祠堂濒绿水，彭亡古庙对青山。
深山礼佛登岩窟，大漠骑驼访玉关。
四十年来浑似梦，梦犹未醒发已斑。[1]

注释：

夏鼐（1910—1985），原名作铭，浙江温州人，清华大学历史系毕业，留学英国学习埃及考古。1939年回国后在中博院及中研院史语所工作，曾参与西北考察团，独自在敦煌酒泉一带从事考古调查。新中国成立后，夏鼐历任中国科学院考古研究所副所长、所长、名誉所长，中国社会科学院副院长，是中国科学院哲学社会科学部委员，国家文物委员会主任委员。

张氏祠堂：李庄张家祠堂，时为国立中央博物院筹备处所在，濒临长江。

彭亡古庙：彭山江口镇的寂照寺，为中博院和史语所的汉代崖墓调查发掘工作站，夏鼐1941年回国即到此参加考古发掘。

1983年3月，南京博物院建院五十周年之际，时为中国社会科学院

---

[1] 夏鼐：《夏鼐日记》卷9，华东师范大学出版社，2011，118页。

副院长的夏鼐作《往事》一首赠予南京博物院,"怀念四十年代初与南京博物院之一段鸿雪因缘",彼时南京博物院即国立中央博物院筹备处,夏鼐隐曲的文字中流露出对史语所傅斯年、李济、吴金鼎、曾昭燏诸位师友绵绵不绝的思念。

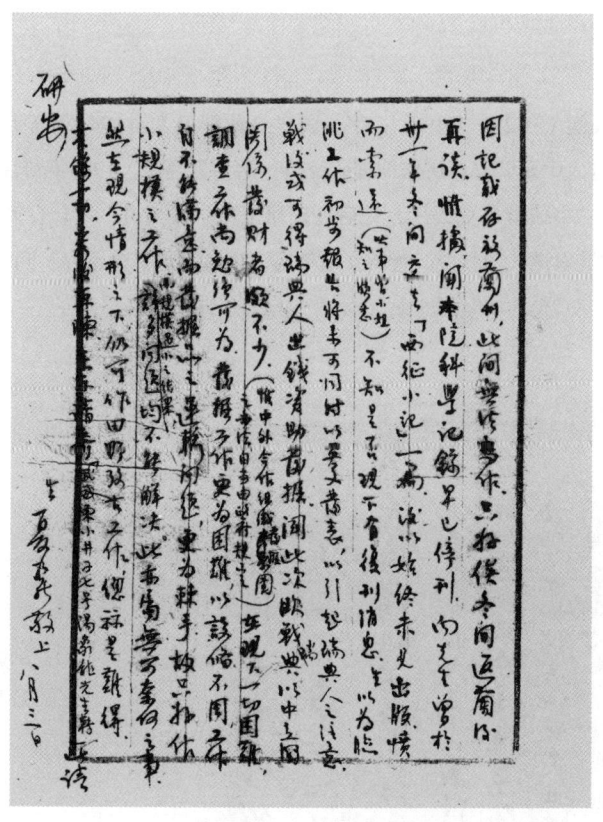

1944年8月3日,夏鼐致李济信(李光谟供图)

□周天健

三十二年旧历除夕
（一九四三年）

岁时万里乱难民，苦忆灯前白发亲。
小醉渐余诗当哭，轻愁还与睡为邻。
多情自古天应老，入世能狂语欲真。
纵有悲欢何处寄？乱山萧寺著斯人。

注释：

周天健（1922—1994），字子彊，江西湖口人。1941年高等考试及第。1942年8月入中研院史语所作助理研究员，两年后离所。1949年到台湾，先在台大，后回"中研院"史语所，先后任副研究员、研究员。后转台湾交通大学教授，新加坡南洋大学教授。善诗，晚年有诗集《不足畏斋诗存》问世。

1943年初冬，周天健留题（董敏供图）

□ 游　寿

伐绿萼梅赋并序

　　壬午之冬，来游西川。寄居詠南山馆亚门，香飘雪曳，冰肌玉质。顾视绿萼梅一株，蟠矫偃蹇，长自瓦砾，南枝如鹏翼垂云，伸覆墙外，盖上有樟楠竹桂，蔽雨露之泽，草木有本性，槎枒以望生。明年，余移居海红花院。又明季夏，主人伐而去之，曰：枝干虬困，伤籓篠也。余默然久。兰芷当门，锄而去之，此言不虚。乙酉冬（1945），余居驭仙草堂，又出入山院，门庭无改，独不见故枝羁旅门墙。感草木虽无言，而性灵或有同者，遂赋之。

　　江天晚晴，映余霞之绚烂；寒谷隧风，卷残叶而萧寥。临浮思以顾盼，沿崔嵬而逍遥。循层除以升降，瞻女墙之翠翘。冰肌雪质，芬摇芳飘。绿衣索笑，孤鹤相邀。照飞英以景月，写粉黛于清朝。缀枝如豆，嫩蕊若桃。金谷佳人，凭危楼之将坠；萧湘帝女，依修篁而掩泣。乔木干霄，交柯蔽日。云暧暧以浑漾，雾沈沈而黳欹。暗香悄凝，绿蛾惋悒。东篱非所，南枝斜出。褰鹏翼搏，扶摇而上征，奋龙偃掣，波澜以腾逸。寿阳新装，江城吹笛。处士过此而盘桓，妒妇见之亦恨嫉。时移岁改，蕙叹兰焚。熏莸臭味既殊趣，清浊浮沈又甚分。何庭堂之芜秽，孰纫佩之；缤纷末据要路，且非当门。急斧斤以摧枝，杂舂插而锄根。何藩篱之森固，戕嘉木之天年。恣榛莽之畅茂，任蔓草以裹延。东平步兵坏府舍，使内外相望汾阳。甲第混负贩，同贵贱而联翩。或无为而称治，或损益以求贤。况毁七宝亭台，以支厦屋，无补倾仄宁意。九嶷仙人，饰铅花而争妍媸，想环佩微尘，绮罗轻绁。悼月下归来之芳魂，愁水边远移之玉骨。末是上林紫蒂，春风早沾；翻似丹岭绮青，王孙却伐。望东阁兮彷徨，抚余襟兮哽噎。

乙酉冬至（1945）初薰

注释：

詠南山：李庄板栗坳詠南山牌坊，至今犹存，旁边戏楼台为史语所考古组董作宾研究甲骨文的办公地。

藁：本指多年生草本植物，有草稿之意。

作者托物言志，咏物抒怀，以一树高贵芳洁、冰肌雪质的绿萼梅，与芜秽之莸草"殊趣"，虽"未据要路"，"且非当门"，仍难逃"摧枝""锄根"之命运，叹息"望东阁兮彷徨，抚余襟兮哽噎"。三十年后（1975），游寿重抄此作，缘起"日者，王云自北京归，转夏鼐问讯。又读英人李约瑟之中国科学技术史序论，故人旧事盖已三十年矣。今存者几人？"故人已去，山远水阔，心湖渐平。

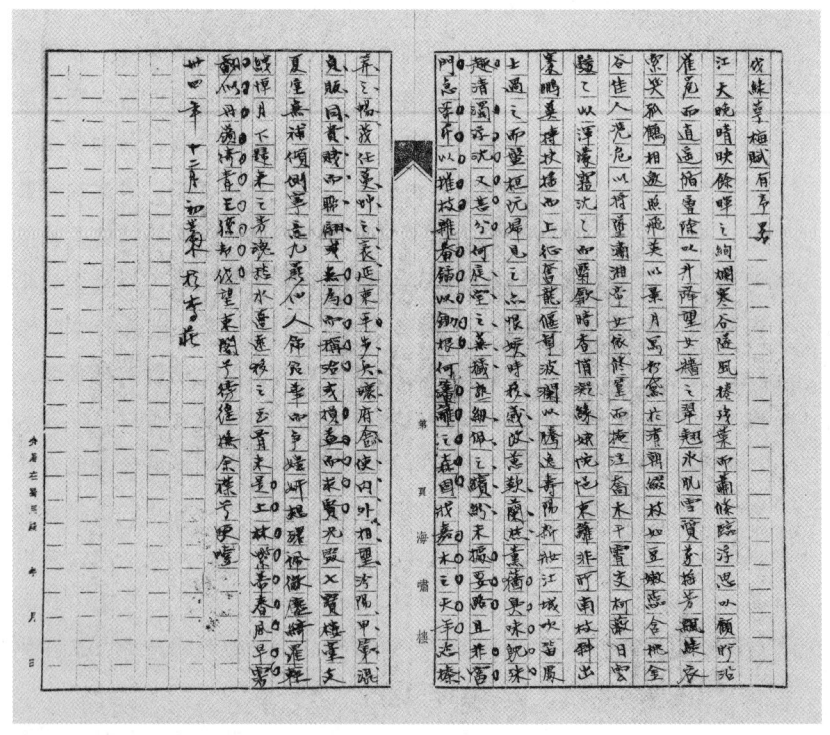

游寿书《伐绿萼梅赋》（王立民供图）

山居志序

海客西迁，止于巴山，端居多忧，旧雨停云，设辩解惑，奇闻希见，靦缕为文，以遣其忧，曰山居志。

夫庭槐蚁垤，宰制廊庙，乘车鼠穴，恬瘫膏肓，是能适志者也。望尘遥拜，曲钩封侯，士流行之，以取富贵。吾无嗣宗之默，甚慕柳惠子介，误入矰缴，山鬼技惟，笑入魑魅，羞于争光，腐鼠滋味，孰能逐臭？禽鹿之性，雅爱山林，亦何所恨？一苇西泝，爰适此山。既怀嘉□，即削名籍。职同守藏，将泥水以自蔽；居寄庑下，无赁舂之劳苦。借百城之富，聊抽思之写意，乃三春零雨，南山障雾，玄文憔悴。登岳闻夷歌，长谣而潜悲；下帷听鹃啼，彻夜以泣血。自边城羽檄，干戈遂沦中原，潢池寇盗，鲸鲵竟掀沧海。问新亭耆旧，谁戮□王室。念遭丧乱，累年羁旅，闻垂天之翼，未抟扶摇，且为蝼蚁所欺，况无六翮，抢榆差池，此有时而自伤。

少慕狂狷，率性任情。长读诗书，风雨无晦，鸡鸣不已。子云草玄，康成定礼，并值阳九之运，咸能安命立言。传家一经，岂忘堂构，于是发箧启轴，尊罍盘盂，鬲甗钟鼎，龙蟠螭结，藻起云飞，出乎汾泗，重登玉堂，垂露悬针，崩云游雾，传苍圣之玄意而泫鬼神，黼黻铃銮，缵扬光烈，镂尹史之诏宸，昭成康之宠锡，乃若牺凤婆娑，饕餮麤嚚。彼先儒之义，训徵仪物而益信，是人间寰宇，日夕列诸几案以清玩。若夫爵登封五等，恩隆九族，甚弘之数典，张华之博物，梏失蘩弱，金路玉罩，雕版绘像，比物丑类。骨列专车，计尺度而分氏族；辨音夷貉，论方言以记辅轩。或则吮墨含毫，焚膏继晷，灯豆摇影。龟卜繇兆方紬，稚子索哺，孀人怨语如絮。刘孝标窃比三同四异，亦思模拟王安丰趣事矣，人卿夫流传佳话。或则步兵能青，白眼抱卜，论丹铅术，陶公盘桓枯松以长吟，骆子漫衍稷门之诡辩。渡江卫玠，登楼仲宣，凤婴□病，亦轻通脱，乃至淳于。□穀公输云梯稽古，中郎陶冶校尉；上官以玉尺量材，道蕴施步幛解围。

人怀荆山之璞，家悬灵蛇之珠。天纲八纮，顿之落山矣。故鱼目混珠，滥竽邀赏。诩平生著作，自题手泽；美闻中淑女，谓居秦楼。国无世业，犹依父荫以扬声，制非封建，竟比翰花而自贵。

道无四皓，遁隐商山，安望玄德，礼致令下，一纸顾盼。南溪何怪，妙选不伦。或则凳□，□俗执拗，仍同顽禅。贾暨学儒，气度自然斗筲。客无三千，士难五百，不知狗盗，亦惭鸡鸣。尚有邓曼齐姜赵女□姬传□，西南滇海间，云思归陇首。邛笮通道，剑阁栈连，停轩巴渝。山号峨眉，抚翠黛而长颦；峡有月镜，临素靥问焉支。膏沐未施，掠云鬟以欲颓；锦绮间叠，看珠碧而溅泪。生长咸里，但知謌吟，未习机杼，试濯江波。调姜韭初尝辛酸，问米薪始知珠桂。此是女伴，长话殷勤。峰以栗名，地乃为坳。陟坡陀以升降，绕江流如襟带。水路交臻，时有山市，龙圆鸡菌，丹荔黄澄，素柰甘瓜，银耳金针，尽罗珍异。行贾负贩，越岗蹦岭，可致门前。野花如锦，山泉泣奏。舍后木奴万株，庭前兰婢百盆。古树交柯，老藤盘根，囷郁离披，时可娱心。志者，庾信小园，白傅草堂，唯彼若贤，羁客逐臣，安危乐道。窃慕斯旨。

　　夫尺蠖能屈，龙性难驯。多怀激烈，直抒慷慨。未闲典故，词甚鄙陋，通人拊掌，无所恨也。

　　戊申人日理乱稿得此矣。以此文癸未四月病中初稿□宜而不通牖焉也一笑。

年六十三又记

注释：

　　謌：同"歌"。

　　连同上文《伐绿萼梅赋并序》，作者托物言志，借景抒情，意在倾诉一段旧时恩怨。此事来龙去脉，错综复杂，作者有详细讲述，祈参阅《发现李庄》第二卷《一张中国大书桌》之《游寿：龙性难驯　李庄遭厄》一章。

□梁方仲

襍诗五首 敬步原韵即希郢政[1]

槃庵吾兄：顷奉转来汉昇兄大札，至感至感。惠诗浣颂一过，佩极，佩极！谨依原韵奉和五首，拙诗殊不耐观，乞勿见笑为幸。敬讯吟安！

弟梁方仲 顿首 十日早

仲勉世丈、之屏、贞一诸兄均此致候。

闲庭日景除，习定观心处。隐几玩君诗，沈吟口难呇。
春月照无涯，风檐试苦茶。何郎今渐老，有泪忆梅花。
皓首穷经意，君今鲁两生。哀时诗赋在，元孝笔纵横。
胡尘满天地，故苑忆昌华。佳句殊难和，红棉黯不花。
去岁榆林道，春残石未畲。余寒欺瘦马，踏月逐龙沙。

注释：

襍诗五首的写作时间，笔者判为1944年，因当年12月梁方仲已去美国访学。

襍：同"杂"。

呇：原书"夫"，笔者判为"呇"，指喧哗。

无 题
（一九四六年，时在巴黎国际文教会上）

座中书记最翩翩，谁分沉冥觉独贤。
银烛华灯传往事，哀丝繁管集中年。
绝怜醉纸迷金地，来证诸缘众妙天。
铁塔高寒傲湖海，元龙豪气自无前。

---

[1] 梁方仲著，梁承邺等整理：《梁方仲遗稿信札、珍藏书画、遗墨观痕》，广东人民出版社，2019，368—369页。

附 杨联陞：

和方仲诗

赠方仲（一九四六年一月十二日）

北国学者莫之先，一代经纶独贯穿。
图写鱼鳞十段锦，徭均鼠尾一条鞭。
苦寻佳句常迟睡，贪买奇书不惜钱。
海外从君称大长，几茎白发可人怜。[1]

（一九四六年十月，自纽约归寓改成）

买舟归客正连翩，庸笔无须较孰贤。
强慰闺人夸远志，应知异国误华年。
万鱼湖海渐忘我，何日升平苦问天
惟有两般豪气在，不辞枰上与樽前。[2]

挽岑仲勉诗

（一九六一年）

书难尽信奈书何，秦汉而还伪史多。
驳正胡书存信史，如椽大笔泻黄河。

转对音词百妙该，商量旧学合新裁。
隋唐二代兴亡迹，辩证旁通见史才。

闭门著述老弥勤，力疾犹恩惠大群。
薪火递承传绝世，手栽桃李郁芳香。

当年避寇两家亲，漓水湘江共济频。
我失北堂萱萎后，老成顿失复伤神。[3]

---

[1] 杨联陞著，蒋力编：《哈佛遗墨杨联陞诗文简》，商务印书馆，2004，225 页。
[2] 杨联陞著，蒋力编：《哈佛遗墨杨联陞诗文简》，商务印书馆，2004，227 页。
[3] 梁方仲著，梁承邺、李龙潜、黄启臣、刘志伟等整理：《梁方仲遗稿案头日历记事》，广东人民出版社，2019，203 页。

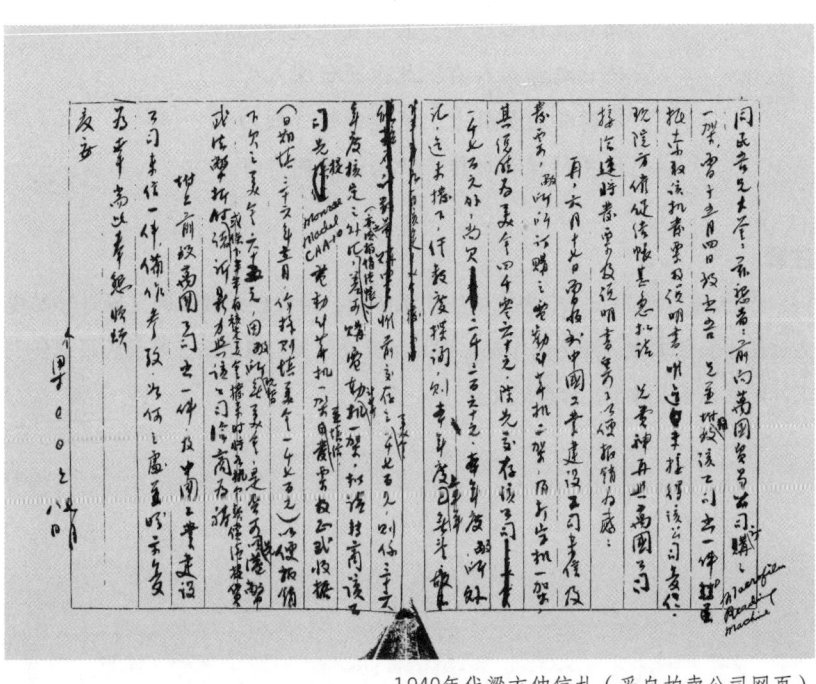

1940年代梁方仲信札（采自拍卖公司网页）

□史久庄

七古短章

博父师近以诗集付余校对，余于诗学造诣未深，不敢妄事批评，拜读后谨成七古短章，附书于此，以致敬佩之忱云尔。

翁年今岁七十七，好学深思有不辍。
策杖时行泽畔吟，溪囊积得诗千律。
回环展读心悲恻，哀音直使鬼神泣。
流亡之痛人人有，此恨此仇深入骨。
有时雄放如杜老，笔阵能使倭奴扫。
他年付梓百世传，诗与诗翁同寿考。

注释：

史久庄，江苏人，中央大学生物系毕业，留校任助教。同父异母姊姊史久远是丁文江太太。经丁氏作媒，1935年夏天与吴定良结婚，是吴氏第二任夫人。婚后，相夫教子，育有三女。

附：李权诗

拙稿辱史久庄校勘并题以诗，依韵致谢

一从倭变经七七，老向天涯驻车辙。
同人眷属半偕行，得共彩鸾商诗律。
彩鸾妙句工乐府，龙泉一集足歌泣。
梅溪格调易安才，吟身自是抱仙骨。
我性近迂身垂老，时纪游踪闲愁扫。
枉耗神思代推敲，行程那堪异日考。

1940年底，史久庄随夫吴定良寓居李庄，1944年受李济之父李权之托为其校勘诗集。老人赠诗酬谢，史久庄以诗回复，两代学人，吟侣唱和，古风古礼，令人神往。

好事近

深院雨初晴，又是榴香荔熟。满树夹竹桃红，映一帘疏绿。
有读书处便为家，风景四时足，蔬食布衣温饱，任天涯飘逐。

调笑令

明月，明月，照得骚人愁绝。深闺梦里登楼，无定河边血流。流血、流血，流到国仇尽雪。[1]

鹊桥仙·悼亡
（一九八二年三月）

柳眉深浅，梨云淡素，几见画梁新燕。东风吹海棠边，又烧起火云片片。

龙华古道，绿阴高树，多病那堪泪眼，浮云流水十年间，怎禁得许多哀怨？[2]

---

[1] 广州诗社编辑：《当代诗词》（总八、九期合刊），花城出版社，1986，67—68页。
[2] 郑公盾：《科普述林》，陕西科学技术出版社，1985，49页。

"文化大革命"中，吴定良屡遭劫难。在1969年3月23日复旦大学清查"五一六"运动中，卧病在床的吴定良再次被抄家，眼睁睁看着所有发表与未发表的一百多篇论文，以及科研工具计算机、直脚规、弯脚规等悉被拿走，在病床上失声痛哭，翌日凌晨即与世长辞。1979年6月复旦大学召开追悼会为吴定良平反昭雪，并郑重宣布："对吴定良所加的一切污蔑不实之词，应予以推倒，恢复名誉。"吴定良夫人史久庄这阕词，写于清明节去上海龙华烈士陵园扫墓归来。

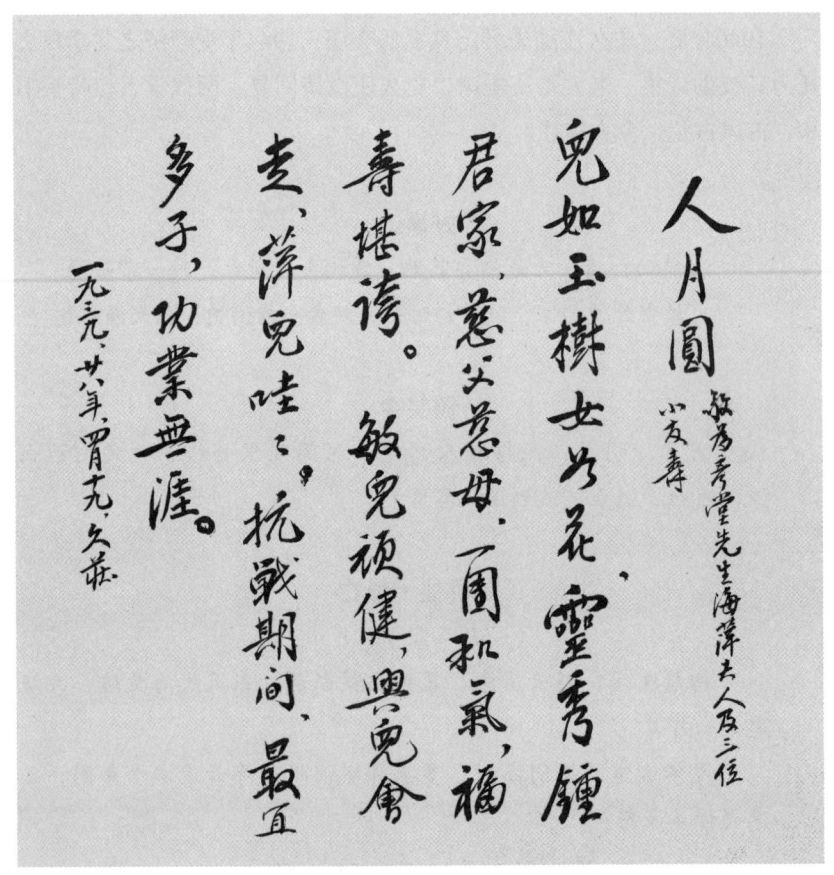

1939年4月19日，吴定良夫人史久庄为董作宾一家贺词（董敏供图）

□王献唐

绝句两首[1]

与逸雪道兄别两月矣。顷闻有西北之游，中宵揽衣，杖触弥襟，口占二绝句，篝灯写之，时三十二年四月十日。明晨即付驿使去矣。

梦里逢君醒似真，向湖一别雨如尘。
相思逐渐春潮涨，又唱阳关送故人。

扛鼎争传笔一支，更从剑外揽雄奇。
平凉羯鼓金城柳，万里春声出塞时。

注释：

逸雪：蒋逸雪（1902—1985），江苏建湖人，师范学校毕业，先后任教于淮安省立第九中学、盐城中学等校。发表文章于《东方杂志》，渐有声誉。其《张溥年谱》，为史学界所称道。抗战迁川。任国史馆编辑主任，与王献唐最为莫逆。

1943年4月10日，山东图书馆馆长王献唐客居李庄板栗坳史语所田边上宿舍，为重庆国史馆编辑蒋逸雪绘制《向湖清话图》并口占二绝句。

贺彦堂五十寿[2]

今古星星火一薪，上元调历若为神。
已教张史无余艺，更觉平阳有替人；
阅世龟书撑旧典，当前蚁酒对新春。
与君且话名山业，五十年华自在身。

---

[1] 淮阴师专学报编：《活页文史丛刊》，1983年8月。
[2] 转引自李勇慧撰：《王献唐著述考》，山东教育出版社，2014，384页。

1944年3月20日（旧历二月二十四日），董作宾在李庄板栗坳度过五十岁寿诞。王献唐《平乐印庐日记》载："三月十七日。……彦堂明日五十寿，所中诸人约余为做寿，成诗一律贺之。午饭后，以朱砂写讫。彦堂来，持去。"

示小萍
（一九四四年秋）

不道人间又是秋，西风落叶仲宣楼。

亦知无奈愁中老，喜闻卢家唤莫愁。

注释：

小萍，董作宾之幼女，王献唐的干女儿。

题向湖清话图寄逸雪[1]
（一九四四年十月二十一日）

离乡近十载，思乡之绪多为不堪。

谁道苍茫已化烟，向湖往事夜谈玄。

一杯落叶声中酒，半偈狂华悟后禅。

似觉笑言谈昨日，不堪离绪是中年。

淋漓醉墨鸿泥影，忆到生平祇惘然。

注释：

逸雪，蒋逸雪（1902—1985），江苏建湖人，文史研究专家。时为国史馆筹备委员会干事兼一组主任，与王献唐是学术之交与诗友。

---

[1] 王献唐：《题向湖清话图寄逸雪》，王献唐《平乐印庐日记》（1944年10月21日），未刊稿。

1943年、1945年王献唐画于李庄（李幼萱供图）

□ 李 权

七律 初闻李庄[1]

文山山色柳州烟，地以人传重往贤。
访胜应先溯门望，卜居暂拟乐林泉。
曲仁南去经千里，陇水西流共一川。
天意殷殷怜老朽，尘寰纵谪也称仙。

附 林思进

答李博父同年李庄见寄

入蜀诗人例，蟠根仙李庄。泸戎山势接，荆楚客思长。
膝有佳儿置，[2]心仍寇荡伤。何时下巫峡，高咏向襄阳。

循吏人谁传，师门君独知。阙荒王稚子，诗遡杜犍为。
风谊如今少，科名往事悲。相望真老矣，回首卅年时。[3]

注释：

清人李调元诗："自古诗人例到蜀"，此喻李博父。

王稚子双石阙，为新都县的珍罕石刻，历代有载，如宋赵明诚《金石录》、洪适《隶续》、王象之《碑目考》，以及翁石纲《两汉金石记》，褚峻、牛远震《金石图》，王昶《金石萃编》，授经堂《金石记》《金石苑》和《蜀中名胜记》《四川通志》等。今已不存，毁于"文化大革命"中。

遡：同"溯"。

杜犍为：《后汉书·儒林列传·杜抚传》：杜抚字叔和，犍为武阳人也。少有高才。受业于薛汉，定《韩诗章句》。后归乡里教授。沈静乐道，举动必以礼。弟子千余人。后为骠骑将军东平王苍所辟，及苍就国，掾史悉补王官

---

[1] 《七律·初闻李庄之名喜赋》，郢客词选，未刊稿。
[2] 原诗注：哲嗣济之任中央研究院，君就养同来。
[3] 林思进：《清寂堂集》，巴蜀书社，1989，470 页。

属，未满岁，皆自劾归。时，抚为大夫，不忍去，苍闻，赐车马财物遣之。辟太尉府。建初中，为公车令，数月卒官。其所作《诗题约义通》，学者传之，曰《杜君法》云。

无 题

战云密布度稀年，乱世偏将残喘延。
荆襄岁时翻旧记，桂林山水入新编。
群峰排笏环城郭，万户连甍绕市尘。
莫道乡氓忘国事，声声爆竹正喧天。

七律 李庄闻警报用前韵[1]

击柝俄惊四境哗，遥眈天半眼生花。
午炊待熟争求饭，市肆行停罢啜茶。
度阡越陌休问路，依松就竹便为家。
平生自恃腰脚健，渐苦难支感岁华。
　　　　　　　　一九四一年六月二十九日

生日承同仁公讌赋此申谢兼抒鄙忱[2]

仰天时抱杞人忧，幸扑倭氛洗积仇。
国际方声侵略罪，邦基应作久长谋。
屈原骚思溯初度，张翰乡心悔远游。
不分操戈起同室，中兴事业慨沉浮。

一九四一年旧历七月初一，李权在李庄度过七十四岁生日，写作此诗，以酬谢贺寿的友朋晚辈。

---

[1] 李权：《郢客诗稿》（未刊稿），李光谟提供。
[2] 李权：《郢客诗稿》（未刊稿），李光谟提供。

李权：题婴儿日记为彦堂先生海萍夫人福寿多男之庆（董敏供图）

贺婚礼 为逯钦立与罗荷芳催粧
一九四二年

此日罗敷信有夫，使君知是鲁诸儒。
学童环绕花舆笑，争把老师拍手呼。
老师俯首作新娘，依旧弦歌起一堂。
绛幔未悬纱曳地，群称福禄好鸳鸯。
凤鸶鹤翔集众仙，霓裳合咏大罗天。
□□我亦附风雅，惯度新声付管弦。
红牙记□贺新郎，忺领嘉筵喜欲狂。
欲止馋涎先唱曲，忽来诗思助催粧。

往遇婚期，每谱贺新郎聊赚喜筵，几成惯例。此得数载，疑有神助，遂易词为诗，以博双粲。

注释：

催粧：古代称赠给待嫁新娘的诗为催妆诗，简称"催妆"。宋代吕渭老《好事近》词："彩幅自题新句，作催妆佳阕。"《椿杌闲评》第十回："明月满天，佳人在座我辈何不联句以代催妆。"清代孔尚任《桃花寓·却奁》：

"（末）昨晚催妆拙句，可还说的人情么。（生揖介）多谢！"《青楼梦》第四回："今日姐姐于归，我也不敢以俗物赠夐，聊赋催妆数什"。[1]

大罗天：道家指天外之天，最高最广之天。

板峰纾怀

板峰即板栗坳，研究所同人多在此间，山路崎岖，无可游处，前次新约话旧，住一星期即归，兹承雅询依韵以述其况，并纾近怀。

蜀道艰难半乱峰，蚕丛鸟道碍行踪。
故人多住云深处，时有涛声听万松。
故乡山色近如何，傍晚惊传战马多。
天道恶盈知不爽，长城今见受降多。

七律 送陶孟和赴美

早岁知曾万国游，得输文化奠神州。
为施戎□驱豺虎，又见仙槎贯斗牛。
救国终将雄略展，平倭□把壮怀酬。
岂唯秩序新东亚，世界和平且美苏。[2]

---

[1] 引自曲文军：《〈汉语大词典〉词目补订》，山东人民出版社，2015，586页。
[2] 李权诗词，李光谟提供复印件，冯志录入。

□ 曾昭燏

寄怀子缃约廉柏林
（一九三九年秋）

金袂凌风绝世姿，参天雕柱亦威仪。
一城芳草终季绿，惆怅无繇共赋诗。
丧乱飘流各海涯，月明同动故园思。
秦鬟妆镜今犹昨，休话莫愁夜泛时。[1]

满庭芳·莫愁湖

　　草接长天，云迷远树，寂寞野水荒村。寒烟暮霭，正景色初昏。佳丽湖山旧地，今惟见、坠叶纷纷。斜阳外，危栏独倚，无语只销魂。　休论，当日事，兰桡慢拨，柳浪轻分。想暗逐香舟，多少王孙，千载佳人何处，空剩得、败藕飘萍。归来后，佩环月夜，犹识旧波痕。

点绛唇（一九四〇年十月十三日）

　　西望滇池，苍茫还似江湘水。暮云无际，何处修门是？三载沧飘，匝地金戈沸。争能醉，梦中悲喜，不尽沧桑泪。[2]

---

[1] 南京博物院编：《曾昭燏文集》，文物出版社，1999，314 页。
[2] 摘自 1940 年 10 月 14 日曾昭燏日记，龚良主编《曾昭燏文集》（日记书信卷），文物出版社，2013，103—104 页。

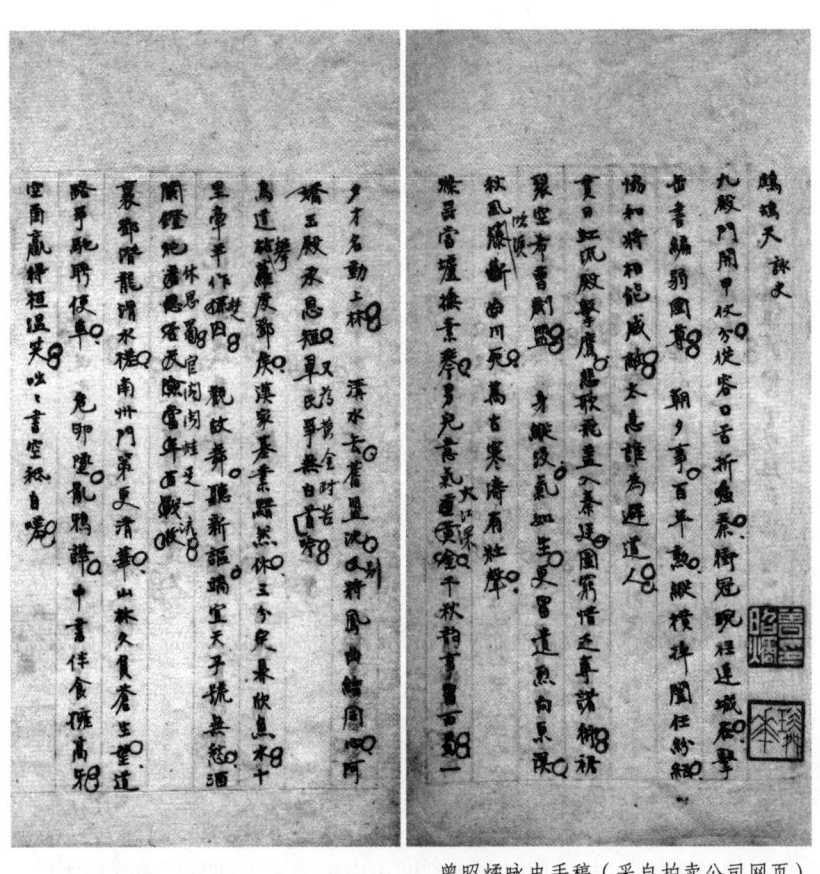

曾昭燏咏史手稿（采自拍卖公司网页）

□林徽因

春天田里漫步
（一九四一年）

春天田里，慢慢的，有花开，
有人说是忧愁，——
有人说不是：人生仅有
无谓的空追求！
那么是寂寞了，诗意的悲哀
心这样悠悠；
古今仍是一样，
河水缓缓的流。

青青草原，新才追到眼前，
有人说是春风，——
有人说不是：季候正逢
情感的天空，
或许是自己呢，怀念远边，
心这样吹动？
古今永远不变，
春日迟迟中红。

1940年年底，林徽因一家来到四川南溪李庄上坝月亮田张家大院，翌年春天，大病初愈的林徽因创作了这首诗歌《春天田里漫步》，刊于1948年7月25日《平明日报·星期艺文》。

一天

今天十二个钟头
是我十二个客人,
每一个来了,又走了,
最后夕阳拖着影子也走了!
我没有时间盘问我自己胸怀,
黄昏却蹑着脚,好奇的偷着进来!
我说:朋友,这次我可不对你诉说啊,
每次说了,伤我一点骄傲。
黄昏黯然,无言的走开
孤单的,沉默的,我投入夜的怀抱!

三十一年春李庄

此为《病中杂诗九首》之一首,载1948年5月《文学杂志》第二卷第十二期。

十一月的小村

我想象我在轻轻的独语:
十一月的小村外是怎样个去处?
是这渺茫江边淡泊的天,
是这映红了的叶子疏疏隔着雾;
是乡愁,是这许多说不出的寂寞;
还是这条独自转折来去的山路?
是村子迷惘了,绕出一丝丝青烟;
是那白沙一片篁竹围着的茅屋?
是枯柴爆裂着灶火的声响,
是童子缩颈落叶林中的歌唱?
是老农随着耕牛,远远过去,
还是那坡边零落在吃草的牛羊?
是什么做成这十一月的心,
十一月的灵魂又是谁的病?
山坳子叫我立住的仅是一面黄土墙;

下午通过云雾那点子太阳！
一棵野藤绊住一角老墙头，斜睨
两根青石架起的大门，倒在路旁
无论我坐着，我又走开，
我都一样心跳；我的心前
虽然烦乱，总象绕着许多云彩，
但寂寂一湾水田，这几处荒坟，
它们永说不清谁是这一切主宰
我折一根柱枝看下午最长的日影
要等待十一月的回答微风中吹来。

　　　　　　　　三十三年初冬 李庄

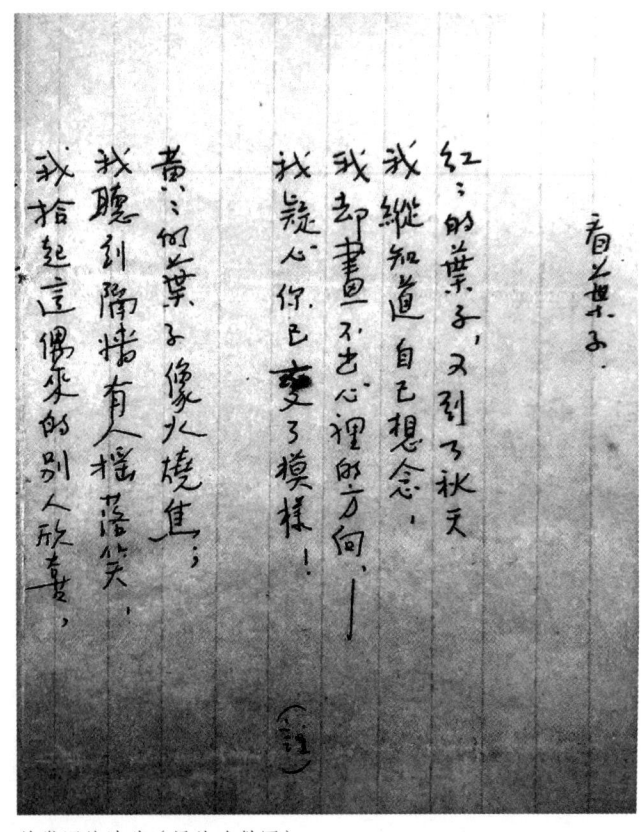

林徽因的诗稿（梁从诫供图）

忧 郁

忧郁自然不是你的朋友；
但也不是你的敌人，你对他不能冤屈！
他是你强硬的债主，你呢？是
把自己灵魂压给他的赌徒。

你曾那样拿理想赌博，不幸
你输了；放下精神最后保留的田产，
最有价值的衣裳，然后一切你都
赔上，连自己的情绪和信仰，那不是自然？

你的债权人他是，那么，别尽问他脸貌
到底怎样！呀天，你如果一定要看清
今晚这里有盏小灯，灯下你无妨同他
面对面，你是这样的绝望，他是这样无情！

林徽因一家住在四川南溪县李庄镇上坝村。因肺病复发，林徽因卧床五年。据梁从诫注，这首《忧郁》创作于1944年李庄的病榻上。

哭三弟恒
——三十年空战阵亡

弟弟，我没有适合时代的语言
来哀悼你的死；
它是时代向你的要求，
简单的，你给了。
这冷酷简单的壮烈是时代的诗
这沉默的光荣是你。

假使在这不可免的真实上
多给了悲哀，我想呼喊，
那是——你自己也明了——

因为你走得太早,
太早了,弟弟,难为你的勇敢,
机械的落伍,你的机会太惨!

三年了,你阵亡在成都上空,
这三年的时间所做成的不同,
如果我向你说来,你别悲伤,
因为多半不是我们老国,
而是他人在时代中碾动,
我们灵魂流血,炸成了窟窿。

我们已有了盟友、物资同军火,
正是你所曾经希望过。
我记得,记得当时我怎样同你
讨论又讨论,点算又点算,
每一天你是那样耐性的等着,
每天却空的过去,慢得像骆驼!

现在驱逐机已非当日你最理想
驾驶的"老鹰式七五"那样——
那样笨,那样慢,啊,弟弟不要伤心,
你已做到你们所能做的,
别说是谁误了你,是时代无法衡量,
中国还要上前,黑夜在等天亮。

弟弟,我已用这许多不美丽言语
算是诗来追悼你,
要相信我的心多苦,喉咙多哑,
你永不会回来了,我知道,
青年的热血做了科学的代替;
中国的悲怆永沉在我的心底。

啊，你别难过，难过了我给不出安慰。
我曾每日那样想过了几回：
你已给了你所有的，同你去的弟兄
也是一样，献出你们的生命；
已有的年轻一切；将来还有的机会，
可能的壮年工作，老年的智慧；

可能的情爱，家庭，儿女，及那所有
生的权利，喜悦；及生的纠纷！
你们给的真多，都为了谁？你相信
今后中国多少人的幸福要在
你的前头，比自己要紧；那不朽
中国的历史，还需要在世上永久。

你相信，你也做了，最后一切你交出。
我既完全明白，为何我还为着你哭？
只因你是个孩子却没有留什么给自己，
小时我盼着你的幸福，战时你的安全，
今天你没有儿女牵挂需要抚恤同安慰，
而万千国人像已忘掉，你死是为了谁！

三十三年李庄

1941年3月，林徽因的三弟在成都上空迎击日机时不幸牺牲。三年后，林徽因痛定思痛，写作此诗，刊于1948年5月《文学杂志》。

□ 卢　绳

溪庄辞岁
一九四二年冬于四川南溪中国营造学社

新秋违母膝，八月下南溪。山川千里越，风雨半年栖。
鹿洞亲师友，桃源远鼓鼙。晨曦缃卷启，落日绛帏低。
方圆明栋栿，曲直辨枅枡。欲以昌新学，宁惟事古稽。
池草成诗句，河桥觅画题。霜林闻伐斧，绿野动耕犁。
荣枯终不问，物我自能齐。闻鹤翔云岭，飞鸿踏雪泥。
空梁惊鼠闻，密树出乌啼。耿耿星犹北，迟迟月向西。
祗愁残岁尽，未觉一身羁。也识两京客，争攀百尺梯。
碌碌终何似，九衢乱马蹄。

呈梁、刘二师
一九四三年元日

桃符新雯一年迟，羽檄军书共曩时；
西极流民怀故国，中原父老望王师。
一成兴夏由来事，三户亡秦未足奇；
会见楼船东出峡，收京指日预为期。
间关万里此栖迟，志学尼山忆旧时；
李镇烟霞亲益友，程门风雪近贤师。
法循体用兼名物，道取中庸摒异奇；
坚信持恒倘可必，移山填海定能期。

李庄石牛山旋螺殿二首
　　一九四三年春

迂曲牛山路几盘，殿庭藻井似螺环。
分明万历留遗在，始建犹传属鲁班。[1]

巧夺天工技足奇，移梁换柱出深思。
犹存姓字碑文里，二百年前一匠师。

戎州纪行
　　一九四三年春

平沙峭岸入荆夔，碧水青天路几弯，
知是舟行三十里，榜人指点挂弓山。

春江三月草萋萋，百里程经夕照低，
突兀一峰波上出，丹山碧水大刀溪。

两江合抱壮戎州，金浊岷清共一流，
转眼沧桑人世事，笙歌城郭古边头。

西出州门第几关，路人遥指翠屏山，
新杨古柏分行立，容我轻车一往还。

喧喧争渡岷江头，曾有诗人此系舟，
最是来寻遗迹处，断崖老树吊黄楼。

日上新枝宿露凉，小村鸡黍已登场，
可怜半里临江市，也算人间安阜乡。

连宵苦雨喜朝晴，联袂旧州坝上行，

---

[1] 原注：殿始建于万历二十四年。

宛似江南三月里，春风十里喜闻莺。

武厄空门未足伤，虐僧灭佛亦荒唐，
尚余百尺浮图在，留与今人考会昌。

辜负春光得句迟，江南江北苦奔驰。
归来真武山中路，已是桐花尽放时。

溪庄杂咏
一九四三年春

一脉青山万树幽，偏朝门外对江流。
几年浪迹蚕丛道，权向溪庄住两秋。

福泉桥下径纵横，是处江声与鸟声。
应得结庐田垄上，安排耒耜待春耕。

嫩柳娇花处处春，隔江倍觉一番新。
避秦多少桃源境，何事渔人不问津？

经月无书遂忆家，残春暖气透窗纱。
惊风杨柳漫天絮，苦雨棠梨满地花。

赠罗哲文
一九四三年夏

无补时艰枉读书，磋磋道器亦何迂。
岂真梓匠非君子？未必陶舆不丈夫。
沟恤千年终世用，栋宇九尺足人居。
考工创物吾侪事，肯惜衣冠做腐儒。

溪庄端阳，观龙船竞渡
一九四四年夏

街头儿女换新衣，五月花光映翠微。

湘水未能招毅魂，蜀天犹自共晴晖。

眼中蒲黍情依旧，梦里家山事已非。

笑我杖藜江上晚，残阳箫鼓几船归。[1]

注释：

卢绳（1918—1977），字星野，江苏南京人。1942年毕业于中央大学建筑系。1942—1945年在李庄中国营造学社工作。共和国成立后，历任北京大学、唐山交通大学副教授，天津大学副教授、建筑历史教研室主任。著有《河北省近百年建筑史》等著作。卢绳幼承家学，雅擅诗词。其胞兄卢前（字冀野），即民国著名词人。

梓匠：此处泛指木匠、建筑工匠。

青年时期的卢绳（李庄镇政府提供）

---

[1] 卢绳：《卢绳与中国古建筑研究》，知识产权出版社，2007，279—285页。

□王世襄

大树图歌（选二）[1]

辞家赴西蜀，营造结胜缘。[2]著书超喻皓，明仲诚空前。
大木展结构，小木示雕镂。梓人制器用，矩镬皆自洽。
又读清则例，诸作纪綦全。我生一何幸？得窥此薮渊。

日寇竖降帜，重任负在肩。[3]文物遭劫夺，追缴吾志坚。
铜壶骇当世，鼎卣莫能先。[4]法书与宝绘，宋元皆名贤。[5]
牺尊釉奇古，鹊谱色绚妍。[6]锦囊护珠翠，彩篚盛瑶璇。[7]
辇入故宫阙，重宝累百千。当年渐丧志，此差赎前愆。

注释：

王世襄（1914—2009），字畅安，祖籍福州，生于京宦世家，小学中学在京读美国教会学校，获燕京大学文学硕士。1943年到李庄中国营造学社做助理研究员，1945年任清理战时文物损失委员会平津区助理代表。1947年任故宫博物院文物馆科长。1948年获美国洛克菲勒基金奖金，赴美、加考察博物馆。1949年任故宫博物院陈列部主任，1953年任中国音乐研究所副研究员，1962年任国家文物局中国文物研究所研究员。2005年获中国工艺美术学会终身成就奖。著有《锦灰堆》《明式家具研究》等著作。

喻皓：五代末、北宋初浙东人，建筑工匠，擅造木塔及多层楼房，主持建造汴京开宝寺塔。欧阳修曾撰文《喻皓造塔》。

---

[1] 摘选自王世襄、袁荃猷所撰《大树图与大树图歌》，载《中国文化》，1997年第C1期。
[2] 原注：1943—1945年参加中国营造学社。
[3] 详见《回忆日本投降后平津地区清理文物工作》一文。
[4] 原注：没收德人杨宁史大量青铜器中之战国宴乐渔猎纹壶，唐兰先生等金石家叹为前所未有。
[5] 原注：收回宋马和之、元赵孟頫、邓文原等书画卷。
[6] 原注：觯斋古铜釉犠耳尊为清宫所无。存素堂紫鸾鹊谱织物为宋缂丝。
[7] 原注：溥仪张园存物中有巨珠、翠扳指、三代古玉等多件。

明仲：宋代建筑家李诫，字明仲。

梓人：此处泛指木匠、建筑工匠。

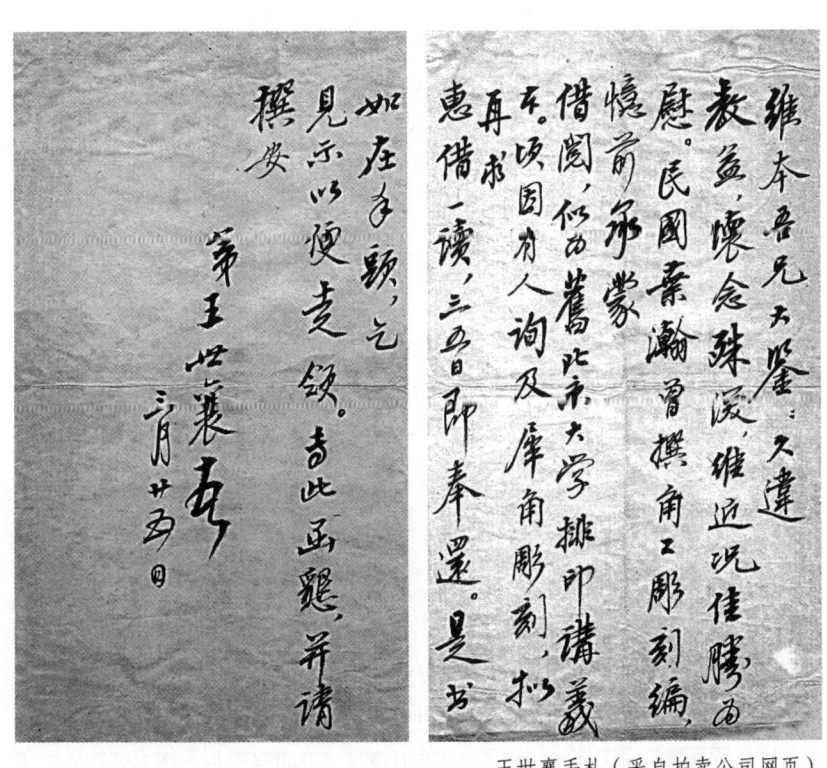

王世襄手札（采自拍卖公司网页）

□罗哲文

李庄闻鬼子投降
争传鬼子终投降，震耳欢声动八荒。
火炬游行宵达旦，耕夫学子喜若狂。

别李庄
丙戌（一九四六）年
三叠阳关唱不停，催航汽笛一声声。
难分难舍长回望，月亮田边情最深。

纪念梁思成先生诞生八十五周年
丙寅（一九八六）年
相携弟子下渝州，斗室跟随共计筹。
敌国文明同保护，古都恩泽记千秋。

重访故乡
丙寅（一九八六）年
别矣戎州四十年，重游旧景意蹁跹。
山川未改情依旧，景象频新风物妍。
万里曾闻桑梓劫，千回每绕梦魂牵。
今朝喜看长安策，蜀水巴山满笑颜。

注释：

罗哲文（1924—2012），四川宜宾人，1940年考入中国营造学社做练习生，师从建筑学家梁思成、刘敦桢等。1946年在清华大学与中国营造学社合办的中国建筑研究所及建筑系工作。1950年，先后任职于文化部文物局、国家文物局、文物档案资料研究室、中国文物研究所等，一生从事中国古代建筑的维修保护和调查研究工作。后为国家文物局古建筑专家组组长，原中国文物研究所所长。著作有《中国古塔》《中国古代建筑简史》《长城》《中国帝王陵》等。

□ 冯 泽

大江亦识生离苦

满眼烽烟满眼愁,咿唔函丈恨难收。
雄心直欲夷三岛,长路何辞越九州。
爆竹千声情缱绻,骊歌一曲意绸缪。
大江亦识生离苦,船到滩前不忍流。

遥忆李庄友

遥忆李庄友, 难忘麻柳坪。
升旗闻哨起, 散步沿江行。
留芬打牙祭, 茶馆念牌经。
悠悠扬子水, 不及旧情深。[1]

注释:

冯泽(1925—),四川合江人,1950年毕业于同济大学工学院。

咿唔:读书声。清焦循《忆书》卷六:"曾祖父少懦,日咿唔於书塾中。"

函丈:古代讲学者与听讲者,座席之间相距一丈。后用以称讲席,引申为对前辈学者或师长的敬称。

麻柳坪:李庄镇西侧邻近长江处,时为同济教工宿舍。

[1] 喻大翔、王蔚秋:《同济百年诗选》,同济大学出版社,2008,55—56页。

□ 翁长溥

忆李庄 纪念同济大学八十周年校庆
一九八七年

狼烟驱校屡搬迁，扬子江滨聚俊贤。
映雪囊萤追爱马，卧薪尝胆咒凶顽。
鲤鱼摇尾群滩浅，云雀操舌漫野甜。
犹恋魁星阁影远，几何侪辈卸雕鞍。[1]

注释：

翁长溥（1924—），四川资阳人，1948年毕业于同济大学土木系，高级工程师，曾任云南昆明勘测设计院院长，广西壮族自治区发展计划委员会副主任，广西科学技术协会第一、二届副主任。

1927年创作的《国立同济大学校歌》（同济大学校友会供图）

---

[1] 翁长溥：《苍松吟》，自印本，72页。

□ 张轶群

题自绘栗峰家园图

淡淡乡愁透笔尖，红稀绿暗满川南。
别绪偏劳毛颖记，故园图待异乡看。

别重庆东下

一九八九年回乡探亲后，离重庆时作
离歌声里别渝州，六十春秋似水流。
雾绕山城迷旧梦，云飞江畔动新愁。
三月欢愉三生幸，十年心血十分收。
星辰长忆思中夜，不老情天永驻留。

注释：

张轶群，祖居李庄板栗坳下老房。1924年生于成都，1943年考入李庄同济大学造船系。1949年上海毕业后留校当助教。1952年调到上海交通大学船舶与海洋工程系，自助教始，升任教授，教学科研从事船体结构强度，因主持"极浅海步行钻井平台　胜利二号"结构设计，获得1992年国家技术进步一等奖。

□志

满江红·怀念李庄

吾辈天涯游子，或已谢世，余者白发皤皤，有生之年，闻此感举，怎不热泪潸潸。同济虽经调整，同济人心安能分离？同济人对李庄乡亲永难忘怀。今见地方政府规划，怎不欣慰。填一首《满江红》聊表怀念之情。

天翻地覆，半世纪，峥嵘岁月。怎能忘，烽火半壁，西川负笈。滔滔长江东逝水，残灯棚户啼鹃血。举目望，中原虏骑急，何时灭？

人文荟， 歌壮烈。续弦诵，声未绝。念李庄父老，萍水扶协。禹宫切磋无寒暑，江边砥砺细语密。今忽闻，重理旧文物，喜无极。

注释：

志，作者笔名，系李庄同济大学毕业生。

□ 赵宇馨

李庄歌[1]
纪念1944届同学毕业五十周年，追忆李庄往事
一九九三年二月

李庄小镇故事多，　且听新编李庄歌。
李庄镇靠江南岸，　背负青山面碧波。
禹王宫改办公室，　慧光寺成美人窝。
南华宫内说物理，　祖师殿上学华陀。
东岳庙中习工程，　紫云宫里勤切磋。
江上漩涡摧棹橹，　趸船浮水系舟处。
岸边满排泡菜缸，　院内多植龙眼树。
江水冬清夏浊黄，　长虹长远朝朝航。
对岸山色随季变，　环镇农事逐月忙。
农民按期赶场来，　茶馆饭店挤满堂。
膳团采购需赶早，　清农菜市街两旁。
玫瑰书院藏江北，　敬神修道奉天主。
人文研究隐山后，　精释甲骨兼考古。
男女同学谈恋爱，　出入双双又对对。
有缘结为连理枝，　禹王殿上成婚配。
无缘失恋誓轻生，　电线缠头心怵碎。
更有爱深志专一，　海枯石烂情永在。
粉墨登场唱京戏，　二黄倒板又西皮。
洪洞城外歌可恨，　御碑亭内起嫌疑。
话剧演出有雷雨，　疾雷惊电布景奇。
野玫瑰中女间谍，　剧终独白怨别离。
新年好看龙灯舞，　翻翻滚滚随锣鼓。

---

[1]《同济大学1944届级友毕业50周年纪念册》，1993年自行印刷出版，261页。

光露上身冷不怕，背迎硝火逞英武。
镇民有时吃讲茶，口角争论不算数。
高举板凳随手砸，头破血流动真怒。
江边清晨吊嗓苦，也好引吭练新谱。
操场献艺杂技团，红绿双娇临空舞。
场上常见赛篮球，奔驰跳抢似猛虎。
校庆展览运动会，争先参观镇空户。
东岳庙前喊声高，佛像粉碎数难逃。
十万青年从军潮，赶办登记意气豪。
暑热群去嬉江水，慎防水深石如刀。
健儿渡江数来回，犹似蛟龙逐波涛。
米汤一碗先下肚，再到门口挤队伍。
食堂盛饭要压实，急扒快咽赛饿虎。
傍晚街头去散步，一圈一圈转无数。
疲来酒楼暖一杯，漫剥花生评今古。
教授新村出新闻，桃色事件闹纠纷。
结队前去诘事主，情场是非谁辨分？
航校派员来招生，体格检查细选甄。
要求眼明体壮健，录取学飞有几人？
醪糟大队呼口号，要瞧男士穿旗袍；
还要当众街上走，更要扭腰学风骚。
重赏之下出勇夫，居然穿戴走一遭；
赢得醪糟蛋几个，为吃糟蛋不怕臊。
要打牙祭上留芬，蹄膀红烧肉粉蒸。
想消长夏寒暑天，玻璃几杯摆龙门。
镇小巷窄无街灯，月黑风高怎夜行。
篾变火把长三尺，光照脚前十几尺。
李庄故事讲不休，也有欢乐也有忧；
难忘羊街寒雨夜，难忘宿舍寂寞秋。
桐油灯花小如豆，灯烟翻卷起离愁；
况是家书久不至，故乡千里思悠悠。

李庄歌成记旧游，　匆匆半纪已白头。
当年千里思故乡，　如今万里念神州。
　　　　　　　　　写于美国洛杉矶

注释：

赵宇馨（1920—），江苏嘉定人，1939年考入同济工学院，1944年大学毕业后，先后在贵阳兵工厂、青岛44厂、青岛橡胶厂、台湾橡胶厂分厂工作。后转中国汽车轮胎公司筹备处。1955年获奖学金在西德KARLSRUHE工业大学进修，毕业后在DEMAG、WALDRICH等重型机械公司、美国盐湖城EIHLO矿山机械制造公司、洛杉矶加州空气资源局试验所任职。

慧光寺：时为同济大学女生宿舍。　南华宫：时为同济理学院所在。　祖师殿：为同济医学院。

长虹、长远：时为川江航运公司过往客轮。

山后：板栗坳为中研院历史语言研究所在。

《野玫瑰》：同济大学德语教授陈铨创作编剧。

1945年冬同济大学医学院，丁瑞麟画（董敏供图）

□向　楚

得伯希新得武周石刻

南溪罗伯希拓得南宋袁叔宜题名碑在宜宾下游二十里江心当庆符黑水流入大江处武侯歇马石上以打本见寄。

歇马江头石齿流，摩崖遗迹睨黄楼。
寥寥七百年间事，宋代袁侯汉武侯。

又得伯希新得武周石刻

访碑踏遍大茌山，便作戎州界石看。
认取金轮新造字，好扪烟墨洗苔瘢。[1]

注释：

向楚（1877—1961），字先乔，又作仙樵、仙乔，号鲅公，生于巴县一富商家。19岁入东川书院，师从赵熙。1902年乡试中举人，赴京任内阁中书。1906年参加同盟会。辛亥革命后，重庆独立，成立蜀军政府，向楚任蜀军政府秘书院院长，后出任四川军政府秘书厅厅长。1917年，受孙中山之邀赴粤，任大元帅府秘书。1918年，受孙中山任命为四川省政务厅厅长，曾代理四川省省长。1924年，应国立成都高师校长吴玉章邀请，出任该校国文部教授兼主任。1927年至1931年，任公立四川大学文学院院长，并一度代理四川省教育厅厅长。主要研究音韵学、训诂学、诗古文辞等。新中国成立后，向楚任四川大学教授、川西文教厅文物委员会委员、四川省文史研究馆副馆长。擅诗，有《空石居诗存》。

罗伯希（1900—1953），南溪人，青年时从军，曾任成都三军办事处副官，解甲归田后任南溪县团练局长兼河防指挥官。长于文史，曾撰写南溪县志礼俗篇；擅长书法，于秦篆魏碑得其神韵。收藏文物懂鉴赏，抗战期间与迁入李庄的中研院史语所和中博院董作宾、王献唐等时相过往。

---

[1] 向楚：《空石居诗存》，四川大学出版社，1988，51—52页。

袁叔宜：宋朝开禧（1205—1207）年间南溪县知县。

黄楼：吊黄楼，黄庭坚贬谪戎州，离开后当地士民为怀念他而建的纪念性建筑，成于宋代。毁于清代中期以前。1980年，宜宾市政府在宜宾城江北流杯池公园流杯池旁，催科山下的龙脉上重建。

武周：武周（690—705）是唐代武则天建立的朝代。

宜宾市翠屏区金沙江与岷江交汇处，沿长江下游约三公里处，有一块可容数十人站立的巨石卧于江心，巨石之上南宋石刻，即为袁叔宜当年访古留题。每字约有成年人拳头大小，计有52字，残损3字，可辨识49字，为："开禧改元王正月，其日甲申。南溪令袁叔宜与客焦昌朝，访武侯歇马之石。齿齿横流，真奇绝也！陈迹□□，未有此游，举□觞，吊古而下。"李庄士绅罗伯希稽古好文，心系家乡文化，犹见一斑。

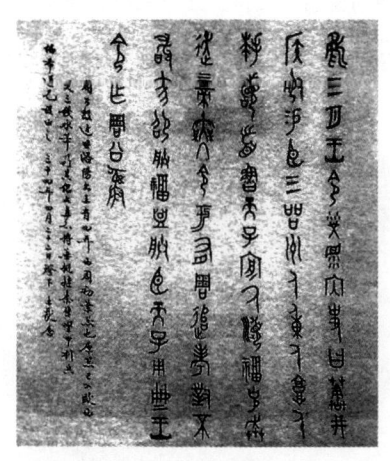

1945年4月22日，王献唐赠李庄罗伯希金文书法（采自拍卖公司网页）

□罗南陔

题赠敏兴萍三小友[1]

顷读郢老诗，悉此三小友。萍也秀且清，多是得天厚。
兴自能造词，语言早顺口。四岁小画家，阿敏诚妙手。
乃翁国士流，家学长相守。祝学与年增，平安八百寿。

彦堂先生以敏兴两公子与女公子小萍纪念册出示索题，孝芳素未学文字，实不能此，然雅命不敢辞，不得已写此数语以塞责。敬乞方家勿哂是祷。

南陔罗孝芳塗鸦 民国三十一年双十节后五日

写于李庄植兰书屋[2]

注释：

罗南陔（1885—1950），李庄士绅，读诗书，好文史，自办期来农场。曾任国民党南溪县李庄区党部书记、区团总等职。抗战期间，热心安置外来文化人，无偿提供罗氏宗祠给同济大学职高使用，支持女儿罗筱蕖和侄女张素萱与史语所外地学人联姻。与李济之父郢客老人李权、王献唐等，时相过从，并有诗词唱和。

---

[1] 原作无题，此标题为笔者所加。
[2] 董彦堂《平庐纪念册》第72页，董敏提供。

第一编　弦外遗音　089

顷读邓老诗卷，此三小友萍也，秀且清，多是得天厚与自能造词语言，早顺口四岁小画家阿敏诚妙手，乃翁国士流家学长相守，祝学兴年增平安八百寿

彦堂先生以敏与两公子与女公子小萍纪念册生示索题，考芳素来学文字实不能此如，雖命又不敢辞，不得巳写此数语以塞责欤乞方家弓哂是祷

南陔罗孝芳謹稿

民国三十一年双十节后五日写於寿县植兰书屋

1942年10月15日，罗南陔为董家孩子题词（董敏供图）

□ 罗筱蕖

巴掌颂

巴掌是万能的
坏了——举起巴掌打
错了——撑出巴掌摇
对了——拍着巴掌笑

你们和我日亲近
从来不见负掌痕
偶然一过董家宅
隐隐但闻鼓掌声

敏兴萍活泼
敏兴萍强干
敏兴萍永生
是——巴掌万能

为小朋友敏兴萍戏题数语，意在引起董熊二先生对我又加一番教益

罗筱蕖　卅一年重九后二日于栗峰小学

1942年10月20日，是重阳节后的第二天，罗筱蕖应董作宾之请，在为孩子董敏董兴董萍置备的《平庐纪念册》上，写一首略显稚嫩但妙趣横生的《巴掌颂》，劝讽孩子们的父母董作宾、熊海平不要动巴掌打孩子，要给予孩子更多的掌声。董作宾以一贯的诙谐幽默，在跋语中写道——

罗筱蕖女士，是小敏小兴入栗峰小学读书所最敬爱的老师，她一首新诗《巴掌颂》，乃是受了郢客老人古诗的启示。其实平

庐老人这两年为了生活写作不辍，掌而复生，久矣夫不与小屁股接触矣。

平庐跋　卅一、十、廿

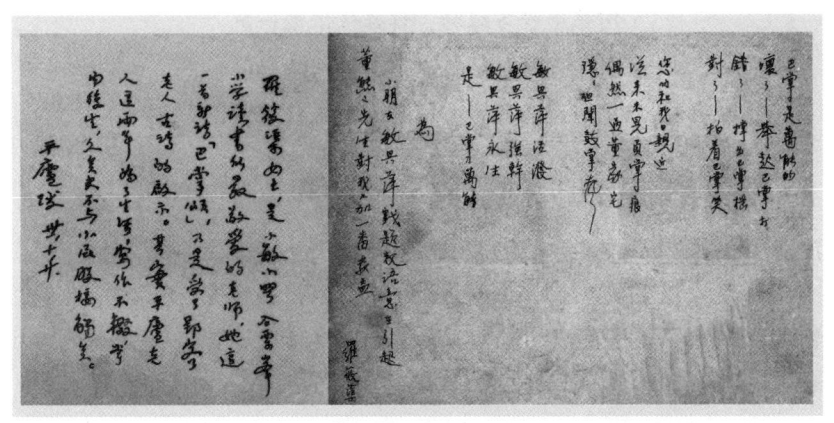

1942年10月20日，罗筱蕖写《巴掌歌》，董作宾附跋（董敏提供）

羊街八号罗南陔的九女罗筱蕖嫁给史语所历史组青年研究人员逯钦立。

□罗荫芬

送九妹随院之南京

阿娘逝世万缘枯，姊妹依依聚一庐。
若遇旌轮飘远道，休将离泪洒征途。
名门有托原家幸，病骨难支撼孰如，
来日哥哥无别念，江天从望大雷书。

注释：

  罗荫芬，字伯威，长兄。博闻强记，辩才无碍，是罗家的顶梁柱，曾单独管理家族农场，供养弟妹读书。娶妻表妹张氏，姨妹张素萱嫁史语所李光涛为妻。

  1946年10月，史语所将返回南京，在李庄码头上的"长远"轮，天天都在装载离人的行李。"算空有并刀，难剪离愁千缕"。罗家兄弟对小妹离去颇感伤悲，题诗作赋，竞相留别。"归舟天际常回首，从此频书慰断肠"。

□罗莼芬

无 题

中央研究院明日还都,九妹小蕖携甥偕行夫子。汽笛机声,顷刻万里,手足分离,百感交集,相对无言,忍泪书此,用系情惆于万一,前途珍重,吾妹勉之——

秋气临如许,秋意罩帘栊。橘林深夜雨,兰砌落花风。
国难方云艾,家窦自隐衷。骨肉分离急,穷愁压逸躬。
早年悲失恃,忧患萦阿翁。兄弟各无成,劳劳西复东。
世情不我与,壮志影浮空。姐妹徒邑邑,生涯积苦中。
逯子廉隅重,渊娅宿士通。静好吟书幌,峥嵘获狱骢。
复原何太速,翰苑还故宫。京华隔巫峡,相逢梦寐中。
相期梦寐诎千首,珍重临歧酒一盅,
幸有家山能作证,桂轮斜照半江枫。

末二句,谷(三姐夫李子谷)为余改作"记取家山留别意,桂轮枫叶半江红"。

注释:

罗莼芬,字叔谐,行五,读南溪中学时曾加入中国共产党,毕业于成都蚕桑学校。

□罗菡芬

无 题

迩来多失意，心地常生忧。怆然思往事，愁惹遍山秋。
早年痛失恃，冲幼即远游。碌碌三十载，百事无一收。
阿妹贤且淑，逯子亦名流。今日还都去，泪眼织离愁。
从此多寄平安声，勿使阿哥望断魂。

（1946年10月初）[1]

1946年10月3日，罗季唐送九妹罗筱蕖诗（罗尊芬供图）

注释：

罗菡芬，字季唐，行六。曾在津沪等地求学，参加学运。返乡后，当过镇中心校校长。

---

[1] 罗氏弟兄诗文并序，由罗尊芬提供。

□ 周懋庸

李庄歌
为抗日战争胜利六十周年而作

李庄坐落长江源，悠悠历史朔秦汉。
山顶曾经开僰道，山腹奇险置悬棺。
明末清初战乱频，蜀中荒芜少人烟。
两湖两广移民入，此举名曰填四川。
李庄先人辟蓬蒿，改作良田代代劳。
民国年间具气象，张罗李姓人丁旺。
东邻虎视早眈眈，铁骑踏我好河山。
一夕之间失沈阳，卢沟桥畔动刀枪。
北京先失南京继，鼙鼓惊天还动地。
山河沦丧尚可复，最惧文化将灭绝。
文化传统须保存，不辞流亡皆南行。
颠沛流离湘桂滇，敌机轰炸无处安。
传闻李庄地偏僻，可否栖身问消息。
小镇贤良明大义，热诚迎来精英聚。
佛堂古庙读书声，弦歌再唱是同济。
营造社归月亮田，史语所上板栗坳。
板栗坳似桃花源，傅老名居桂花院。
倾情所务劳心力，谔谔之士性不变。
考古之父数李济，羊街暂作安身地。
至今当日旧街坊，尚忆李老终日忙。
生活艰难少医药，一双娇女先后亡。
戏台门板研甲骨，辛苦当年董作宾。
惨淡经营梁思成，病骨支离林徽因。
众贤如星难列举，李庄从此声名起。
敌寇飞机过李庄，但见云树莽苍苍。

上下城池均被炸，唯有李庄静如画。
李庄山水护国魂，学术第一耐清贫。
传来消息满江乡，四强合力沦扶桑。
八年抗战终见晓，漫卷诗书喜欲狂。
纷纷东下离李庄，李庄寂寞剩余香。
李庄风流一朝歇，保存文化有功绩。
五十余年人不知，李庄无语空寂寂。
前人历史不能忘，岱峻立志传李庄。
沧海桑田遗迹散，八方搜集付血汗。
数载辛劳路漫漫，发现李庄人惊艳。
民族文化乃国脉，常伴星辰与日月。
抗日胜利六十年，爱国精神代代传。
李庄当年显精神，不愧长江第一镇。
板栗坳亦我故乡，少小离家鬓发苍。
我欲归乡归未得，长歌一曲献李庄。

二〇〇五年九月三日

调寄　台城路

乙丑（2009）大暑，踏访板栗坳外公下老房。近处牌坊头，大门已无，然正屋和东西厢房及后房尚存，残破不堪，久无人居。旁正起新屋。一与我同年老妪竟还认识一位最后居住在此的我的堂姨妈，记得她叫"端端"。感慨之余，填词一阕：

余生愿信家乡好，此番酷暑归去。青山环抱，七厦犹存，只残破无人住。名镇曾留，有俊才高士，英杰大儒。战火连天，山中自有安心处。贫病治学奇苦。到胜利东归，立碑留字。　我今独立，荒芜庭院，四顾茫然无主。儿时曾记，舅家喜宴，似闻笑语。晃如一梦，吟成断肠句。

故乡行　六十年重返李庄

少年离李庄，花季一女郎。今日燕归来，鬓发白如霜。
乡亲笑语暖，乡音动衷肠。祖祠绿荫秀，老街旧板墙。
板栗坳如梦，喜见下老房。干部风华茂，前途未可量。
待我似亲人，殷殷情意长。山河原壮丽，建设更辉煌。
为民勤从政，造福此一方。祝愿李庄人，福寿长如江。[1]

注释：

　　周懋庸（1932—2014），女，1932年生于成都，祖籍四川南溪县，是李庄板栗坳乡绅张访琴的外孙女。1945年考入李庄同济附属高中，后随校迁至上海。因学运被开除，1948年秋回川寄读四川大学。1949年参军，在解放军第一野战军战斗剧社工作。1953年调往北京入总政治部话剧团。1954年考入北京大学西方语言文学系德语专业，毕业后分配到中央编译局工作至退休，著有《从红色"帝后"到天涯孤侣：昂纳克和玛戈特》《有为与无为》等作品。2002年被中国翻译工作者协会授予"资深翻译家"称号。离休后创作文学作品，1997年以李庄镇板栗坳张氏家族为背景的长篇小说《长相思》在上海文艺出版社出版，获上海市第四届长篇小说优秀作品奖。2014年5月10日在京逝世，享年82岁。

---

[1] 周懋庸诗词，由其本人寄赠岱峻。

发现李庄 第三卷
一本战时风雅笺

2005年1月25日周懋庸致岱峻信（原件岱峻收藏）

第二编　六同忆旧

□傅斯年

巫庐诗钞叙

晚来南溪，暂获栖止，益惊其一邑中人文之盛，诗人辈出，后先相踵，而钟致和先生尤一时之大雅也。近日，亲友朋门人发起刊其诗集，张子访琴、官周昆仲征词于余，余不学诗，要当长吟其作，缅想其意，而后可以赞其比兴之所寄容，其词采之所工。然而嘱者在门，立马以待，斯惟有言其大者，且梁仲子世丈已有序述其妙美好词者，尤不烦余之词费也。夫一邑之人才如此盛，一家诗章之可传如此之多，足征今之世运在乎西南方，将翊赞国家之将兴，润色一时之弘业，岂仅为桑梓征献存哉。[1]

《巫庐诗钞》由南溪县文人钟致和所著。钟致和（1873—1941），书名朝煦，南溪县城人。清光绪二十九年（1903）中举，后在成都南台小学任教。经主试官荐，任云南盐运使衙门总文案，后升滇西盐运使。因目睹清政腐败，绝意仕途，乃辞官归里，任龙腾书院山长。民国以后，曾在南溪高等小学、叙府联立中学等校任国文教员，执教30余年，博古通今，著作宏富，有读书教学心得笔记《昆山玉屑谭》和诗词著作《巫庐诗钞》。民国三十一年，《巫庐诗钞》由门人梁卫根、曾与九、

---

[1] 欧阳哲生编：《傅斯年全集》卷5，湖南教育出版社，2003，505页。

高树元等集资出版。[1]傅斯年文中言及"张子访琴、官周昆仲",乃史语所所在李庄板栗坳乡绅,其后张官周受聘为中研院李庄办事处职员。

"五四"二十五年

　　今年的五月四日,是"五四"的第二十五年纪念。"五四"事件已经过去了一世纪的四分之一了。在这样变动剧烈的世界中,一世纪的四分之一,可以有无穷的大变化发生。即在中国,这变动也是空前的。所以若有人在今天依旧全称地、无择地讴歌"五四",自是犯了不知世界演进国家演进的愚蠢,其情可怜。然而若果"五四"的若干含义,在今日仍有教训性而并未现实,或者大势正与之相反演进,自然不必即是国家之福,其事可虑。

　　"五四"在当时本不是一个组织严密的运动,自然也不是一个全无计划的运动,不是一个单一的运动,自然也不是一个自身矛盾的运动。这个情形明显地表现于其整个运动的成就上,所以消极方面的成就比积极方面的多,这正是许多人贬责"五四"运动的根据。我以为"五四"纵有许多弱点,许多未成熟处,但这个消极的贡献,却是极可宝贵的,也还是今天甚可警醒的。

　　何以呢?中国的存在有几千年,自有其长处,即是说,有使他寿命如此长久的缘故。但是,这个几千年的存在,论对外呢,究竟光荣的年代不及屈辱的年代多;论内政呢,内政的真正清明,直如四川冬天之见太阳,"生民多艰",古今一致。所以恢复民族的固有道德,诚为必要,这是不容怀疑的。然而涤荡传统的瑕秽,亦为必要,这也是不容怀疑的,假如我们必须头上肩上背中国人的德行上拖着一个四千年的垃圾箱,我们如何还有气力做一个抗敌劳动的近代国民?如何还有精神去对西洋文明"迎头赶上去"?试问明哲保身的哲学、"红老哲学"(《红楼梦》《老子》,世故之极之哲学)、虚文哲学、样子主义、面子主义、八股主义、官僚主义、封闭五官主义,这样一切一切的哲学和主义,哪一件不是建设近代

---

[1] 四川省南溪县志编纂委员会编纂:《南溪县志》,四川人民出版社,1992,712页。

国家的障碍物？在洗刷这些哲学和主义，自须对于传统的物事重新估价一番。这正如尼采所说，"重估一切的价值"。自然，发动这个重新估价，自有感情的策动，而感情策动之下，必有过分的批评；但激流之下，纵有漩涡，也是逻辑上必然的，从长看来，仍是大道运行的必经阶段。今人颇有以为"五四"当年的这样重新估价有伤民族的自信心；不错，民族的自信心是必须树立的，但是，与其自信过去，而造些未曾有的历史奇迹，以掩护着夸大狂，何如自信将来，而一步一步的作我们建国的努力？这就是说，与其寄托自信心于新石器时代或"北京人"时代，何如寄自信心于今后的一百年？把一个老大病国变成一个近代的国家，有基玛尔的土耳其是好例。土耳其原有回教的加利弗（Califate），这是土耳其几百年霸权的遗物，在上次大战中还有甚大的号召力，使土耳其虽败不亡，然而基玛尔胜利地进入君士坦丁后，毅然决然地废止这个制度，这因为这个制度之于土耳其，对外虽有号召的大力，在内却是彻底革新的阻碍，基玛尔务实不务名，所以在土耳其境内废止了它。又如中东近东人民习用的红帽子，到屋子里也不脱的，他也为文化大同起见废除了它。至于文字的改革、习俗的改革，处处表现出它要彻底近代化土耳其的精神，它为什么不爱惜这些"国粹"呢？正因为这些"国粹"是土耳其走向近代化的障碍物。

我何以说"五四"的若干含义在今天仍有教训性呢？大凡时代的进展，总不免一正一反，一往一复。最近十五年，东西的若干强国——今日全是我们的敌人——各自闹其特殊的国粹运动，思想与人生我们也有我们的国粹运动，我们的国粹运动自与他们的不同，这因为我们的"国粹"与他们的"国粹"不同。我们的国粹运动所以生于近来是很可了解的，在颇小限度内，有它的用处，然若无节制地发挥起来，只是妨碍我们国家民族的近代化，其流弊无穷。随便举青年一事作例说罢，不是大家都说今日的青年总是犯了消沉、逐利、走险三条路吗？要想纠正这些，绝不是用老药方所能济事的，无论这药方是汉学的威仪齐庄，或是宋学的明心见性，这个都打不动他的心坎，你说你的，他做他的，要想打动他的心坎，只有以行动启发其爱国心，启发其祈求社会公道心，为这些事，舍生取义是容易的事。总而言之，建设近代国家无取乎中世纪主义。日本在维新之初，除去积极地走向近代化以外，又弄一套"祭政一致"，"国体明征"的神秘法门，日本之强，是他近代化之效，而把日本造成一个神道狂，因而把日本卷入这个自杀的战争中，便是这神秘法门的效用。难道这是可以效法的吗？所以中世纪主义也许可为某甲某乙以忽不勒汗的过程成其为呼图克图，而于全国家，全民族，是全无意义的。

"五四"的积极口号是"民主"与"科学"。在这口号中，检讨二十五年的成绩，真正可叹得很。"民主"在今天，已是世界大势所必趋，这篇短文中无法畅谈，只谈谈"科学"。注意科学不是"五四"的新发明，今天的自然科学家，很多立志就学远在"五四"以前的。不过，科学成了青年的一般口号，自"五四"始，这口号很发生了它的作用，集体的自觉总比个人的嗜好力量大。所以若干研究组织之成立，若干青年科学家之成就，不能不说受这个口号的刺激。在抗战的前夕，若干自然科学在中国已经站稳了脚，例如地质、物理、生理、生物、化学，而人文社会科学之客观研究，也有很速的进展。若不是倭鬼来扰，则以抗战前五年的速度论，中国今天可以有几个科学中心，可以有几种科学很像个样子了。即是说，科学的一般基础算有了。恰恰暴雨狂风中国人的德行正来在开花的前一夕。受战事的打击，到了今天，工作室中徒有四壁，而人亦奄奄一息，这全是应该的，无可免的，无可怨的。一旦复原，要加倍努力赶上去。不过，今天的中国科学确有一个极大的危险，这就是，用与科学极其相反的精神以为提倡科学之动力是也。今日提倡科学之口号高唱入云，而为自然科学的建设不知在哪里，其结果只是些杂志宣传，而这些杂志中的文字，每每充满反科学性。大致说来，有狭隘的功利主义，这是使自然科学不能发达的，然若自然科学不能发达，应用科学又焉得立其根本？又有狂言之徒，一往夸大，它却不知科学的第一义是不扯谎的。全部科学史告诉我们，若没有所谓学院自由（Academic Freedom），科学的进步是不可能的。全部科学史告诉我们，近代科学是从教条、学院哲学（Scholasticism）、推测哲学（Specula-tive philosophy）、社会成见中解放出来的，不是反过来向这些东西倒上去的。全部科学史又告诉我们，大科学家自然也有好人，有坏人，原来好坏本自难分，有好近名的，有好小利的，原来这也情有可原，但绝没有乱说谎话的。作夸大狂的，强不知以为知的。大科学家自有一种共同性，这可在盖理律、牛顿、达尔文、巴斯德诸人传记中寻得之，这些人与徇禄的经生绝无任何质量的相同处，所以今日提倡科学的方法极简单，建设几个真正可以作工作的所在，就是说，有适宜设备的所在，而容纳真正可以作科学工作的若干人于其中就够了。此外，便只是科学家自己的事了。此外，更无任何妙法。工作的环境可以培植科学家，宣传与运动是制造不出科学家来的。

我要提出一个"五四"的旧口号，这个口号是，"为科学而研究科学"，读者以为我这话迂阔么？只有这才是科学的清净法门！[1]

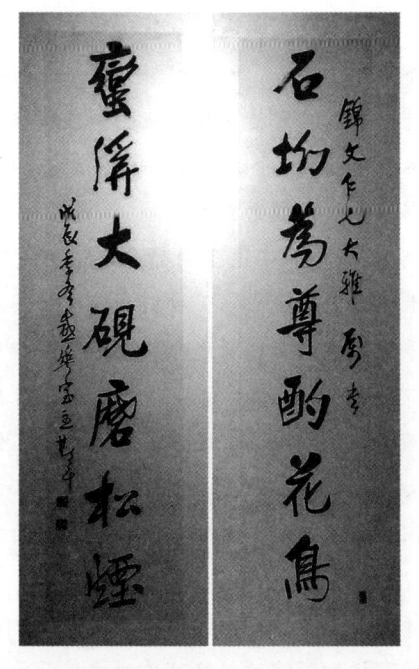

1928年傅斯年书联
（董敏供图）

---

[1] 1944年5月4日重庆《大公报》星期论文。

《六同别录》编辑者告白

历史语言研究所集刊外编到现在出版的有三种：

第一，《庆祝蔡元培先生六十五岁论文集》二十二年—二十五年出版，已绝版；第二，《史料与史学》独立出版社发行；第三，《六同别录》在四川南溪李庄石印，本所发行。

这一册六同别录何以单出呢？自抗战至"珍珠港"，本所的刊物续由港沪商务印书馆印行，因为就印刷技术论，非托他们办不可。太平洋战事突然爆发，港沪商务印书馆被敌人占据，我们的稿子损失数百万言（详见本所集刊十本一分177—182页），于是不得不在后方另谋印行。我们既无固定的印刷费，而我们的刊物关于语言学者，需用国际音标，其他又需大量的铜版、锌版、刻字、表线、照相影印、等等，所以近年来的集刊所载文章，范围比以前缩小了。补救的方法，自然是向能作铜版锌版刻字……等等技术者商量。但是，不特我们没有这钱，他们也没有这工夫，因为他们的工作实在太重要了！他们仿佛想汉代墓画上的摇钱树！不得已，作一局部的补救，是自办一个石印小工厂，也曾经努力过一下，仍以办得太晚，钱不够而未成功。目下只好就李庄营业的小石印馆，选些篇需要刻字、音标，而不需要图版的，凑成这一本，用石印印出。其他需要图版的，照相影印的，仍是无法办。

这一册何以名六同别录呢？其实这里面的论文，都是可以放在集刊里的，因印刷技术之故，单提出来，故曰别录。六同是萧梁时代的郡名，其郡治似乎既是我们研究所现在所在地——四川南溪的李庄镇——或者相去不远。其他的古地名，大多现在用在邻近处，而六同一个名词，颇近"抗战胜利"之意，所以就用了他。我们信顾亭林论文格的话，不取古地名的，独之乎我们不取古文一样，但是，总要有个标识，所以便用萧梁的一个古地名作为标识，更没有其他任何意思。

这里边的论文，在印刷上全受印刷者的支配，所以没有工夫由各组主任详细看过，同事详细商榷过，只可作为初稿而已。将来总用再版的，那时候再删正。

各篇都是作者自己抄的，这样办法，错字可以少些，然石印工人有时因上版下清楚描补一下，自然可以描出很大的错误来，这是作者抄者所不能负责的。因为这样，书式全不齐一，也无奈何，此时能印这类文章，纵然拿一幅丑陋像见人，也算万幸。

民国三十四年一月　傅斯年

送李约瑟博士返英国

五年前，伦敦皇家学会送他的会员李约瑟博士来中国，这在中国与西方文化交流史中是一件很值得记录的事。自明万历年间来中国的耶稣会士利玛窦以后，很有些有学问的人，但他们的目的，不是以科学沟通为第一义，他们虽是博洽的人，却并不是先在西方负重名然后来的。清康熙年间，有来中国的学者，已先在他本国建立了学术的声誉，但他们来中国的目的也与李博士不同。一个大邦的科学院，送他的院员到中国，专为科学的沟通，与中国的科学机关联系，在我们艰苦战斗中给我们很大的鼓励，李博士之来中国要算是这样的一个新纪录，更应当是今后科学合作的新开始。

李博士在胚胎化学方面的贡献，全世知名，不待，也不能，由我这外行人去说，我只说：他的热诚，与多方的才艺。

在抗战中的中国科学机关：（包括大学）实在多不成其为科学机关，设备几等于零，其中工作者事实上是无人理会的难民。原来在抗战初起的中国学术水平，比现在高得多，经敌人的打击，仓皇西迁，物质的困顿造成了精神的萎顿。在这样情形下，外国学者骤来一看，一般来说，应该是失望的。然而李博士所得的印象并不如此，他的了解力使他看到事情的另一方面，他的热诚使他有此了解力。与其说他看到我们的简陋，毋宁说他看到我们的坚忍；与其说他看到我们目前的落后，毋宁说他看到我们未来的希望。他仔仔细细地看了很多科学机关，看清楚他们正在研究的问题，看清楚他们工作的方式。有些机关，有些人，他以为在这种情形下还能这样做，真是了不得的事情。他在华中间曾一度回国几个月，曾在伦敦和他地作了多次讲演，解说中国的学术界，引起了英国学界对中国的新感觉。先是他来中国之后，一面看，一面报告国内，在《自然》周刊上写了几篇叙述中国科学的事，中国的科学研究在外国有甚高权威的期刊上由甚高的权威者作系统的叙述，也是创见。去年秋天，他应苏联科学院纪念会之请，到了苏联，更为中国科学研究作一详细、实在，充富了解性的介绍。所以他回国以前已经替中国的学界作了优越诚信的代言人，不止一年了。

不了解我们而同情我们的人，自然是我们的好朋友，尤其在患难中。然而了解我们而不同情我们的人，他的话也许更应该听些。最难得是又了解我们又同情我们的人，尤其是他的同情是由了解出来的。这样的英国学人，我只见了两位，前有罗素先生，今有李约瑟博士。

李约瑟博士对于中国科学技艺进步史最有兴趣，他回国后大目的之一，是写一部中国科学史。他能说中国话，能读中国书，我们有时候还谈谈版本考证，兼以他在科学上的修养，以及多方面的兴趣，在今天作这一事，恐怕世上没有学人比他更有资格的。他仍然谦虚的说，"我只做一个粗糙的轮廓"，不过我相信这个轮廓一定是富有提示性及刺激性的。以他的思想，可以在轮廓中捉摸到真义，以后，经过批评、充实、反证，又回到原来的提示，这样的情形，我们研究史学的是常见的。

他这书将来绝不会是一个"大全"，一定是一个富有思想的书。举一个例子，他以为中国古代的自然知识，道家中甚多。老子书，绝不可用神秘的色彩去解释。儒家的起来，淹没道家的自然知识，以及自然学派的哲学。至于自然学派如何为伦理学派所淹没，是汉朝的政治环境所使然。我对此说是完全同意的。他认为中国科学之不发达，由于政治环境、社会环境与欧洲不同，并非由于中国人与科学有隔阂。

他现在取道北平上海回国去了，我们也知道他回去后必于中英文化之互相了解与合作更有重大贡获，也知道他将来还会回中国来，但我们依旧伤感。我们难得这样一个患难中的朋友，难得这样一个了解我们的朋友！庄子说"送君者皆自涯而返，君自此远矣"[1]。

民国三十五年三月　傅斯年

1946年3月，李约瑟结束在中国的工作，即将赴法国巴黎任联合国教科文组织（UNESCO）自然科学部主任职。2月27日，他出席了在重庆两路口国立中央研究院总部为他举办的欢送晚宴，参加送别晚宴的有竺可桢、李四光、吴有训、赵忠尧等。中央研究院心理所所长兼代理总干事汪敬熙与史语所所长兼北平大学代校长傅斯年分别致告别辞。3月7日，重庆《大公报》发表了傅斯年《送李约瑟博士返英国》以及汪敬熙的《送李约瑟先生归国》这两篇告别辞。

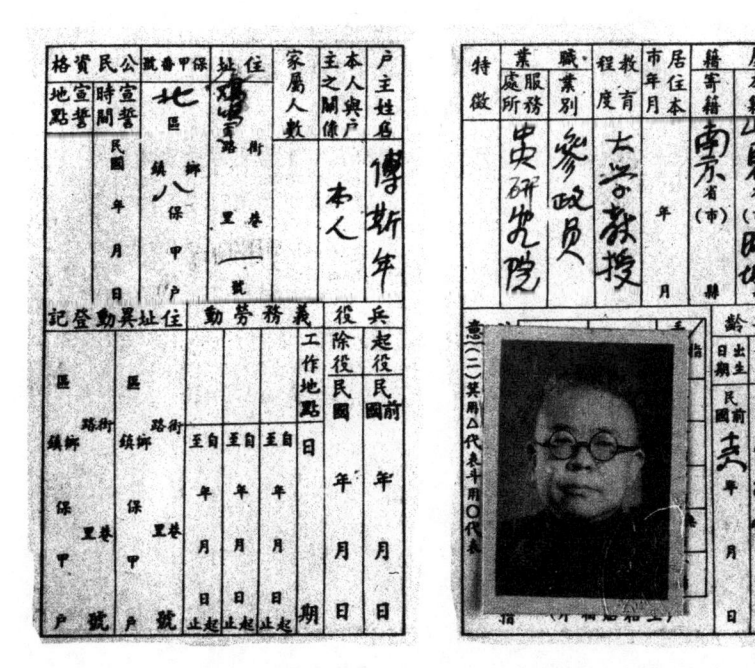

1947年，傅斯年填写的身份证（台北"中研院"史语所供图）

---

[1] 重庆《大公报》民国三十五年三月七日。

□ 陈寅恪

与董彦堂论《殷历谱》书

彦堂先生左右：

大著病中匆匆拜读一过，不朽之盛业，惟有合掌赞叹而已。改正朔一端，为前在昆明承教时所未及，尤觉精确新颖。冬至为太阳至南回归线之点，故后一月，即建丑月为岁首，最与自然界相符合。其次为包含冬至之建子月，周继殷而以子月代丑月为正月，亦与事理适合。若如传统之说，夏在商前何以转取寅月为正月似难解释。故周代文献中，虽有以寅月为正之实证，但是否果为夏代所遗，犹有问题也。豳风七月诗中历法不一致，极可注意，其"一之日"，"二之日"，是"一月之日"，"二月之日"之旧称否？又与左传孔子"火犹西流，司历过也"参校，则疑以寅月为正，乃民间历久而误失闰之通行历法。遂"托古"而属之夏欤？

头目眩晕，未能多写。即希校正，敬叩著安，并祝潭福！

弟 寅恪伏枕上言
（一九四四年）十一月二十七日

诸友并乞代候。大稿奉还，乞查收。[1]

---

[1] 陈寅恪著，陈美延编：《陈寅恪集·书信集》，生活·读书·新知三联书店，2001，255—256页。

□ 李 济

李霖灿《麽些象形文字字典》序
（1944年8月5日）

　　本书作者李霖灿君到云南一带旅行，最初的动机，完全是艺术的。他从国立艺术专科学校毕业后，就以卖画筹旅费的办法，东跑西跑的跑到丽江去了。在这地方看见了麽些文字宛如画图，他就不自觉地发生了浓厚的兴趣；这完全是他到中央博物院筹备处以前的事。博物院听说他在丽江工作的成绩，就托他担任搜集丽江一带民俗材料的任务，并指定特别注意麽些经典。他在丽江一带游历，前后将近四年，共采集了麽些经典1231册；中间除了3册是用音标字写的外，其余的都是象形文字。在这时间，他并学会了说麽些话，读麽些文字，编辑了一部象形文字字典。当他最初将所编字典的稿本寄到李庄时，我们送到中央研究院历史语言研究所，请李方桂先生审查。李先生看后说，编制得还好，但所用音符应该照国际音标，原用符号的音值，是否准确，就不能断定了。

　　三十二年的秋天，李君由丽江回李庄，同行和才君原是一位"道地"的麽些读书人，本来预备学习"多巴"的；在丽江一带，他已经帮了李君好几年的忙。因此我们商得了历史语言研究所的同意，就请张琨先生与和才君将字典中各字的音，都校订了一遍；由和才君发音，张琨先生听音，标注音符。张先生是方桂先生训练出来的一位极有前途的青年语言学家，现任历史语言研究所助理研究员。所以这部字典单就发音与注音方面讲，可以说没有什么问题，已值得印出来供研究民族学及语言学家的参考了。

　　国内学者注意"边疆"及少数民族问题的人，已日渐增多了。要认识这些问题的真面目，最要紧的似乎是应该从说他们的话、读他们的书（假如有的话）入手。从事纯粹科学研究的——如民族学、比较语言学，自然更应该走这一条道路。人类虽说是用文字用惯了，但创造一种文字，在人类文化史中并不是常见的事。有了这件事，无论它出现在地球上哪个角落里，都值得若干人们钻研一辈子。在东亚这个区域内，除了汉字集团外，其他的系统是有数的；麽些文字就是这有数系统内极重要的一个。无论这文字将来命运如何，用这文字写的经典，已经支配了麽些人的精神及社会生活若干世纪，或者还要继续着如此的支配他们好些时。单从文字方面看，我们自然可以说，麽些的象形文字是在急剧的变化中。音标字的突起，不久的将来也许会代替全部的象形文字。假如这件事要实现，那岂不是现代学者求之不得而忽然能亲眼看见的一种奇迹！好像埃及象形文字用音符代替的历史重演一次！好像甲骨文到注音字母的三千多年的历史，来了一个撮要。要是我们跟着麽些文字的变化走，体会出来它演进的种种原故，岂不是也可以用作解释其他象形文字演变的若干原因的一部分！

我们决定印这部字典，一半的理由也是希望能引起若干文字学者在这一方面的注意。

编辑一个字典自然不是一下子就能"完全"的。若是要"求全"，这"全"的标准却也是一个大问题。无论在记录科学或实验科学中，要是求他们不断的进步的话，我们最应该宝贵的是继续发现新的事实：材料的新，观念的新，方法的新，解释的新，都值得表扬。只有如此方能使一门学问继续进步。在这个意义下，虽然这字典排列的方法，以及许多推论，都带点尝试性质，我们觉得那所采用的材料是够新的了。假如由这部字典可以继续的引出别的新材料出来，使我们将来可以编一部"较完"的新麽些象形文字字典，这就是我们最大的希望。

作者的贡献却不以此为限，他把拿喜人（即麽些人）迁移的路线弄明白了；他把象形字与标音字出现的先后问题解决了；这是两个很重要的新贡献，均值得称述的。[1]

---

[1] 原序载中博院1944年印行《麽些象形文字字典》石印本；李济著，张光直主编，《李济文集》卷5，上海人民出版社，2006，124—125页。

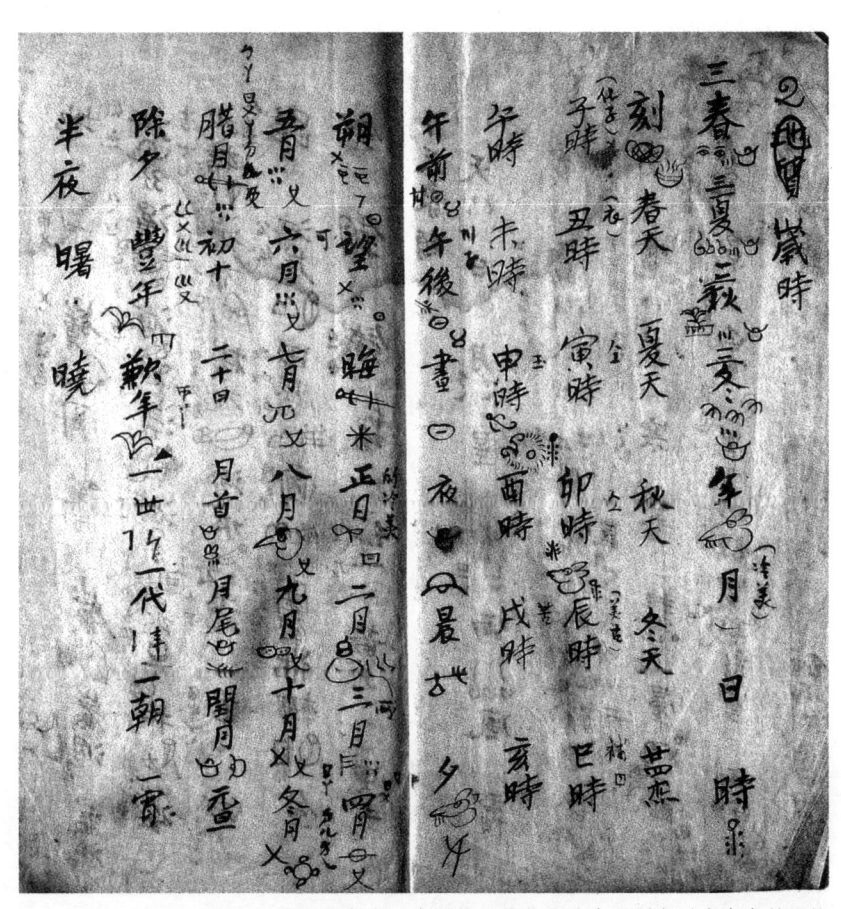

1940年代，李霖灿记录整理的东巴文字（李在中供图）

《中国考古学报》前言

（1947年3月24日）

自《安阳发掘报告》改为《田野考古报告》，出了一期，抗战就开始了。七七事变一年的春天，我们正作殷墟第十五次的发掘；那时的田野考古，就组织及训练上说，均渐臻完备。田野工作的范围，正在渐渐的推广，并有了不少的新收获，所以编辑《田野考古报告》的人，对于这刊物的前途，具有极大的信心。

战争终于爆发了。国难期间，考古组同人所荷的负担是特别的重，他们对于那将近十年所采集的资料，无论是一块残石头，或一块破瓦片，都不肯轻易舍弃，故终于把它们保存了；虽说不是完全无关，但重要部分都没遗失；这一点想是世人很喜欢知道的。资料是要人整理的；没有采集人的说明，这些资料的价值就不能全部表达出来。这一期的稿件，在抗战的第三年就集成了；所有写作人，都是田野工作人。但在二十九年夏天付印的时候，他们大半都已星散。战事的演变，终于使这部稿子，虽得付印而不能按期出版；直到了敌人投降一年以后，承印人才把打的纸版清出来。纸版居然没毁，实给予编辑人一种望外的喜悦。

但这个喜悦却包含着无限的酸辛。试看这个统计：六篇报告的作者已死了两位，改业的又有两位；只有石璋如、高去寻两君抱残守阙到了现在；但他们的健康已被战事折磨了大半。至于去世的是祁延霈君和李景聃君，本期附有二君的传略。这种损失在将来的和会上是否可以列入赔偿的要求？假如可以列入，赔偿可以抵补这种损失么？不过无论麦克阿瑟将军所主持的盟军总部对于此类损失作何打算，我们仍希望负责计算中国在战争中文化损失的主持人不要忘了这一项的道义的和法律的意义。

这本刊物终于能与读者相见，自然是一件可幸的事。编辑部主张把这刊物的名称再改一次：叫作《考古学报》，并从第一本《田野考古报告》就改起，即最近翻印这一期时改为此名：这是很有道理的。田野考古工作的恢复，在最近的将来是一点希望没有；但考古组的工作却不能不继续。田野工作人员从此在屋内读读书，除写作未完成的报告外，再多写点靠背椅子的考古文章，也许对考古学可以有更新的贡献。这却并不是说《考古学报》将没有《田野考古报告》的文章；只是说，《田野考古报告》将来只能成为这刊物的一部分稿子，也许是大部分的稿子，那要看环境与发展了。[1]

战火催生的《中国考古学报》第二册终于得以出版，原刊名《安阳发掘报告》，随着田野工作范围扩展，后改为《田野考古报告》；随着国内战争爆发，田野工作难以为继，主要是做室内研究，于是刊物名称再改。这是一种无奈；更无奈的是考古学人的凋零，于是使得李济叹息"这个喜悦却包含着无限的酸辛"。

1946年8月，蒋兆和为李济先生造像（李光谟供图）

---

[1] 《中国考古学报》第2期（1947年）。

□董作宾

《殷历谱》跋语

此书之成，多承傅孟真先生勤勉督促，陈寅恪先生之指教鼓励，使余能早日写定。李鸣钟、陈遵妫两先生助我推算厯法、交食，高去寻君助我编算年历，李孝定君助我商讨文字，李济之、梁思永两先生为我校勘一部分文稿，孟真先生复於百忙中为本书作序，俞大綵夫人倚装书之，王献唐先生为题内封面，暨参与讨论各项同题之友人，均於此敬致谢意。

中华民国三十四年四月三十日
董作宾川南溪李驻之栗峰山村[1]

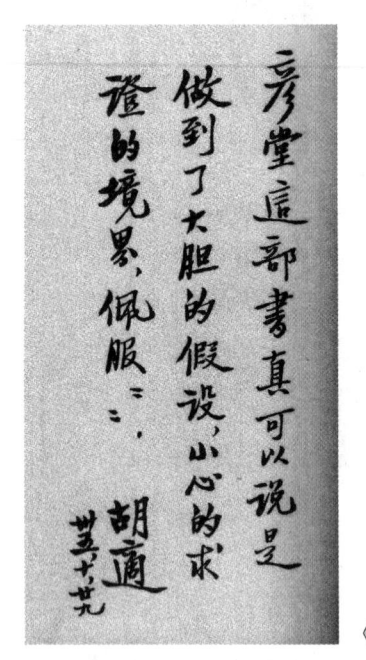

1946年10月29日，胡适题《殷历谱》。（董敏供图）

---

[1] 董作宾：《董作宾先生全集》乙编《殷历谱》·上篇第一卷，台湾艺文印书馆，1977，序言。

飞渡太平洋

　　这是我生平第一次的"短期长途"旅行，是一九四八年我由美返回旅程途中的一段——飞渡太平洋。从十二月十二日上午一时登飞机，到十四日下午四时下飞机，在我的日记簿上，应该是三天，应该是六三小时，但是我的手表告诉我，这只有四十七小时，不到两整天，而且日记上遇应该留下"十三日"空白的一叶。在这次旅行中，我会随时把天空的景象写在许多碎纸片上，尤其是云的变幻。说到云，是多么美妙的一个名词。想起来，云令人发生轻快而又沉郁的感觉，我们平常只是在云下看云，所得的印象，和在云上看云，便大大不同。况有红日青天，白浪碧海，皓月疏星，相伴着作云的背景，这场面又是何等的伟大！云是瞬息万变，不易捉摸的东西，过眼的一幕奇景，刹那之间，即不存在。如果你要去写生，第一笔落纸，第二笔就会再也找不到他。我不能画，只有写，这支秃而钝的笔，也许写不出当时景象的什一，但是我希望能够忠实的刻划出来那每一刹那的奇景，捉住他，留下来。因此我才保存着这些纸片。如果当时写得对，云会怪我多事；写得不对，云会骂我笨伯；因而或者开罪于云，也说不定。回国之后，生活局促，精神不振，半年以来，竟没有闲情逸致去翻检这些纸片，连当时写些什么，也都忘掉。现在台旅索稿，只好耐着性子，偷点工夫，扯杂抄录在下面。

　　　　　　三十八年九月三十日，董作宾记于台北市龙安里寓[1]

　　1947年1月，董作宾乘船赴美，应芝加哥大学之聘，任中国考古学客座教授。为期一年的讲学结束后，自旧金山起飞，经夏威夷、东京，飞抵上海，完成四十七小时的万里"短期长途"旅行。这是他生平第一次坐飞机，印象最深的是云。观云揽胜，看太平洋朝暾落霞，浮想联翩——比较一年前还在李庄板栗坳定会是一种什么样的心情？而著文时"生活局促，精神不振"，已在台岛的作者或许又生出新的困惑？

---

[1] 董作宾：《董作宾先生全集》乙编第4册，台湾艺文印书馆，1977，第1051页。

□那廉君

迁川之路

在昆明安定了不到两年，昆明风云，开始紧张，于是又作迁川之计。经过再一次的大搬动、大装箱，我们随着最后的一批书箱离开了昆明。七部十轮大卡，浩浩荡荡，从拓东路出发。这时我们都暂时做了被司机认为不像"押运"的押运员，也被他们看成是不懂得带"黄鱼"的呆头鹅。从昆明走上川滇东路。一路之上，真是酸、甜、苦、辣、咸五味俱全。到了四川泸县把书箱卸在民生公司的趸船，待轮西运，我们住进中国旅行社招待所，才暂时松了一口气。

在川滇东路的五天行程当中，我忘不了在曲靖黑夜访小爨碑（爨宝子碑）而发现有另一通"三十七部会盟石城碑"嵌在背后的兴奋；也忘不了在宣威所看到枭首示众的干巴人头，悬挂高竿的可怖；忘不了"苏州女儿貌如花。毕节姑娘赛过她"的贵州毕节女郎；也忘不了被困在贵州高山川滇东路的一个小站"黑石头"而挨饿的窘状。

我们在泸县躲了一个星期的警报，也欣赏了几天泸州的大曲和桂圆花蜜，终于把这些书箱装上民生公司西上的轮船，驶向宜宾（叙府），自然我们也要随船押运而出高价向船员通融了几个铺位。第二天下午到达目的地之后，暂时由民生公司把书箱卸在驳船上。也就在卸货的时候，有一条驳船失了重心倾覆，书箱滑落江中，经过一阵紧张的打捞，立即在宜宾借地开箱晾晒，所幸由于书箱装的得法，只湿润了表面的一层，江水并未浸到里面，因而损失不能算大。可佩的是承运的民生公司，曾经履行赔偿的责任。

这一幕类似《西游记》所描述的"晾经"故事结束之后，在一个天气晴朗的清晨，我们雇了几十只小木船，每只船上都装满了书箱，一字长蛇阵般的排在江面，煞是好看。从宜宾顺流而下，很快把这几百个书箱漂送到了本机构新的所在地的山脚下"木鱼石"，然后又雇工一个一个抬到山上。这一连串的工作，现在回想起来，真有些痛定思痛，因为在当时警报频繁和运输能力薄弱的情势之下，处处都是困难，随时随地都会发生危险，绝非今日所可想像。[1]

注释：

那廉君（1909—？），1934年考入史语所，参加"明实录"校勘工作。后任中研院史语所所长行政助理，兼图书管理员。史语所迁台后，曾任台湾大学校长傅斯年及继任钱思亮校长秘书，后随钱思亮转岗"中研院"，先后任钱思亮、吴大猷两届院长秘书。

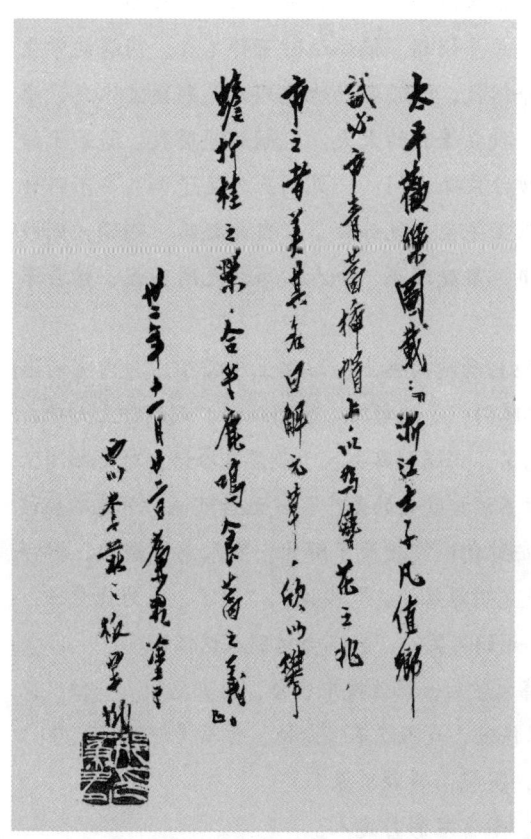

1943年11月22日那廉君书法（董敏供图）

---

[1] 节选自那廉君《孤篷小品》，学海出版社，1982，65页。标题为笔者所加。

□ 王叔岷

栗峰轶事[1]

一见如故

山居寂寞，研究学问之外，无所事事，我写信回家，盼望尚淑妻带着小女儿国璎来李庄。史语所年轻友人王铃，亦函邀其旧时中学所教之女生娟娟，来李庄报考同济大学。

一九四三年夏某日，我同王铃及同济大学几位学生，在李庄镇江边等候轮船到来，旅客纷纷下船，其中一位清秀而高挑的女生东张西望，向前一问，正是娟娟。偏偏这时王铃不在，同济的学生向娟娟自我介绍，并介绍我，殷殷勤勤地邀娟娟先到寝室休息，邀我同去。我说："不，我要等我的太太。"娟娟望望我。随后王铃到了，陪同她上山，暂住栗峰，问："见到王先生了吗？"不料她竟说："见到了，我跟王先生一见如故。"自此之后，娟娟常到我的宿舍聊天，国家大事、家庭琐事、个人心事，无所不谈，常常深夜始去。

一夕，夜已深，她自动把门关上，坦然上床睡了。房内有两张床，大的我准备和淑妻睡的，小的留给小女国璎睡。娟娟睡上大床，我睡小床，不觉天渐亮了，娟娟始离去。于是谣言冷语，时有所闻，甚至当面责备我："你不该接受她的爱！"我无话可说，深悔不应该让娟娟留宿。娟娟却安慰我："我最了解你，别人愈怀疑你，批评你，我愈尊敬你，你是光明磊落的。"我说："好了，我为你受谤，以后再不要这样了。"娟娟笑笑："我不会对别人这样的。"

娟娟考取山下同济大学后，移住校中宿舍，遂少见面。一位认识不久的女孩，竟如此信任我，我不能不怀念她，曾写《何因》绝句：

何因欲见转无因，寂寂山樊孰可亲？
一院清商琴在手，半窗寒影月窥人。

---

[1] 王叔岷：《慕庐忆往：王叔岷回忆录》，中华书局，2007，50—54页。标题为笔者所加。

淑妻带璎女来栗峰后，娟娟偶亦上山相见，事尚淑如师母，帮着料理家事，毫不避嫌。

偲居张家

尚淑到栗峰后，在张家大院客厅旁偲屋而居，有公用厨房。时璎女未满两岁，胆小，学走路，则蹲下哭泣。抱于方榉上，岷在左，尚淑在右，鼓掌："过来！"能走两三步，便高兴之至！

平时尚淑在厨房煮饭，我则赤膊用大刀劈柴，生活艰苦，很少肉食。某日，家家买肉过节，尚淑将肉切成大块煮于锅中，语岷："火小了，便加柴。"她便离去与太太们聊天。岷方思索《庄子》问题，见灶火小了，便加柴，一加再加，尚淑返来，揭开锅盖一看，肉全焦了！大发脾气："叫你加柴，你看都不看就尽加，肉全焦了，吃甚么！"我低头无语，无可奈何！幸而马学良兄之夫人马太太走来，问："甚么事？"尚淑一面气，一面说。马太太笑道："好兆头！要得煳，才有福。"（煳是烧焦之意。）尚淑才默然算了。

岷每晨早起，练习古琴，一日，忽听张家老太太在客厅吟诵声：

南无佛，南无法，南无僧，与佛有缘，与佛有因，佛法相因，常乐我净。朝念观世音，暮念观世音，念念从心起，念佛不离身。天罗神，地罗神，人离难，难离身，一切灾殃化为尘。南无，大慈大悲，救苦救难，广大灵感，南无观世音菩萨，摩诃萨。

岷惊喜，此正岷所习弹《观音咒》也。老太太坐于观音像前吟诵，神态至为慈蔼虔诚，每晨如此。

王文近似白描。故事一，娟娟隐其名，王铃为史语所助理研究员，后随李约瑟去了英国协助编写《中国科技史》。文内妻女皆据实道来，分毫无爽。春秋时有柳下惠坐怀不乱的故事。孔子称其"言中伦、行中虑"，孟子赞曰"圣之和者"，将他与伯夷、伊尹、孔子相提并论。此段经历，庶乎近之。故事二，家居生活，夫妻龃龉，平常道出。及至妻子逝去，王叔岷触景伤情，"忍看庭花迎夏放，亡妻所种不堪看"。流年平淡，深水无波，即为真爱。

□ 劳 榦

敬为光涛吾兄书

朝鲜《中宗大王实录》卷一百三云：三十九年（嘉靖二十三年）五月壬子，世子赐生姜于僚属。仍赐手书曰，予观论语，记夫子饮食之节，有曰不撤姜食。此非为口腹，但为通神明去秽恶固然也。诸君子动慕夫子者，虽于饮食之末，必有所法焉。今以是菜送于院中一尝，如何？

中华民国三十五年四月敬为光涛吾兄书

长沙贞一 弟劳榦

1946年4月劳榦书赠李光涛（李幼萱供图）

□夏　鼐

安阳殷墟的头骨研究[1]

　　1935年春，我到殷墟发掘团参加工作时，采集人骨标本已成为一种制度。所有出土的头骨（头盖骨和下颌骨）、盆骨、肢骨和肩带骨（锁骨和肩胛骨），如果保存良好，都要加以采集。每件在小心提取、洗刷干净和编写标本号以后，便用浸湿的麻纸糊上几层。我们住在侯家庄农民家中。每星期天返城内冠带巷工作站休息时，便运回一批到城里。洗刷和糊纸的工作，有时便在城内进行。整理后便放在走廊上以便阴干。记得有一次，梁思永发现一个带下颌骨的头骨的齿部外边所糊的麻纸被撕破，还脱落了门齿。他质问工人，据说是前几天留宿在工作站的洋鬼子干的。他听后只好叹口气不再追问下去。我们蒙古人种的一个特征是门齿多作铲形。现代中国人是这样，殷代人也是这样。这位洋人大概拿去几枚殷人门齿作为珍贵的科学标本。李济曾说过，考古学家一定要有体质人类学的常识。但是要想成为真正合格的体质人类学家，最好能先取得MD.（医学博士）学位。这或许是他后来放弃体质人类学工作而愿意将殷墟人骨材料让给别人研究的缘故。

　　抗战以前在历次殷墟发掘中所采集的人骨标本，仅就头骨而言，其数近千。后来都集中在南京的历史语言研究所中。吴定良由英国返国后，这些人骨标本在战争情况下几度搬迁，由南京而云南昆明，而四川南溪李庄，复员时搬回南京，最后运往台湾。这样多次的搬迁，使这些标本遭受到很大的损失。据说在台湾最后整理时，头骨完整可供测量者仅余398个。这是由于当年贪图省事，许多头骨脑腔内的填土没有挖取出来，以致干燥后成为坚硬的小泥

---

[1] 摘自夏鼐：《安阳殷墟的头骨研究·序言》，《夏鼐文集》（中），社会科学文献出版社，2000，7—8页。

球。搬运时受震动，这些泥球碰击头盖骨，有时便把它打成碎片。

此外，在搬运的过程中，还发生过一次大误会。

1941年历史语言研究所避居四川南溪李庄时，由山下中央博物院筹备处所在地的月亮田搬运人骨标本箱子到山上板栗坳的历史语言研究所时，有一个箱子被碰裂开，露出了满箱人头骨。这里的乡下人本来对于外来的下江人很不信任，加以前几天有几位广东籍的同事捕捉一条蛇宰杀了作成佳肴打牙祭。所以，一下子谣言便传开了：这些下江人嘴馋得很，什么东西都要吃，蛇不用说，连人也要吃。满箱的人骨便是铁证。肯定人骨还不止这一箱呢！闹得满城风雨。最后还是由历史语言研究所负责人开了一次群众会，向大家解释一通，这事才平静下去。

一九四四年史语所过元旦[1]

今天是阳历的元旦，所中循例放假三天，代理所长董彦堂先生，用栗峰读书会的名义，开了一个新年同乐会，将大礼堂布置为会场，挂上了花纸、党国旗与纸灯。门口贴上了一副红对子："岁序又更新，装了一肚皮国恨家仇，卧薪尝胆之余，何妨散散气；寒酸犹似旧，剩下满脑子诗云子曰，读书写字之外，且自开开心"，是屈万里君撰的对子，王献唐先生写的隶书。会场四壁又挂上许多书画，颇为热闹。

余与屈万里、高晓梅二君赴梁思永处贺年，闲谈一会儿。出来后，余又至向觉明先生处贺年。再出来看游艺会，十时开幕，一直弄到下午四时，有小学生们的唱歌、跳舞和双簧，有董彦堂先生的平庐诗话弹棉花和说演河南戏、徐义生君的昆曲，杨希枚君等的京戏等等。午餐休息时有文虎。晚上还有余兴。

我未曾去，坐在室中阅书。听着隔院歌声，令人有新年之感。自己十余年各处飘荡，仅去年在家中过了一次新年，今年又仍在客中度新年，不知明年又在何处。今年尚有几位熟人在一处，明

---

[1] 夏鼐：《夏鼐日记》卷3，华东师范大学出版社，2011，151页。

年如在西北不能回来，恐将独自在荒漠朔风中度新年了。

注释：

　　文虎：灯谜的别称。

　　余兴：会议或宴会之后附带的文娱活动。

□ 石璋如

板栗坳　戏楼台　代所长

　　民国三十一年中央研究院历史语言研究所，由昆明的龙头镇迁来四川南溪李庄板栗坳。板栗坳在李庄镇西南约五里的山上，号称栗峰。由长江南岸的木鱼石，登五百余级石阶，再往前走不远，略下微坡，即可到达。它是清初南溪县首富——李庄镇望族张瑶（字焕玉），由宋嘴迁居于此，延聘名师，设计建筑，本地人称为"张家花园"。此地北宽南窄，向东凸出若半环形；所谓坳者，乃是高山上的凹地。此地的水势，处向南流，随峰西转，折而向北流入长江；故建筑的设计，依势而行，就北、西两面作成曲尺形的系统，留着东面作为屏障。中间的凹地，为平平的水田，静止无波，亮如明镜：从西面看镜，东面的山脚向上；从东面看镜，西面的屋顶向下。插上秧后，禾苗茂密，好像一个绿湖，精致殊为幽雅。周围的房屋相当高大，院落颇为宽敞，确实是一处修身养性的好地方，也正合乎读书研究的理想场所。不过现在一棵板栗树也没有了，遍山都成了桂圆林。

　　抗战期间，张家仍是李庄镇的大族，有力量的士绅，听说学术机关迁此，颇有好感，以为首的张官周先生出面欢迎，他们在板栗坳建有七座大房子，愿腾出四座让研究所使用。研究所对于房舍的分配，依照量、能、适作为标准：譬如第一处，北面的桂花坳，房子讲究而量小，作为眷舍。第二处，西面北端的田边上，一连九间的方方院落，房子最多，且有大厅，作为中、西文图书室，二、四组及访问学人的研究室、事务室、医务室及单人宿舍等。第三处为牌坊头，以石牌坊的标记而得名，基地是由石块砌成高高的绝壁，上二十四层石阶才到类似牌坊的大门，再上二十四层石阶，才到庭院的广场，迈过广场再上六阶，才到基地上的建筑，也就是峰巅所在。这里的房子，最高、最大、也最气魄。中间的三间自成一组，天花板高高的，是他们的过庭，我们作为礼堂、饭厅，两端的两间都是二楼，颇适居住，南北两端另有跨院：北端接着柴门口，系二楼建筑，作为眷舍；南端的戏楼院，墙壁高高的，最为严谨，作为三组的仓库及研究室。第四处在牌坊头以下、戏楼院以南的新房子，也叫茶花院，以院中有两棵大茶花得名，作为善本书库及一组的研究室。分配既定，雇工修理，图书上架，资料展开，很快的就恢复研究工作。

当时蔡元培先生逝世，由朱家骅先生代理院长，总干事一职尚未找到合适人选，由傅斯年先生暂行代理。傅先生又系参政委员，久居重庆，不能常回李庄，史语所的所长职务由李方桂先生代理。董师常与大家说笑话："住在板栗坳的人，除方桂先生以外，我们都是三代以下的人物。"四月间方桂先生携眷到成都教书，代理所长一职，便落在董师的头上了。虽然三大以下的阵容中少了一员战将，可是研究所方面从此步入正轨，走上坦途，大家都庆幸得人。

......

董老师的研究室在戏楼院，所谓戏楼院，乃是主人翁当年营建看戏的地方。建筑得非常讲究，东面戏台的台座和栏杆是木雕的，人物、花卉，非常细腻；两侧各有两小间，为鼓乐及演员化妆之用。西面突出的看台，是石雕的，虽然日久有点风化，但仍然相当的精工。背后的三大间上房，为休息之用，上房的两侧各有一小间，左手边为门楼，右手边为仆人间。南北两侧各为三间看厢。整个的结构，是一座很方正的四合院。由于这座庭院是为看戏而设计，所以所有房舍都是敞着没有门窗。

董师的研究室在戏楼上，戏楼的大门用木条钉起，作为一个大窗子，其上用纸糊起，光线充足，窗下放着一张大木案子，作为研究桌。后面用木板作成一个书架子。左手边，连接书架与书案也搭上两层木板，作为放置纸张及当前急需资料之用。虽然规模不大，设备简陋，却是窗明几净，研究写作最佳的环境。那部国际驰名的巨著《殷历谱》，就是在这个窗下，这张桌子上，利用五百八十片甲骨文及一大堆的参考资料，当时文无草稿，胸有成竹，组合资料，运用思路，笔浸油墨，正楷写出，日书一纸，送去上石，设若印坏，仍需重书，历经一年又八个月，始完成了这部连图带表约七十万言的大著，从此殷代的二百七十三年的年、历与祀有了一个清楚的认识，殊可钦佩。

由于代理所务，内外琐事繁多，来访的人们也比别人多。当时处于大后方，无法购买纸烟，大多改为抽水烟或吸旱烟。董师改抽水烟，抽水烟需要纸捻点火，纸捻需要自己制造。客人来访时必要交谈，交谈时便不能写作。董师为珍惜宝贵的时间，一面交谈，一面用手作纸捻，作出一根放在后面的书架上，日子久了，书架上存着大堆纸捻，所有每当他写稿遇阻，必须用抽水烟以沟通思路的时候，点火的纸捻，无虑匮乏。大家都称赞他真会利用时间。

他的住宅就在合作社右手边的南跨院内，这个跨院也是小四合的形式，周围有很宽的走廊围绕着，天井内有很高大的养鱼池，但早已干涸而无鱼了。住宅在北侧；东侧为子弟学校的教室；西侧为厨房；南侧原是主人翁的柴房，窗子较高，光线稍暗，是个无用的空屋，但是把它布置了一下，作为他的夜间研究室。本来他的研究室是在戏楼院的戏台上，因为住在戏楼院的单身汉，为谨慎计，夜间早早的把戏楼院的大门落锁，出让不便，耽误他的夜间研究工作。这个研究室就在自家的对面，近在咫尺，任你研究到三更半夜，绝无门禁之碍。面积宽大，也是这个研究室的特点。常川住在田边上看书研究的山东图书馆馆长王献唐先生，常来此室作学术上的研讨。三十二年年终，璋如自西北调查归来，没有研究的处所，他把戏台上的研究室给我使用，让我在这个明窗之下，用毛笔油墨，自己写自己的文稿，上石油印，装订在《六同别录》上。不久我的研究室有了着落，即把戏台奉还了。

1941年9月，谭旦冏为董作宾造像（董敏供图）

三十年三月间，徐旭生先生由重庆经宜宾、往云南，路过板栗坳，三十一日，在大礼堂讲"古代传说时代"。同年六月九日，李庄各所在大礼堂联合庆祝中央研究院成立十三周年纪念会，社会研究所陶孟和所长作专题讲演，都是板栗坳历史上轰动的大事。从此，纪念周、国民月会照常举行。又恢复学术讲论会，凡是研究人员，有义务，也有责任，轮流担任专题主讲和答复质询以及讨论。嗣后，凡是国历元旦、农历中秋、院庆六九、国庆双十，都要举行康乐晚会、唱歌表演，异常欢快。代所长是年事较高的长者，亲自主持，并与一群年轻人大家同乐，且待人忠厚，因此甚得同人的爱戴。[1]

回忆《六同别录》

　　《六同别录》是史语所在李庄时期所办的刊物，由所内同人写稿发表。李庄在古代的别名就是六同，刊名是傅斯年先生取的。因为抗战之后《史语所集刊》无法出版，所以另行设立刊物让同人发表文章。民国三十三年秋天，在李庄没有办法排版，重庆或许可以排版，但是也无法做画图、刻版的工作。例如中央博物院的苍洱考古团曾经在大理一带发掘，他们在李庄写出报告，送到成都出版时，成都给两种出版办法，一种是自己写版石印，另外一种就是古代的木刻刻版，在抗战时期还在用。后来他们选择刻版，图画也是刻版，因此印得也不多。在李庄附近无法刻版，只有一家石印，也只管印刷，写字、用墨都得自己负责。装订也得另外雇工。所以李济先生、傅斯年先生便要我们自己写文章拿去石印，石头的面很大，所以本也很大，董作宾先生的《殷历谱》就是用石印方法出版的，由于效果还不错，所以傅先生就希望大家多加应用。

　　既然所内同人过去写的田野报告，交去上海印刷的部分音讯

---

[1] 摘自石璋如《董师彦堂先生五十大庆追记》，载台北《历史博物馆馆刊》，1993年7月，第三卷第三期。标题为笔者所加。

全无，商务印书馆送香港的部分复因香港沦陷而无踪，因此我们对于追回东西已不抱希望。同仁又想到文章内有很多图版，此时不便印刷，便决定另起炉灶，自己写版、画图，然后不放图版。

我在《六同别录》写了三篇文章，也顺便尝试拓片的印刷效果如何。第一篇文章是《小屯后五次发掘的重要发现》，文章附了墓葬图，而且放了陶片拓片，石印的效果居然还不错，这就表示放拓片是可行的。我第二篇文章写的是《小屯的文化层》，也要放地形图，印刷效果也可以。第三篇《安阳后冈的殷墓》也是一样。我还记得《六同别录》第一本有我、董同龢的文章，我个子小，字也小，印出来的效果还不错，董同龢高头大马，字也写得大，周法高的字比董还要大，不过大字印出来的效果却不好。大家一看就说我的小字比他们的字还清楚些。这大概是因为他们的年龄比我轻，用毛笔时间没有用钢笔时间长，而写石印得用毛笔，所以也看得出一些年龄上、教育上的差距。话虽如此却也有例外。像图书馆的张政烺，年龄比董、周还轻，写得一手好毛笔字，石印效果也是最好的。

我们写《六同别录》，从民国三十三年后半年，写到三十四年上半年。文章要作，要写，写完之后要校对，而校对之后不能再印，只能附校对表而已。另外的问题是，如果有印不清、印不出的字，印刷工人会自作聪明，未曾询问作者就自行写上他们以为对的字，造成我们校稿、读稿会觉得很奇怪，读者也很别扭，校稿变成了苦差事，不校也不行，校对之后又可能出错。[1]

注释：

石璋如（1902—2004），1932年河南大学历史系毕业，参加安阳殷墟发掘，进入中研院史语所任研究生，后转任助理员、副研究员。抗战期间随史语所迁驻李庄，曾与劳榦赴西北考察。抗战胜利后随所迁回南京，1949年迁台，升任史语所研究员，1952年在台湾大学兼任教授，1978年当选"中研院"院士，学术专长殷商考古。

---

[1] 摘自陈存恭编《石璋如先生口述历史》，九州出版社，2013，255—256页。

□凌纯声　芮逸夫搜集
《湘西苗族调查报告》故事节选

两个善夸的人

　　从前苗乡有一个大夸人，善于夸张。有一天，在乾城某客店住宿，遇着一个小夸人，亦在同处落店。两下初会便谈起来了。大夸人问道："朋友，你今天是从哪块地方来的？"小夸人答道："我今天是从江西洛阳桥来的。"大夸人听了此言，心里一想，乾城隔江西洛阳桥，有数千里之遥，说今天由江西来，岂不是明明骗我吗？当即问道："你今天既从江西洛阳桥来的，听说江西洛阳桥很高，究竟有多高，你可知道？"小夸人答道："江西洛阳桥，人人都知是很高，究竟有多高，我实在是不晓得的。听说那块地方的人，正月十五日晚上，在桥上玩龙灯狮子，不意人众拥挤，挤着一个小孩子落下水去，直至五月初五日中午，那个小孩才落到桥下，给划龙舟的人看见，才将他救起，你看这座桥究竟是有多高？"大夸人听了点头不已。

　　小夸人又转向大夸人道："今天你又是从哪块地方来的？"大夸人答道："我是从湖南长沙来的。"小夸人听了此言，心里也一想，长沙隔乾城也有近千的路程，怎能行到？岂不是明明骗我吗？当即问道："你从湖南长沙来的，听说长沙地方有个萝卜很大，究竟有多大，你可知道？"大夸人答道："我从湖南长沙来的，湖南长沙的那个萝卜，人人都知是很大，究竟有多大，我实在是不晓得的。听那块地方的人说，从前曹操带领八十三万人马下江南，由长沙经过，自兵开到之日起，至兵开去之日止，长沙地方的人，用这个萝卜招待曹军，这个萝卜仅仅切了一半，还剩有一半，你看这个萝卜，究竟是有多大？"小夸人听了也是点头不已。

　　记录人：石启贵　讲述人：石国用
　　搜集地点：湘西乾城

神 算

　　从前永绥有一吴文富,家里很富。生女三人,都已嫁了人家。刘二桃是他的第三女婿。惟家里穷苦不堪,非大女婿及二女婿可比。所以每到岳丈家中,常被贱视。晚上睡眠,连被也不给一条。对于大女婿及二女婿,却款待很厚。二桃看了这种情形,心中不平。每天晚上,便不睡觉,专习各种国术,因此汗水常流。岳丈暗地一看,心想天气那么寒冷,怎么二桃反而出汗?便问二桃道:"这样冷天怎么出汗?"二桃婉言答道:"我这衣服,乃是宝物,看似破旧,最能御寒。"岳丈道:"我可以皮衣和你相换。"二桃应允。于是就得新衣一件,穿了回去。

　　后因正月拜年,要到岳丈家去,心里想出一计,意在博得岳丈欢心。他先暗地偷了岳丈家中肥猪一只,寄在土瓦窑内,害得岳丈到处寻找失猪,问卜测字,毫无着落。二桃到了岳家,自称能够推算。岳丈就请女婿推算。二挑假意推算一番,即说猪在瓦窑内。派人走去一寻,果然在那里,即将猪赶回家中。此后岳丈就很相信二桃神算,才把二桃特别看重,不似从前的轻视他了。

　　后有某县官失去印信一颗,寻访名家推算。二桃岳丈因为是一个地方上的绅士,与官府常有往来,便推荐二桃的神算。县官果然相信,就派人往请二桃。原来那颗印信,是他两个随从偷的,县官不知,却派这两个随从去请二桃。二人奉派请了二桃,走到中途,二桃越思越想,不胜焦燥。因为他本来不会推算,如何能知县官印信失落的所在。他们在途三人同行,县官的两个随从,一个在前,一个在后,把二桃夹在中间。二桃忽然叹道:今天我来,前也是死,后也是死,不死还有哪条路可走?"两个随从听得此言,吃了一惊。暗想二桃算法,果然很灵。便请求二桃饶命。二桃看他们二人心虚,便质问起来,叫他们赶快照实说来,可以救他们的性命。二人说出印信是放在屋后墙上。二桃大喜。见了县官,假作推算之后,便说印信放在屋后墙上。县官即派人到屋后墙上去看,果然得了印信,应了二桃神算。县官不胜欢喜。他见二桃算法灵验,要将女儿许配。他的女儿年约十八,姿色可人,意欲许给字二桃为妻。女儿虽从父命，但不信二桃有这种神算。她想出一计试验二桃。她拿出空皮箱一只，给二桃推算箱内是装何物？算中了才愿做他的妻子。二桃一看实在无法，对天叹道："我二桃该死在这皮箱里了！"小姐听了此言，以为二桃算中。因为箱内确是放二个挑子。小姐就很情愿的做了二桃的妻子。

讲述人：石启贵

搜集地点：湘西乾城[1]

  20世纪30年代以前，对于民族认知多局限在北方的满蒙回藏等，对于南方少数民族多不了解。日本人类学家鸟居龙藏调查贵州苗族，首次将南方少数民族研究带入中国学者视野，给学界极大震撼。1933年5月初，史语所人类学组研究人员凌纯声与芮逸夫受蔡元培派遣，首次前往湘西调查苗人生活。为期三个多月的田野调查结束后，调查报告直到随史语所迁到李庄后才最后完成。这是关于1930年代湘西苗族的第一手实时资料，通过实地摄影、图画素描、民间文物的搜集，甚至拍摄成影片，加上文字资料说明等等，再现了当时湘西苗族社会的文化的真实图景，具有开拓性的价值。不过，似也有些不足：一是"隔"，作为"中央大员"，所了解到的苗民生活可能并非真实的原始的状态；二是作为自身的"猎奇心态"及其"他者"的选择性，有追求趣味性故事性的倾向，对于苗族生活状态的记叙，如农业、贸易相对疏略。

1998年9月贵州雷山县苗寨赶集（岱峻拍摄）

---

[1]《湘西苗族调查报告》（下）国立中央研究院历史语言研究所单刊甲种之十八，1947年编印。

□郭良玉

闲静安宁的李庄生活

四十年代初,我们从重庆搬到宜宾李庄住家。兹全得到傅斯年先生的许可,到史语所当助理研究员。

历史语言研究所说是在李庄,实际离李庄还很远。自重庆上船,到李庄下船,要走好长一段路,到个小山口,顺着山口的阶梯,一磴一磴爬山,大约要爬百多磴,爬得筋疲力尽,上气不接下气的时候,才算到了另一个山口,上了这座小山。

山口旁有一棵黄桷树,人们上山,常在树下石头上歇脚。过了黄桷树就是一块平地。这里就是史语所的所在地,建有桂花院(傅斯年先生住在此处)、田碥上(史语所人员工作地方)、柴门口(史语所同仁家属院)、牌坊头(地主家属及董作宾先生分住后宅两院,前面为史语所单身先生的饭厅,兼史语所子弟小学教室)、戏楼院(是挖掘出的人头骨陈列地方,也是高去寻先生办公及住所)、茶花院(研究室和宿舍)。

牌坊头另辟有一间小屋,由工作人员魏先生任掌柜,他每天下班后,打开房门卖些油盐酱醋,红白糖,有时也卖点花生米。人们都不叫他的名字,只称他魏老板。

初到史语所,住在柴门口,很想买点饼干、点心,给儿子补贴点吃的。因为他一岁时就在医院住了半年多,身体瘦弱。于是请每天来代家属买菜的去李庄街上代买点饼干。

饼干买来了,不是饼干,简直是饼湿。每一块都是潮乎乎的,有的甚至上面从了白毛。

四川多雨雾,一过中秋节,几乎难见个大太阳晴天,饼干吸潮,自然不干,且穷乡僻壤,除了很少的地主有钱,人们都闹穷,吃上饱饭就不错了,哪里来钱买饼干吃!

此时仙(何思源)哥,已当了山东主席,有个办事处在重庆,住用我盖的两间半瓦房,每月总寄点钱来,所以手头比别人宽裕。

饼干不能买,我得给儿子弄点三餐之间放学之后吃的。

我就问芮逸夫的妻子、劳榦的太太,都给孩子们作什么吃食。

她们说会做糖饼。什么糖饼?她们教了,我就按法试着作。

我先到魏老板的小店里买了一斤面粉,半斤红糖,一瓶油,拿回去,把面和糖倒在盆里,打上三个鸡蛋,用油加水和好,作成一指来厚的大饼,用刀在饼上划成棋子块(不要切开)在锅里擦上一层油,把饼放在锅里,用锅盖盖好,用抹布捂严,借用锅底下灶里的余炭火(因为李庄烧劈柴做完饭后灶里有余炭火)烤上。

开头我总是不时翻它一下。芮老婆、劳老婆(我们称对方丈夫的姓加上老婆子的婆),自称我老婆说:"不要翻它,尽它烤去。"

烤上大约一个来钟头,揭开锅一看,红黄色的饼子香喷喷的,可以出锅了。

出锅后晾晾,掰成一块块的,放进饼干筒里,可以吃好几天。又有营养又新鲜。后来做的得心应手了,吃过晚饭,烤上饼,到劳老婆饭堂去聊天。

那时板栗坳没电灯,煤油不好买,故连煤油灯也没人点,每家都弄个小碟子,倒上点桐油,安上俩灯草黄个盈盈,不大光明,所以晚饭后,天一黑,大家就聚在一起聊大天,有时带了孩子们到对面高高山(实际只有四五层楼高)上玩去。

爬完山或聊完大天,饼也熟了!

新鲜香甜,刚出锅的糖饼,煞是好吃![1]

注释:

郭良玉(1915—2007),山东巨野人,著有《唐太宗演义》《女皇武则天》及散文《平庸人生》等。20世纪30年代在河南大学中文系学习。抗日战争爆发后,在重庆就读于复旦大学中文系。后嫁予史语所研究员何兹全,抗战期间寓居李庄,曾任史语所子弟校教师。共和国成立后曾任北京市39中教师,直至退休。

---

[1] 何兹全、郭良玉著:《三论一谈:何兹全、郭良玉伉俪自选集》,新世界出版社,2001,225—227页。

2004年9月12日，笔者拜访何兹全夫妇，并请题词（岱峻拍摄）

□ 梁柏有

李庄，留下我童年记忆的地方

我们家是个父严母慈的家庭，父亲虽是重病在身，身心俱疲，但仍担负起做父亲的责任，虽是独生女，但父亲对我的教育却绝不放松。我在镇上的李庄镇中心小学上学，由于读书成绩好，获模范儿童奖状。搬上山以后，便进入史语所办的子弟小学。每天下课回家，还要学英文和背诵古文如《史记》等。有时由于贪玩背不出书来，便得自己将母亲缝衣用的尺子拿来，被床上的父亲重打几下手心。事后还需继续朗读，直到背熟为止。但有时也会因功课完成得及时而受到褒奖。如一次母亲忽然拿来一支小乌龟，作为近日来表现好的奖励，并在龟壳边上凿了一个小洞，索上一根细绳。于是在下课后，我便拎着小乌龟跑到附近稻田去"放龟"。我将小乌龟放入稻田让它漫步水中去扑食游玩，而自己则在田埂上兴高采烈地蹦跳着捉蚂蚱、捕蝴蝶，一人一龟玩得不亦乐乎。但有时也会乐极生悲，一次不小心手被荨麻叶碰到，立即被蜇得红肿起来，又痛又痒，只得扫兴提龟而返。

我从小便爱看书，上山后认识了管图书的那廉君先生。那先生为人和气，尤其是对孩子们有求必应，他深度近视，做事离不开眼镜，他的镜片很厚，像个瓶子底，据说已达一千度。有一次他不慎将眼镜摔在地上，眼前一片模糊，只得蹲下到处摸索，好半天才摸到已被摔破的眼镜。

我得到那先生准许，可以自由进入书库看书。一天，忽然发现书架下方放着许多有着红红绿绿书皮的书，随手抽出一本名叫《红楼梦》的书，对书名颇为不解，十分好奇，便借回家读了起来，不久被父亲发现，不许再看（当时已看得差不多了），命立即还回去，并告知这不是小孩看的书，事后还和那先生说不许女儿再进书库。从此，这种看书的特殊待遇便被迫中止了。但是，在家中

《水浒》《七侠五义》等小说还是可以看的。至此，中国四大名著我已读过三部了（《西游记》《水浒传》《红楼梦》）。[1]

注释：

梁柏有（1932— ），是梁思永与李福曼的独生女，抗战时随父母流徙李庄，先在李庄镇中心小学读书，后转板栗坳史语所子弟校。1946年随父母到重庆，插读南开中学。回到北京后，读教会中学贝满女中。高中毕业考上北京农业大学园艺系造园专业。毕业后，分到北京园林局搞规划设计。退休前在北京园林局任高级工程师。

2015年9月23日，岱峻与梁柏有在李庄

---

[1] 梁柏有编著：《思文永在 我的父亲考古学家梁思永》，紫禁城出版社，2016，135页。

□ 史语所

1946年5月1日，中央研究院史语所迁走之前，在牌坊头立下"留别李庄栗峰碑"。碑额由董作宾书甲骨文"山高水长"四个字；碑文由陈槃撰，劳榦书。落款为史语所全体研究人员后勤人员及部分家属。

留别李庄栗峰碑铭

李庄栗峰张氏者，南溪望族。其八世祖焕玉先生，以前清乾隆年间，自乡之宋嘴移居于此。起家耕读，致资称巨富，嗣哲能继堂构辉光。

本所因国难播越，由首都（南京）而长沙、而桂林、而昆明，辗转入川，适兹乐土，尔来五年矣。海宇沉沦，生民荼毒。同人等犹幸而有托，不废研求。虽曰国家厚恩，然而使宾至如归，从容安居，以从事于游心广意，斯仁里主人暨诸军政当道，地方明达，其为藉助，有不可忘者。

今值国土重光，东迈在途。言念别离，永怀缱绻。用是询谋，佥同醵金伐石，盖弇山有记，岘首留题，懿迹嘉言，昔闻好事。兹虽流寓胙缔，亦学府一时故实。不为镌传以宣昭雅谊，则后贤其何述？

铭曰：

江山毓灵，人文舒粹。旧家高门，芳风光地，沧海惊涛，九州煎灼，怀我好音，爰来爰托。朝堂振滞，灯火钩沉。安居求志，五年至今。皇皇中兴，浃浃雄武。郁郁名京，峨峨学府。我东曰归，我情依迟。英辞未拟，惜此离思。

中华民国三十五年五月一日

国立中央研究院历史语言研究同人傅斯年、李方桂、李济、凌纯声、董作宾、梁思永、岑仲勉、丁声树、郭宝钧、梁思成、陈槃、劳榦、芮逸夫、石璋如、全汉昇、张政烺、董同龢、高去寻、夏鼐、傅乐焕、王崇武、杨时逢、李光涛、周法高、逯钦立、王叔岷、杨志玖、李孝定、何兹全、马学良、严耕望、黄彰健、石钟、张秉权、赵文涛、潘愨、王文林、胡占魁、李连春、萧纶徽、那廉君、李光宇、汪和宗、王志维、王宝先、魏善臣、徐德言、王守京、刘渊临、李临轩、于锦绣、罗筱蕖、李绪先同建。

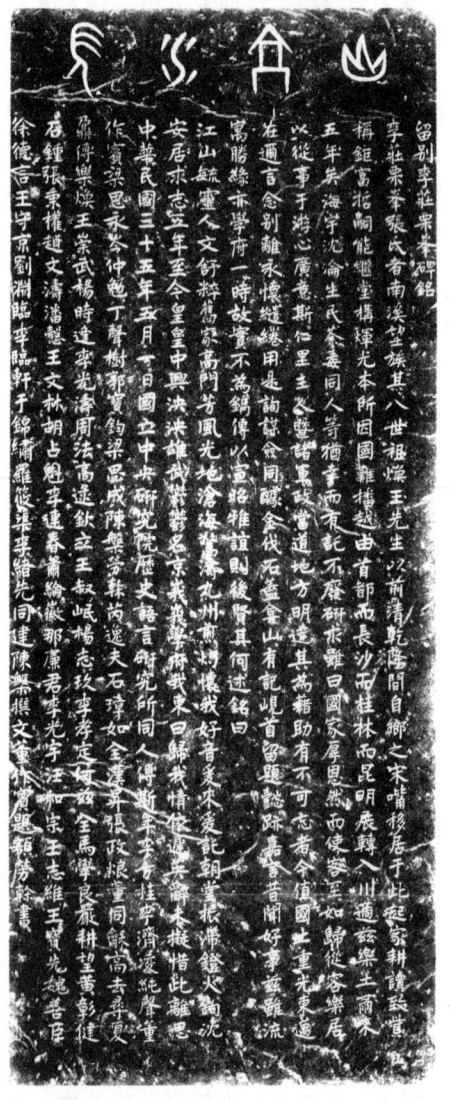

1946年5月1日，中研院史语所留别李庄栗峰碑铭（台北"中研院"史语所供图）

□ 金岳霖

悼沈性仁

一月二十三晚上我看到乙黎所发电报，当时就好像坐很快的电梯下很高的楼，一下子昏天黑地；等到我稳下来时，又只看见性仁站在面前。我总不大相信电报所说的是真的。我在十九那一天还写了封信给她，请她在成都买药，以免再发失眠毛病。廿四日那天虽然是礼拜天，我还有考试，非进城不可。进城时经过上庄到岗头村的那一段堤。这是前年她和我走过的路，我还听见她谈那一段路的风景，还有点为她担心水牛。也许是看了Carl Crow那本书之后，她对水牛总有点子望望然而去之的神气。到了城里的寄宿舍，头一眼就看见桌子上有她一封信。我哪里能够相信那电报呢？信是一月十三日写的，离廿一日只有八天，八天的工夫就人天阔别吗？

那封信和平常的信差不多；条理分明，字句之间充满着种淡味，一种中国人和英国人所最欣赏的不过火的幽默。看她的信总是如见其人。有时你也许感觉她连信也起草稿，有的时候你明知道她是顺于写来，可是无论如何信总是那么有条有理。我所认识的朋友中对于事理的辨别能力如她那样大的很少。我常常劝她写论事文章，虽然明知道她是不会写的，因为她另一方面的性格不会允许她写。这从一方面看来固然可惜，但是我们既承认她是入山惟恐不深，离市惟恐不远的人。我们何必要她公开地论事论理呢？

昆明头一次的轰炸时我正住在昆华师范。就在那地方落了九个炸弹，我的生命介乎几几乎无幸而免之间。她到了昆明之后，我们当然谈我那被炸的经验，我说我不愿意在最后胜利降临之前死去。她说她并不如此想法，她对最后胜利有坚强的信仰。我知道她不是说我的信仰不坚，她的意思实在是说如果一件事的结果尚在未定，也许我们要等结果；可是，如果一件事件的结果已定，我们何必一定要等它现实呢。她从来没有那"躬逢其盛"的心理。她也许在角落里欣赏一朵花，一只鸡，一个瓦罐，她决不会挤入人丛里去参加什么"盛典"。

连最后胜利的愉快感她也不必躬自经验。现在她果然去了，她既然连这点子等待心情都没有，就她自己说，她一定是飘然长逝。我认识性仁远在民国十五年。我和她常常寻开心，说认识了两三年之后，也不过说了两三句话。我的头脑是一种日耳曼式的，笨重而不灵敏。加上个人研究哲学的习惯，对于当前的现在总难免有点子麻木。我的哲学范围之外的欣赏差不多都是由朋友所介绍而得到的。我认识人也是这样的。我认识性仁是因为一位美国小姐开了我的眼睛，由这位小姐的钦佩，我慢慢才认识她。也许有人感觉她门禁森严，认识她要费相当的时间，并且也许还要感觉到大门之内还有二门，二门之内还有三门。其实她是非常之单纯的人，不过她也许在人丛中住，却不必在人丛中活而已。我不大愿意说她有特别的精神生活，如果她在世，她也不会承认她会有什么精神生活。她不崇拜物质，也不鄙夷物质，她并不那么特别地注重精神；她不入世，也不出世，她并不见得特别地要求超脱。她只是对于大部分的事体站在旁观的立场。我不敢说我了解她，可是在这一点上，我可以说我稍微懂得她一点。她非常之怕人，我恰巧也怕人。她不挤入人丛中去，也就是因为她怕人。她怕别人给她以难堪，她更怕她自己给别人以痛苦。她和浑然自在的人说得来，至少她不至于在不知不觉之中使人难堪，虽然浑然自在的人也许于不知不觉之中使她难堪。她非常之欣赏感觉灵敏的人，感觉灵敏的人也许不容易给她以任何难堪，可是她自己也许不自在起来，也许她提心吊胆怕于不知不觉之中会使别人难堪。为使自己比较地轻松起见，她当最好站得远一点，站在旁边一点。我也怕人，并且还不大看得起人类这样的动物。我总觉得世界演变到人类的产生，无论从方向或结果着想，总不能说是十分满意。性仁没有这样的思想。她并不鄙视人类。就在写这几句话的时候，我还能够听见她说她没有过分的要求，她只求站的远一点而已。

她非常之同情于人的苦痛。可是怕人的人不能应付人。因为她不能应付人，所以她怕人；反过来因为她怕人，她愈不能应付人。她何尝不想做点子小事以求在抗战期间稍微出点子力，或者稍微减轻一点子别人的苦痛呢！可是话又说回来了。她是虚心的人，她感觉到不会做事，不能做事，并且即令有事可做，她不是做那件事体的人。结果当然是她个人的痛苦。她不但站在人丛的旁边，而且也站在自己的旁边，她自外于她自己的本事非常之大。不知道是培根还是别的人曾说了这么一句话："批评力强的人不能创作。"对于自己能够从旁观察从旁批评的人也不能做事。单就事说，性仁能做的事非常之多；就她的性格说，她能做的事体也许就不那么多了。近几年来她还有这一方面的困难问题。

　　认识性仁的人免不了要感觉到她彻底的雅。她的确雅，可是她绝对不求雅，不但不会求雅，而且还似乎反对雅。我记得我们在北平的时候，我们曾经讨论过雅的问题。她不大说话，她的理由如何我不敢说，我猜想她虽然站在人群的旁边，然而对于人的苦痛她仍是非常之关心的；在大多数人十多年来生活那么艰苦的情形之下，雅对于她也许充满着一种与时代毫不相干的绅士味。雅当然是要不得的，求不得的，要想把它占为己有，它马上就溜了；可是它也许是不速之客，不召而自来。等到它来了的时候，你推也推它不走。性仁并不见得定要以水为清以泥为浊，她对于马牛羊鸡犬豕，也许会怕它们脏，绝对不会以和它接触为俗。她没有排俗的成见，她所要的生活只是求性情之所近所安、顺于兴趣之所适所至而已。

　　性仁虽然站在人群的旁边，然而对于朋友她又推赤心于人、肝胆相照、利害相关，以朋友的问题为自己的问题。她是想象力非常之大而思想又百分的用到的人；可是想象所及的困难有时比实际上的困难还要大。她在李庄听见昆明的物价高涨的时候，她深为奚若太太发愁，恨不能够帮点子忙，然而她无法可想。而在那束手无策的状态之下，她只有自己想象而已，想的愈多，困难也就愈大。这不过是一例子而已，这一类的景况非常之多。朋友的处境困难常常反比不上性仁为他们着想而发生的心绪上的忧愁。她的生活差不多不以自己为中心，有的时候我简直感觉到她的生活是为人的生活，不是为己的生活。也许她这样的心灵是中国文化最优秀的作品。一方面她非常之淡，另一方面她又非常之浓。我有一不大容易表示得清楚的感想，可是我也不妨说说。大多数人的心灵似乎是愈到中心点，自己的彩色愈重愈浓，愈到边缘愈轻愈淡，性仁恰恰给我以相反的感觉，她那心灵愈到中心点愈淡薄，愈到边缘愈浓厚。离开朋友的关系去找她本人究竟是如何的人，她的愿望要求等等究竟如何，你只会感觉到一阵清风了无牵挂；可是如果你在朋友关系中去观察她，她那温和诚敬的个性都显明地表示出来。她似乎是以佛家的居心过儒家的生活，此所以她一方面入山惟恐不深，另一方面又陷入于朋友的喜怒哀乐柴米油盐的生活之中。

朋友的关系不想则已，想起来虽是古怪，血统既不相干，生活方式可不必一样；它似乎是一种山水画的图案，中间虽有人烟山水草木土地的不同，然而彼此各有彼此的关系，而彼此的关系又各不同。就我个人说，我是在抽象方面思想能够相当精细而在人与人之间情感百分粗疏的人，在行为上难免不懂规矩，不守章法，不顾人情，不习世故，因此在生活道上难免横冲一阵，直撞一阵。不同情于我的人难免觉得我麻烦，甚而至于讨厌。同情于我的人又难免发生一种随时加以保护的心思。性仁老是为我担忧。我使她难堪的地方非常之多，有时她明白地告诉我，在我比较清醒的时候，有时我也能够感觉得到。可是她不说而我又感觉不到的时候，又哪里能够以数目计呢？现在她已经去了。

中年以上的人差不多完全靠老朋友。新朋友是不容易得到的，心思情感兴趣习惯等等都被生活磨成尖角，碰既碰不得、合也合不来；老朋友在同一历史道路上辗转而来，一见就会心领意会情致怡然。性仁这一去是不回头的。近两年来我常常想志摩，他离开我们已经快十二年了，我觉得相别已经太久。十分年老的人还可以有一种"既见逝者行自念也"的感想，我们这班只在中年与老年之间的人连这点子感想都不容易得到，留下来的时候大概还相当的长，想起来未免太长一点。[1]

---

[1] 刘培育主编：《金岳霖的回忆与回忆金岳霖》，四川教育出版社，1995，112—116页。

李庄阴翳的冬天特别不适合患有肺结核的沈性仁。1942年秋，由陶孟和委托妻弟沈怡联系，托人让沈性仁搭便车去兰州治疗，希望西北的阳光和空气能恢复她的健康。据沈亦雲回忆，沈性仁于1943年1月因肺炎突发在兰州逝世。

　　沈性仁出生于浙江嘉兴一个知识分子家庭，父亲沈秉钧（号叔和），曾任商务印书馆编辑，曾校订《资治通鉴》，并参与《新字典》和《辞源》编纂工作。沈性仁性情温和，心地善良，恬静温雅，早年留学欧美，在新文化运动中，翻译过一些外国戏剧、小说、诗歌，房龙的名著《人类的故事》，及经济类作品，在当时颇受好评。金岳霖也曾写过一首藏头联来赞美沈性仁："性如竹影疏中日；仁是兰香静处风。"

　　七七事变后，沈性仁带着一个孩子孤身南下，一路之上餐风宿露，备受颠簸之苦，辗转到桂林与陶孟和及其他孩子会合，最后全家来到四川李庄。沈性仁过度劳累，营养不良患了肺结核病。1943年1月19日，在兰州去世。

　　沈性仁的去世让陶孟和悲痛难抑，也让很多朋友陷于悲伤之中。费正清说："沈性仁因肺结核突然发作而去世，她是我们朋友中最早去世的一个。"他在为沈的去世惋惜的同时，也为不能帮助林徽因而感到遗憾，"我们原来打算把林徽因送往兰州休养的计划，现在看来也似乎没什么意义了"。

　　1月23日，时在西南联大金岳霖接到沈性仁去世的电报，顿时跌入悲恸的黑洞。他万万料不到，八天前刚刚接到沈性仁的信，怎么就突然辞世，人天阔别？用其自语："既见逝者也自念也。"于是，他满怀哀思，写下这篇《悼沈性仁》。

注释：

　　金岳霖（1895—1984），字龙荪，祖籍浙江诸暨，生于湖南长沙。后考入清华学堂。1914年考取官费留美生，1917年在宾夕法尼亚大学本科毕业，1920年获哥伦比亚大学政治学博士学位。1922年2月初去伦敦大学经济学院听课。1925年11月回国，受聘清华大学讲授逻辑学。秋创办清华大学哲学系，任教授兼系主任。1938年，任西南联大文学院心理学系教授兼清华大学哲学系主任。1948年，金岳霖被选为中央研究院首届院士。共和国成立后，历任北京大学哲学系教授、系主任，中国科学院哲学研究所一级研究员、副所长。1955年被聘为中国科学院哲学社会科学部学部委员。金岳霖与梁家是邻居和挚友；晚年一直都与其子梁从诫一家住在一起。他把西方哲学与中国哲学相结合，著有《逻辑》《论道》和《知识论》等。

□ 罗嘉骅

抗战中的李庄

1940年夏，中央研究院社会所决定从昆明迁李庄后，我父亲向陶孟和所长提出把家眷送回广西贵县（今贵港）。陶孟和委托他途经贵阳时，到花溪清华中学去检查整理一下所里存在该校的几十个大木箱书籍，看看有无可能运去李庄。我们全家大约是在七月中旬离开昆明北郊落索坡的。

次年初春，父亲准备去四川复命，把我也带到李庄。

中央研究院社会所设在离李庄镇六华里的门官田一户地主庄园里。附近是丘陵地带，庄园建造在一个树木、竹林郁郁葱葱的小山坡上，房屋建筑依山就势，层叠有致；粮仓很大，盖在高处，不易偷袭。可以看得出大半个庄园是新建不久的，其中的四合院，虽非雕梁画栋，但相当宽敞气派，四周还盖了不少房子。在社会所西边另一个略高一点的山头上修了一个碉堡，居高临下，架起机枪，有一个班的士兵来保护该所人员。

社会所的工作，我作为一个孩子，知之甚少。但可以看出，即使在战时边远的山村，同世界上不少国家的联系还在继续。我最早的集邮是这时开始的，记得不过两三个月就能搜集到几百枚不同的邮票。外国寄来的邮件，没有冠以"四川南溪"或"四川宜宾"的地名就可径直寄到李庄。1941年暑假，约二十部大小不同、型号不一的计算机，长蛇阵似的排列在走廊上，蔚为壮观。在李庄能够集中到这么多的计算机，恐怕很不容易。从同济大学请来约二十位同学噼里啪啦地操作着。可见该所的任务并不因为战乱而放松。

据我观察，社会所的人员都是奋勉工作的。在那用大粮仓改成的办公室里，排列着二三十张小办公桌，人人都在认真阅读或奋笔疾书。你绝不会看到哪个人拿着"一杯茶、一根烟、一张报纸"无所事事或者几个人嘻嘻哈哈聊天的现象。

在李庄艰难的岁月里，也有一些苦中作乐的事情。社会所组织了一支篮球队，到宜宾中学等单位去挑战，球艺虽不高明，但围观者人山人海，好不热闹；夏天忙里偷闲，去江边游泳，舒坦一番；川南多蛇，不止一次地竟从屋顶上掉了下来，摔得昏死过去，这可让所里的广东籍饕餮客美餐一顿；抗战以后，我在广西、云南、贵州都住过一年半载，到了四川确实觉得这儿是天府之国，李庄又是川南一个著名的粮食集散地，物产丰富，当时的农、副产品恐怕要比重庆、成都便宜许多。所以，社会所的伙食还算不错。午、晚两餐，四菜一汤，有荤有素，虽远非丰盛，但完全能够吃饱。那时，还有一件大喜事。社会所的图书专家宗井滔先生，成了庄园主人的乘龙快婿。婚礼自然要大办一番。川妹子和下江佬的百年好合典型地反映了"安宁、开放、融合、和谐"的"李庄精神"。

父亲带着我大约在1941年二、三月之交从贵阳来到李庄。第一件事是要找学校让我念书。当时省立宜宾中学也因避轰炸搬迁到李庄镇附近，我便转入该校。宜中离门官田不过四五华里，但要翻过两三个小山坡，坡上都是旱田，没有小路，我上学都走田埂。除偶尔看见个别农民劳作外，连个人影也没有。所以我父亲让我住校，周末回社会所住两夜。当时的条件确实非常艰苦。高中和初中各占了一座不太大的庙宇，相距二三百米，用竹子搭成许多大茅草棚，四面透风，这就是我们的教室、宿舍和饭堂。学生总有近千人吧，所以是相当拥挤的。老师中有不少住在宜宾，来校上课多有困难。印象中我在宜中近一年好像就没上过数学和史地课。晚上没有灯，大家就摆摆龙门阵打发时间，也有用功的同学，两三个人组合起来背语文教本《古文观止》。宜宾的同学都热情聪明，助人为乐，国文程度高并善于书画。有一次老师让我们画两只虎，真有画得不错的，当然画成"类犬"者也不在少数，而老师也让我把"杰作"举起来显示一下，却引起哄堂大笑，因为连犬的影子也没有，更不要说虎了。

我们班约四十名学生中，有一位德国同学，年纪比我略长，个子高大，川话还不太熟悉，英语则比我们好多了。我在门官田附近，也多次见过同济大学的德国教授。德国人能够留在李庄，我弄不懂，便问父亲的同事，为什么还让法西斯在这儿读书啊？父亲的朋友莞尔一笑,说这问题提得好,但指出他们可不是法西斯,希特勒和他的党徒纳粹党才是法西斯,李庄的德国人都是反对法西斯的,是我们的朋友,所以才愿跟中国人同甘共苦,辗转来到后方教书。这一席话简单明了,使我豁然开窍。

1941年9月21日,李庄一带出现日全食。日全食长度可达数百公里,宽度一般只有二三十公里。在同一地区要经三百多年才会再出现一次。父亲的同事前几天就告诉我,赶快去找一块破玻璃,涂上深蓝色到时观看。那天上午约十点左右吧,万里晴空,天无片云,太阳渐渐被蚀,当天空昏暗下来,正像平日傍晚,百鸟归巢,鼠兔入穴,唧唧喳喳之声,不绝于耳。只是时间急促紧迫,鸟儿、动物显得十分慌张,好像世界末日的到来,有的飞禽竟然从空中摔了下来。太阳全部被蚀的时间,约有两三分钟,漆黑一片,满天星斗,慢慢又透出阳光,直至太阳全部复圆。整个过程约两个多钟头,十分壮观。

记得早在日全食前许久,李庄一带就开始闹大旱,连旱田也种不下杂粮。在当时笼罩着封建迷信的农村,大旱已经引起人们的恐慌,再加上从来没有见过,甚至也没有听说过日全食,更使农民惶惶不可终日。那天上午我们正在上课,恐怕有一二千人,黑压压的一片,举着幡旗和幛子,抬着灵牌和香烛,还有纸人、纸马、纸船等等,成群结队地向着高中部前进。高中部被打砸了,接着看见群众的队伍兵分两路,一路气势汹汹地向我们这边扑来。我们这些小孩子吓得面如土色,四处逃窜。我和一些同学向学校背后的小山坡跑,后面还有追兵,大喊大叫。我从山坡高处往下跳,约有两米多,幸好旱田是犁过的,土质松软,只轻微地崴了脚。我还能继续向门官田跑去,回头一看,追兵和同学都不见了,但社会所隔壁的另一大地主的狗,可能觉察到我惊魂未定,有异于平常,便狠狠地咬了我一口。其后学校发了"快邮代电",后方的报纸也有所报道,我才知道农民是怪罪学校把两座庙宇的菩萨砸掉了,激怒了老天爷,所以才有大旱和日全食等现象发生。印象中教职员工受伤者不多,也不重,财物损失不算太大。

上面提到过社会所的伙食,其实在抗日战争的条件下,李庄宜宾中学学生吃的也还算可以，至少比起我后来上过的学校食堂是最好的。平日自然是吃素，但一周两次打牙祭，却让我们大快朵颐。食堂自己动手杀猪，三荤一素一汤，回锅肉、红烧肉、扣肉、粉蒸肉、炒猪杂、麻婆豆腐等等轮流吃。川南厨师的手艺硬是要得，能够做好初中部几百人的饭菜很不简单。童年的印象和影响确实深远，一直到现在，凡去川菜馆，我仍必点回锅肉和麻婆豆腐，吃得津津有味。后来我在国外当大使时还从宜宾聘请了一位厨师。

1942年2月陶所长让我父亲回广西进行太平天国史迹调查，他又带我回贵阳。1946年7月底，我只身来到南京，住在鸡鸣寺社会所。陶所长见到我，仍然是笑眯眯地说，几年不见，变成大孩子了。[1]

注释：

罗嘉骥，罗尔纲之子，籍贯广西贵县，1928年7月10日在澳门出生。曾就读南京金陵大学、广州中山大学、北京外语学校。新中国成立前参加革命工作，新中国成立初入外交部工作，历任各级外交官，1983年起任外交部香港回归谈判办公室副主任、中英谈判中国政府代表团代表、驻塞拉里昂共和国大使、国务院港澳办公室研究所所长、中英联络小组中方驻香港代表等。

1943年李庄板栗坳新房子南侧乡民车水灌田（石璋如摄）

---

[1] 罗嘉骥：《抗战中的李庄》，原载2007年4月28日《贵港日报》，本书有删节。

□费正清

李庄之行

　　四天之后，我们来到宜宾（从前叫叙州府），长江轮船航行的终点站。随后我们换乘了一艘更小的火轮顺流而下来到李庄——

　　小镇大概有一万人，镇上照例有一条石板铺成的街道，街上挤满了人，两旁的商店摆满了琳琅满目的货物。李庄位于半英里宽的平原之上，地势较高，足以抵御洪水泛滥。此处可以看到长江的典型风光。沿江有一条绵延不断的河谷，河谷两侧拔地而起的山丘有二百到四百英尺高，狭窄的平原上都是精耕细作的田地。在四川境内，江水中有明显的岩石，河床不必担心会改道而行。而最令人惊讶的是当你的目光穿过对面宁静的梯田，你会看到大约四分之一英里宽的碧波从图画中流泻而出。

　　梁思成的家和建筑研究所在同一个院子，而建筑研究所又占据了国立博物馆的一部分地方。从小镇的一端，沿着被稻田环绕的狭窄石径行走，梁思成的房子位于山脚处的大树下，山顶上筑有一座瞭望台，还有漫山遍野的柑橘树。四川的地理环境导致小镇雨水多过阳光，因此成年累月的潮湿和肮脏让整座城市弥漫着一股闷热和尿臭味，如同常年笼罩的云雾。事实上，这里白天经常被云雾遮盖，夜晚又会下起连绵不断的小雨。

　　在建筑研究所，十二名年轻的制图员在内院一侧的一间大房子中工作，林徽因就住在这个院子的另一间大屋子里，因此她可以随时得知工作的进展程度。然而事实上，她到了哪里，哪里工作进展得总是更快，所以年轻人直接从她那里得到的教益远比他们自己贡献的成果要多。

　　依照传统，中国的学者解除公职后都喜欢归隐田园。但这些受过现代教育的学术带头人在此生活则是迫于无奈。一路跋山涉水来到四川，已使他们的生活条件每况愈下。如今他们完全过着与农民同一水准的生活——用木桶提水，以米饭为主食，用木炭取暖且没有抽水马桶。日本飞机的轰炸使得他们与毛泽东领导的农民革命如出一辙，不得不到乡下去住。[1]

1942年11月中旬，费正清从美国来华，抵达重庆仅两个月后，就在中研院社会所所长陶孟和陪同下，以访问中研院的名义来到李庄。费正清的身份是美国战略情报局官员，兼美国国务院文化关系司对华关系处文官和美国驻华大使特别助理。李庄之行，他有一个私念是探望好友梁思成林徽因夫妇。早在1932年的北平，他和费慰梅结婚才两个月，就认识这对中国夫妇。两家比邻，时相过往，很快就无话不谈。费正清、费慰梅的中文名字就是梁、林夫妇取的。他们两家一起外出考察，跋山涉水，加深了这种友谊。费正清还通过梁思成林徽因，认识了许多中国知识精英，此后，那些如雷贯耳的名字就不断出现在他的报告、论文和回忆录中。这趟李庄之行，费正清就去造访了傅斯年主持的史语所，还参观了田边上的图书馆。

注释：

费正清（John King Fairbank，1907—1991），出生于美国南达科他州休伦，先后求学于威斯康星大学麦迪逊分校、哈佛大学和英国牛津大学，博士选题为19世纪中英关系。为撰写论文，费正清于1931年夏赴中国，曾在华北协和华语学校学习中文，短期兼职清华大学经济史讲师。在北平结识了胡适、陶孟和、丁文江等人，与叶公超、梁思成林徽因夫妇、金岳霖、钱端升、周培源等结为好友。1935年第一次离开中国，在取得牛津大学哲学博士学位后，于1936年回母校哈佛大学历史系任教。1941年被征召至美国情报协调局，前往华盛顿工作，翌年9月25日飞抵重庆，担任美国战略情报局官员，并兼美国国务院文化关系司对华关系处文官和美国驻华大使特别助理。1945年10月至1946年7月再度来华，任美国新闻署驻华分署主任。1946年返回哈佛大学任教。1955年在福特基金会支持下主持成立东亚问题研究中心，并于1961年更名为东亚研究中心，

---

[1] 费正清：《中国回忆录》，中信出版集团，2017，261—262页。题目为笔者所加。

后于2007年更名为"费正清东亚研究中心"以资纪念。1972年,应中华人民共和国总理周恩来的邀请,自1949年后首次重访中国。1991年9月14日,因心脏病发作逝世。[1]

---

[1] 参见维基百科"费正清"条目。

□梅贻琦

一九四一年李庄纪行
（选自梅贻琦日记）

6月27日 晴热，船上尚风凉。

将四点，中孚来打门，旅馆夫役始起，急起着衣洗漱。四点半天色微明，步往码头，登长丰轮。船上人甚多，先将行李安置后，分头寻觅座位，余与莘田（罗常培）坐高台长椅上，毅生（郑天挺）与饶辅民、唐邻岳坐高台右旁长凳。

5∶25船开，中孚别去，廿日以来承其导引照料甚可感也。5∶35开到蓝田坝，稍停即行；7∶40开到纳溪，乘客以"地漂"下去；9∶05开到大渡口；10∶40开到二龙口，在江北岸；11∶25开到江安，上香客甚多，盖前日为六月初一，川南人民男女多往某庙进香者；1∶25开到南溪，在北岸，上下客均甚多；3∶40开到李庄，下客尤多，行李零物幸无损失。

由"地漂"登岸后，抬头一望，有奎星（阁）在焉。临江有"君子居"茶楼，饮茶小憩后再至街内李庄饭店进餐，因在船上仅食小面包二个，此时觉甚饿，且到山上必已黄昏，不必再进晚饭也。

4∶35食罢，随挑夫二人前行，先经田间二里许，继先山道曲折，又约三里，始至板栗坳，时已5∶30矣。途中在山半一老黄果树下休息，坐石磴上俯瞰江景，小风吹来，神志为之一爽，盖此时已汗透衣衫矣。

中研院史语所在此租用张家房舍三大所，分为三院，余等寄住于中院宿舍，郑、罗在花厅，余在李方桂家。所中现由董彦堂君代理，招待极周到。晚住处完妥后在"忠义堂"大厅上饮茶闲谈，晤所中同人十余位。十点归房就寝。

6月28日 S. 晴热

八点早餐，食稀饭、烤粑粑，洗澡。九点余，出与彦堂、思永、方桂至戏楼院及新院参观，盖皆考古组工作处所。遇梁方仲，订明早访社会所。

午饭在方桂家，饭后得午睡至二时之久。醒后小李太太（徐樱）出凉绿豆稀饭一碗，食下清快之至。天夕在大厅门外石台上小立，颇风凉，惟四围皆稻田土山，长江又为小山隔断，风景故无可观耳。

晚饭为董家备办，同座有凌纯声、芮逸夫，为第四组研究员，专民族学者。饭后因饮酒稍多，更觉闷热，汗出如浆，灯下稍坐即先归房睡下。李太太给余万金油，令涂额上，盖余显有醉态矣。

6月29日 Su. 晴热，蔚蓝天空，片云绝无，盖较昨日更热矣。

早饭后八点三刻出发往石崖湾社会所，由董君引导，小路迂回，于山坡田埂间颇难辨识。途中两次迷路，经问村妇、牧童后始得前进，到石崖湾为十点一刻，盖用时一时半矣。到后始知所中清华同学八九人拟公宴于李庄饭店，则又须下山去，但因众人盛意，未便推却尔。因有警报，在客堂久坐闲谈，十一点半闻炸声，有人谓或系重庆被炸者，未敢置信，不信声音能传来如此之远也。

一点半始由所往李庄镇市，行未远又闻轰炸声自东方传来，乃在山坡树下稍停。二点一刻进镇，街上人甚多，为赶场者，竟都不疏散，实为不妥。

李庄饭店一席共十三人，余与郑、罗、董、陶为客，主人为汤象龙、梁方仲、徐义生（尚在昆明）、巫宝三、潘嘉林、严中平、林兴育、桑恒廉、夏鼐（博物院）。饭后三点余与陶先生至慧光寺同济大学访周均时校长，谢其饭约盛意（今晚）。后至巫宝三家稍坐，晤杨时逢夫妇，与巫同院住者。至羊街六号李济之家，八号梁思永、刘士能家，各稍坐。天夕上山，返板栗坳。

晚饭为董同龢夫妇所约，食打卤面。食方毕，所中会计萧君自山下酒醉归来，入室后初仅吵嚷，后更哭闹，余等退至方桂处茶话，乃隔壁即为萧之住房，纷乱声音至夜半始息。盖萧去岁曾丧一男孩，为素所珍视者。以后每饮辄醉，醉则念其小孩而哭而诉，今晚一幕则哭闹特甚，最后结束，乃由其妻挽一邻孩来为其亡孩跪地叩首三次始寝息。盖此孩前曾与平汉玩耍而起争吵，今萧欲以此慰彼亡魂，非醉人固不作此想也。

6月30日 M.

早饭，吴定良君约食鸡蛋饼、稀饭。八点余将出门，周校长来访，谈至九点余始别去。九点半与郑、罗、方桂下山，先至上坝营造学社参观。徽因尚卧病未起床，在其病室谈约半时，未敢久留，恐其太伤神也。

至博物院办事处稍坐，然后至羊街思永家午饭，食红烧肘子、江团鱼，皆甚美。梁三太太因胃病不能操劳，由刘太太代任烹调，惜二位主妇均未得面见致谢。

下午四点余至李家，先与李老先生（郢客）及方桂五家看竹，晚饭后仍点小油灯二盏继续工作，既不怕费目力，又不怕蚊子咬，三个五圈之后，钟鸣二点半矣。此番莘田大胜，二李皆负，余亦负十数筹。睡时三人在一室内，方桂另在一处，主人为设床铺被、挂蚊帐，实太麻烦矣。

7月1日 T. 昨夜床上尚不太热，早七点余起，则炎日已逼人矣。

约十点出门，因陶先生之约再往石崖湾，由李庄行二三里即到。座中余等三人外有凌、芮二君将远行者，董、李方桂、梁思成、汤象龙、梁方仲及主人。菜又是李庄饭店所备，有馒首尚好。饭后群坐堂中（敦本堂）闲谈甚久，既热且倦，汤君约余至其堂左住室小睡，室中布置甚整洁安适。汤夫人亦湖南人，尚系新妇。睡起，汤夫人出"冰子"食之，颇清凉可口。

五点返板栗坳，有一时许，汗湿遍体，非只一次矣。晚六点半北大同学在史语所者设便餐饯余等，主人十位：董作宾、丁声树、劳榦、高去寻、刘念和、邓广铭、张政烺、傅乐焕、王崇武、李孝定。饭后在厅前闲谈，十点作第二次洗澡后睡。

7月2日 W. 天气更热，室中达九十度以上。

日间无计避暑，只在花厅与郑、罗看书，写日记。余所住李家一室为其楼上下四间中较为最阴凉，以余之故，彼夫妇大小更无安睡之处，尤为歉然。

晚，杨时逢、凌、芮诸君八人约食烙饼。饭后合坐厅下望月，有歌唱者，有讲笑话者，颇为快畅，几忘热气之苦人也。十点归室，帐中尤闷热，赤膊卧床上，久久始睡去。

7月3日 Th. 天热较昨又甚矣。

晚，萧会计约晚餐，座中有张官周君，为李庄张氏族人，现在史语所任事务职。饭后闷热，无计可施，乃各归房，去外衣打赤膊，并不更凉爽，只汗流较方便耳。帐中忽发现蚊子，起坐捕打，打死后又有来者，打四五个后已疲乏，只作不闻，渐渐入睡。

7月4日 F. 七点醒来，因昨夜睡不适，精神更欠佳。帐中捕得饱蚊二个，打得两手殷红。室中温度下午为九十六，他屋尚有过百度者。

午饭在李家吃凉水泡饭，晚董家备炸酱面，李太太又做凉粉一大盆，食来甚快，因天夕时有小风吹来，晚间虽风渐停息，但较昨晚爽快多矣。夜中睡亦较好。

7月5日 S. 一日有风，虽热不闷。

早六点起因与郑、罗商定清早下山，下午往叙府。早餐时闻方桂夫妇言昨夜邻村有枪声颇多，时余已入睡乡矣。七点半辞别所中诸君下山往上坝，方桂夫妇等送出里许，至一山坡，经再辞谢始折回。乱离之世会聚为难，惜别之意，彼此共之也。

八点半至上坝营造学社，再看梁夫人病。大家坐廊下，颇风凉。徽音卧一行床，云前日因起床过劳，又有微烧，诸人劝勿多说话，乃稍久坐，临别伊再提及愿返昆明之意，但余深虑其不能速愈也。

午饭在李济之家食凉面，为湖北吃法，但无卤无汤，似不及平津之麻酱黄瓜加蒜汁为更有味。饭后至江边一茶楼饮茶，藉等船来，楼上甚风凉快意，送行者董（作宾）、芮（逸夫）、杨（时逢）、王、陶（孟和）、李（济）诸君皆来伴饮，李老太爷亦缓步参加，临别握手曰"江干一别"。意外之意，不禁凄然。

三点，长丰轮自下流开到，仍以趸船登轮，思成亦送至轮边，余对此小夫妇更为系念也。[1]

1941年6月27日至7月5日，西南联大梅贻琦、郑天挺、罗常培等三位教授到李庄参加北大文科研究所研究生马学良、任继愈、刘念和李孝定等人的毕业答辩，顺访迁至本地的中研院社会学所、中博院和中国营造学社等单位。罗常培著有《蜀道难》一书。

注释：

梅贻琦（1889—1962），字月涵，天津市人，祖籍江苏武进。熟读史书，喜爱科学。初起研究电机工程，后转为专攻物理。1904年，入天津南开学堂，成为教育家张伯苓的学生。1908年入保定直隶高等学堂。1909年考取首批庚款奖学金"直接留美生"。1911年入美国伍斯特理工学院研究电机工程，1914年夏毕业，获工学士学位，并获美国"金钥奖"。1914年回国在天津青年会工作，1915年到清华学校执教英文、几何；1916年即担任清华大学物理教授。1931年起担任清华大学校长。八年抗战期间，以校务委员会常委身份主持国立西南联合大学校务。1955年奉召自美国返回中国台湾，在今中国台湾新竹市复校"清华大学"，自任校长。1962年2月当选台北"中研院"第四届院士，同年5月病逝。[2]

看竹：打麻将。梅贻琦日记中不写打麻将，多改用"手谈"或"看竹"代之。

---

[1] 黄延复、王小宁整理：《梅贻琦日记》，清华大学出版社，2001，57—63页，笔者有勘误。

[2] 选编自《维基百科》"梅贻琦"条目。

2003年7月27日,李庄长江边。当年梅贻琦一行与李庄友人"就此别过"(岱峻拍摄)

□ 索予明

烽火漫天拼学术
——记李庄时期的中博

索予明口述 冯明珠代笔

中央博物院在李庄为时五年多，正值国难当头，生活最困苦的阶段。而同人工作未尝稍懈，人人怀抱以学术报国，毫无保留地贡献一己之力，且干劲十足，做了许多有开创性的事业，例如对西南各民族调查与研究、对西北长城一带考古与发掘、川康手工艺调查与研究等等，都是永久性的学术文化事业，都是在烽火漫天中完成的……

那是个苦难的时代，也是个悲壮的时代，特别是抗战后期，战争使我们国家民穷财尽，物价飞扬，流亡学生靠政府贷金过活，入不敷出，我们学生伙食团（同济大学工学院）断炊是常事。机械系主任苏知检教授拿些讲义稿发给穷学生抄写、制图，以此代工给些许酬劳。这时候的我贫病相连，好友徐干之（中学同学，一道进入同济大学，毕业后留校任职）带来了一个讯息，博物院正需要绘图员，我们去试试，我侥幸被录用了。这是我此生重大的转变，从此跨入了社会工作。

记得头一天上班，上司曾昭燏小姐叫人拿来几件器物，小心翼翼放置在案头上，曾小姐简单扼要说明该怎样做，我照着她的吩咐做去。这是一种"藏品资料卡"，那些器物大都是从未见过的，都有一个古怪的名称，叫做觚、爵、卣……这些与我无关，我的工作就是在这张卡片上画"器物测量图"。这张画要按照一定比例画，先从器物的中垂线对剖，一半是器物表皮的写生，另一半要呈现它剖面的结构。

这种卡片积得多了，我们的主管考古学家李济之先生要来察看。他告诉我们，这是博物院的基本工作。他将那叫作"觚"的一组卡片集起来，排一排，说：从图中表现出来每件器物的差异，就能明显看出它所代表的时代与先后期特征。这时候我才知道那没有"棱"的，正是孔子所谓的"觚不觚"了。李博士接着谈到早年在殷墟时的经验：觚和爵是一对形影相随的伙伴，有一觚必有一爵，但有一处墓坑中只看到有觚，这是被盗掘过的，它的伙伴终于在国外一处博物馆中找到了。他一边说着，双手捧着一件冰凉的铜器，轻轻抚摸。从此我体会到这些器物是有生命也有感情的。由陌生而熟识而喜爱，从此我开始接触这一门《古器物学》，也立志想做到一个称职的博物馆员。

李庄是位在四川省南溪县属的一个小乡镇，上距川西重镇宜宾市三十公里，每天有小轮船往返；循江而下，约需一昼夜航程可达重庆。交通便捷，又地处大后方，无虞敌机轰炸，物产丰富。镇上有九宫十八庙（当时说法），建筑都有相当规模，空间可资应用，适合于机关、学校作为办公处所，或改作教室。当时驻在李庄的文教机构有中央研究院历史语言研究所、社会科学研究所、中国营造学社、中国大地测量所、同济大学的理工医二学院、附属中学、医院和实习工厂，人才荟萃之地。中博筹备处最后迁在镇上张家祠，设立办事处，设有仓库，也有陈列室。

从南京到李庄，几经转折，此番大迁徙都只为逃避战祸，抗战八年间中博面临最重大而必须全力以赴的，就是那大宗藏品文物的运藏与安全保管。按当初规划，本院最大的一宗收藏，即民国廿二年自古物陈列所移交的南迁文物五千余箱，随同故宫迁运，其中四七三二箱最后运存在乐山，六一一箱藏在峨眉（含清国子监的十一箱），都得到妥善的照顾。其余藏品，包含收购自善斋、颂斋、绘园古物、长沙漆器、钜鹿瓷器、新疆采集石、木器，以及彭山、大理考古所得及民族学标本等，据胜利后统计，运回南京的共一七七箱，其中大都是本院珍藏，随着总办事处迁移；先在重庆南岸沙坪坝建库贮藏，因日机空袭，一日数惊，旋迁移至云南昆明，廿九年日军进攻中南半岛，占领缅甸、越南，昆明情势紧张，三十年又迁回四川，终于落脚在李庄镇上。……

中博当时财政拮据困苦，能有此建树，是因为有两项重要的凭借：

（一）主管领导得宜

首长李济之先生是一位著名学者，他鼓励同人向学，自己以身作则，怀抱以学术报国，毫无保留地贡献一己之力，把事情做好。他说，我们现在是要"抗日救国"，这不是一句口号，要知道敌人称"强"不是一方面的，我们的兵与敌兵抗、农与敌国的农抗、工与工抗、商与商抗，所以我们中央博物院要与日本的东京或京都等那些博物馆抗，我们不要问在第一线的忠勇将士抵抗得了敌人吗？我们应当问我们的科学或一般学术敌得过敌人吗？希望能在这些方面压倒敌人。

听了这番话，大家情绪激昂，爱国之心油然而生，干劲十足。

（二）人才众多

中博与其他学术研究机构合作，具备了多方面第一流的人才，例如，李济之的考古人类学、董作宾的甲骨学、傅斯年的史学、李方桂的语言学、梁思成的建筑学、梁思永的考古学、凌纯声的民族学、郭宝钧的古器物学等。所栽培的后起之秀有夏鼐、劳榦、高去寻、石璋如、芮逸夫、曾昭燏、王天木、李霖灿、黄彰健、李孝定等人，当时都还是青年人，后来也都成了著名学者。这些人，当你听到名声，觉得高不可攀，而我有幸一头钻进了这个学术殿堂，觉得距离却是如此的近，确有如沐春风之感。

我最怀念的还是那两位顶头上司，李济先生与曾昭燏小姐。

李济先生带着眷属住在张家祠的西边，我们住在东边，中间是张家祠堂的大殿。殿很大，前面是块空地，像个空旷的大广场，便利用来种些时蔬。有月亮的晚上，大家常聚于此。李济也常散步至此，参与我们的说话，细说着得意的发掘与研究心得，从殷墟发掘的石虎、石枭，说到善斋、颂斋的铜器。记得他常将撰写好的文章让我们细读，找出错字，提出意见；意见不错的、改动了一个字或发现错字，便赏鸡蛋一枚。在那个营养不良的时代里，李济觉得那是很好的奖品。记得当时意见最多的是夏鼐，夏鼐是史语所的人，当时中博和史语所几乎不分家，两边的工作人员互相往来，不分彼此。李先生的论文我都仔细拜读过，当时觉得艰深不易懂，常读上好几回，偶尔也提出一些浅见，至今仍珍藏着李先生为"石器专题展"所写的《远古石器浅说》。

2003年9月7日李庄张家祠堂，原中博院第二处办公地（岱峻拍摄）

我的顶头上司曾昭燏小姐，她是一位工作十分认真的主管，她是湖南湘乡曾氏后人，出身世家，受了良好的教育，英国伦敦大学硕士，也曾留学德国，研究博物馆学。她学识好，能力高，受到傅斯年赏识，礼聘进入中博。三十八年抵台，胡适之先生到了台中，就询问：曾小姐来了没？没有来，好可惜，那是个人材啊！这是大家对她的评价。我认识的曾小姐：干练，有抱负，外文好，工作严肃又认真。我们尊敬她又怕她，跟她在一个办公室里工作，除了跑厕所，差不多都坐在位子上工作，一点都不敢偷懒马虎。曾小姐也是位考古学者，她的考古工作做得十分出色，她和吴金鼎合作的云南大理考古、四川彭山汉墓考古等，中博均出版了专刊。

曾小姐好学，也鼓励属下用功，她中午不休息，教我们英文。李霖灿先生曾形容她的教学："真是讲得好，原原本本，清清楚楚，首尾贯串，左右逢源。"我们也知道她教得好，教得认真，但对我们而言真是苦不堪言，那时候的生活，晚上泡茶馆，又去摸麻将，混到半夜三更才回窝，那有时间复习？中午难得的一小时休息时间（上午八点到十二点，下午一点到五点，夏、冬季稍做调整），只想补眠养神，那有精神学英文？因此总是想办法逃学。如今回忆，真是蹉跎……当时的想法，幸好她不住在张家祠，下班后便回到月亮田她的住处去了。

李庄的物质生活过得很苦，可是精神生活还不错，虽然在战争，大家的心是安的，相信长夜会有尽头，胜利一定会来临。也不懂为何，就是如此乐观。那时候大家的薪水非常微薄，能把三餐顾全吃饱就很好了。薪水采配给食物，我过了二十五岁，一个月分到八斗米，未及二十五便只有六斗，三十岁以上才有一石（十斗）米，按年龄分的，还拆现配给些油、盐、煤油等民生必需。我们根本就不领米，折价给，政府资助的合作社，折来的一点点钱谁都不够用，便合起来轮流管伙食，一人负责一个月，自己采买，公家请了一个大师傅，专门煮饭。这便是我们的物质生活。前在故宫器物处工作的张银武先生（现已退休），便在当时餐厅工作，他很年轻又聪明，学会了一门绝技——塌拓片，他是第三代。技术是从史语所的第一代直接参加殷墟考古的王文林开始，第二代赵连城，再传张银武；他将绝活带到台湾，技术是真好，前些时候仍在至善园表演，拓园中碑刻。拓铜器才困难，因为它是球面的，要将纸摊平是非常不容易。

谈到李庄的精神生活，中博的特色之一就是良好的读书风气。不但研究员都是标准的书呆子，其他的工作人员也是人手一卷地看书。偶有新书出现，大家还会相互介绍传阅，也有为立场不同的争论和批评，十分热闹。若有国际学者来到李庄，随时都请他作专题演讲，"听君一席话，胜读十年书"，当日我们都热衷于此。中研院史语所的图书馆是在板栗坳山上，张家祠在山下，常听同事说"上山取经去了"，就是说借书去了。

我们不能不佩服傅斯年先生的远见，他将史语所图书馆全搬运到李庄，在那穷困的岁月里，提供大家精神的满足与寄托，做学问的人埋首于经史子集，得到研究所需。闲散的人寄情于诗词歌赋、小说传奇，各有所得。读者最多的是那部《古版金瓶梅》，只是这些读者实无意研究版本学。

　　白天上班看书，晚上的休闲便是三五好友泡茶馆摆龙门阵了。我们住的地方，原是张家祠堂里的粮仓，一仓住一人，木板建筑，离地很高，要爬几个楼梯才能进入。那时候煤油很贵，随着战事价格越来越高，根本买不起，如何打发漫长而又漆黑的长夜呢？最好是向有光亮的地方去。仲夏月夜，大伙坐在广场上闲聊唱歌，或做诗词接龙游戏，你一句，我一句，背诵得十分得意，有人抢得急了，咬字不清，引得大家都笑起来；最后联到《春江花月夜》，有两三韵硬是想不起来，想不起来便去睡了，睡梦中又被敲门声震醒，原来有人想起来了，于是在月光下将《春江花月夜》背诵一遍，确定无讹后，这才安心睡觉。

　　另外一个亮光处便是镇上的茶馆，茶馆有明亮的美孚灯。这种灯的外型有的高脚，有的平短，都有个明亮的玻璃罩。点灯前先擦玻璃罩，罩子擦得亮，灯光更照人，大伙贪图这点亮，坐在那儿喝茶闲聊。有的只是来一杯"玻璃"，这是白开水的美称，既卫生又省钱，老板按时的加水，客人坐得再久，也不会嫌弃，足见李庄人做生意厚道之处。直到茶馆打烊了，才摸黑回窝。路上也没有街灯照明，点燃用旧淘汰的纤藤杆（长江边拉纤的竹编绳索，淘汰之后裁切成三尺到五尺一段一段的纤藤杆）当作火把，照着回到漆黑的窝，倒头睡下。

　　李庄的夜晚没有娱乐，没有平剧、京剧，川戏也很少，偶然来了野台戏，我们这些逃难来的也看不懂。电影看过一两回，在小学放，是没声音的默剧，大伙称它哑巴戏。记得有一年过年，与史语所合办同乐会，因为我那班同济朋友，他们有些是平剧社员，曾小姐让我请来代表中博出个节目：清唱。在那个晚会里我才知道董作宾先生很能唱，他唱河南梆子"弹棉花"，没有梆子，用嘴巴弹着梆梆梆，边弹边唱，其乐融融，博得全场掌声。

　　李庄没有电，大家点桐油灯。这是用一把浅盏装了桐油，里面放二三根灯芯，点燃起来，光亮不足，油烟很大，不好用也不好受，但是有些开夜车用功的人，就只好忍受了。据我所知中博与史语所就只有两个人有煤油灯，李济家里有一盏，董作宾先生有一盏，董先生的那盏是傅斯年先生送的。傅先生是史语所所长，但也是国民政府参政员，是社会上有名望之人，政客们都怕他，都叫他雷霆万钧派，他因为常到重庆开会，所务由董作宾代理，而董先生经常开夜车作研究，所以才买这灯送给他。我们想都不敢想，常拿本书装个样子，看看有没有机会去沾点光啊。此情此景，在现代年轻人听来真是难以想象。

最后我还是要谈起济之先生，他是守护中央博物院诞生，又抚育她十五年的褓母，每当他谈起中博的历史往事来，老博士难掩激情，总是眉飞色舞，兴奋不已。特别是国内几处大家的收藏，如刘氏善斋、容氏颂斋、闽侯何叙甫的绘园古物等等，这几处重要的精品有几件青铜器，例如"矢令方尊"，几乎落入外人之手，真是得之不易！如今老博士已离我们远去，连"中博"这个名字也消失了！人与事都会改变，但历史事实是变不了的，每一件古物都是见证，也是首史诗。[1]

注释：

索予明（1920—2022），李庄时期毕业于同济大学工学院，招考入中博院做绘图员，后随中博院迁台湾，在台北故宫任研究员，主要从事漆器研究。

[1] 索予明口述、冯明珠代笔：《烽火漫天拼学术——记李庄时期的中博》，台北《故宫文物月刊》总第 275 期。

□李霖灿

再谈玉龙雪山

　　探过白雪山，我们应该去寻黑雪山了。那天我们落下帐篷，把铺地的铁杉烧了一炷天香，向雪山主峰告别了。先沿着铁杖岭西南侧直下三千尺，到了仙迹崖，已经是雪山的下半部了，气候渐温花草也逐渐多了。铁杉林尽头是青松，青松林又紧紧连着杜鹃花丛。出山后就又回到了雪崧村，村中人都惊讶我们在山上停留得太久，但我们分明觉得像是昨天才上的雪山，爬山滑雪，溜沙，放火，把山上生活打成一片，再分不出日子的多余。今天回来，一切依旧，只是坝子里像更绿了一些，村边的溪水依然流得那么清浅且急。

　　我们又移下玉峰寺来，山茶已经谢了，气候也变成了细雨江南。我们改变对雪山的战略，不取中路的稳扎稳打，采用突击方式。

　　黑雪山在白雪山的南端，正面对着丽江，主峰都不甚高，但以铁石银雪的色彩见称。有名的地点在丽江话中叫"花耒布谷"，这名字很不错，就直接译音过来。据说当日木家天王来玩雪山的时候，他的将官们就驻扎在此，现在还有有当口的二块灶石，而且说凡是来玩"花耒布谷"的人都应该丢下点东西在这里，不然就会有

1938年7月，李霖灿画哈巴雪山（李在中供图）

风雨迷路。

那一天原定去看绿雪奇峰，但见东面的云头太低，临时改变计划向黑雪山突击。既不认识上"花朱布谷"的大路，当然也没有一定要到目的地的奢望，大概的方向是想去看看黑雪山的异样风采！

果然就迷了路，但在迷路中找到了一条最美丽的竹径，杂在竹林中的杜鹃花都长成了大树，径中有雪，竹上有花。我们来时那种浅紫淡红色的杜鹃已经开谢了，深红色的正要开，白雪的小径上，杜鹃落得像纸花样的一堆一堆。对着这将融的白雪，纸花样的杜鹃，使我们起一种极清凉哀艳的感觉，不忍去践踏它们。

黑雪山的主峰已经很近了，景色果然不同。我们发现了几个从前放牧过牦牛的地址，牦牛已经是不见了，牧牛人也走了，牦牛场上开遍了红白杜鹃。场边的老树上挂满了绿色的树胡子，看去就是一片淡淡的绿花。山坡的密树丛篁下还藏有未融化的雪片片，看去也成了花。山路两边的野牡丹，有时生得一人来高，殷红色的花苞都已经咧开嘴了——黑雪山有比白雪山更好的山花。

原是向北正对着黑雪山的主峰前进，但到主峰脚下又改变了计划，因为新落的雪和过晚的时间，都不准许我们乱走，于是走向西边的山顶去看金沙江。山顶是一片高平原，高原上的风吹得我们的身心都舒展开了。这时已经走到了黑白玉蝶的西侧面，由背后来看黑雪山和白雪山。在顶时并不觉得它们伟大，现在到下面来仰看它，黑雪山在云下面成了漆黑的一列铁的山峰。铁铸成的峰峦之间，白雪格外皎洁，我们在白雪山还没有看到这样洁白的雪。

西北望下面，两列崖谷在曲折婉转，那下面就是金沙江，西北边黑云笼罩之下一团白雪的山峰就是江那边的哈巴雪山。当日曾绕哈巴雪山一周，想不到今天又从玉龙雪山上来望它。这两个雪山的断处就是伟大的虎跳涧。西南面望去，我们脚下有一个绿色的海子，丽江话中有名的"绿松石色海子"就是它。南边是在烟雾中出没的丽江坝，北面一列铁铸的山峰正是黑雪山，这里有比白雪山更开阔的眼界。

这天我们并没有攀到黑雪山的绝顶，但已看够了黑雪山的云雪变化。黑雪山的颜色使人不会忘记，也可以说全体像一块黑玉，白雪正是镶嵌进去的条条银线，岩石和白雪的变化，黑雪山又比白雪山高上一筹。我们虽没有寻到"花耒布谷"，但黑雪山的妙绝处已经给看得满意了，我们对这一点小小欠缺，正好回去慢慢咀嚼，留待将来填补。

三天雨雪之后，我们对雪山作最后的巡礼，向东侧面的绿雪奇峰一行。

先沿着玉湖湖边走，已经是在雪山的东面，因之玉龙全部亦改换了一个面目。铁杖峰突出在我们前面，挡住了主峰。扇子陡黑白玉蝶的两扇翅膀就高高地耸入云天，成了这一列长山的主峰。

至湖前进了几步，翻过个小岭，我们叫起来，这才是山下方能有的奇景。山中七日，但看见云天白雪，现在我们面前摆的是：雨后新晴最皎洁的雪山，分段的立在青青松林之上。我们绕过了铁杖峰，在它后面又望到扇子陡了。

一谷流水，一谷野花之后，雪山主峰转成一个侧面，全部现出在我们面前。主峰上面自己生起了一些白云，看它慢慢地升进蓝天中，又淡淡地消失了。阳光亮得有点怕人，雪山主峰上的雪光发亮得颤动起来。在地上发现了一种鲜红色的花，这是野牡丹。在山上的时候，我们曾和那里遍野的牡丹相约，一个月后再见，想不到未离雪山前就先在这里会面了。

上面这一段路想必当初原是一条河道，一路上都是银白色的卵石。在这里遇见了一群牧牛的朋友，于青松白石中大家进了"沙坝"，这是我们的第一个目的地。放牛的朋友就停在这里看牛吃草，我们也满意得不愿意再前进了。已经到了雪山主峰的正东方，扇子陡成了侧面尖锥的一个，更加峭拔。玉乳峰正对着我们，积雪的面层更清楚，颜色也更艳绿了。我们面前十里绵延的一列青松，在松林之上放着一长条全部的雪山，南边的黑雪山正在生长白雪。黑白玉蝶，我们又由后面来看它了。铁杖峰在我们的南边，主峰正对着我们。主峰的北面，又出现了一架大雪山，雪的银丝缨络般的垂流下来。我已经两面都看过玉龙雪山了，一次是在金沙江的那边，那时苦于云低，现在由东边来看它，一列青松上是雪峰蜿蜒，在天际展开了一座雪屏。

我们马上都明白了为什么这架雪山叫做玉龙。

喜欢山水的人对于好的景色每每不自觉地做出许多怪态，那一帮放牛的朋友看见我们这一群人对雪山的大惊小怪都笑了，又说："绿雪奇峰那边还要好呢！"这又使他们忍耐不住，对我说："你画好后就赶快来赶我们。"

问清了绿雪奇峰的方向，他们就先走前了。

画完后，展在我们面前的是一望十几里路长的沙碛，简直不大生长树木，含有多量的硝质和沙。在这个荒凉的十里长坝前，我渐渐成了孤独的一个。后面离开了那几个牧牛的朋友，前面又看不见他们的影迹，大地白茫茫的都是脚下硝石的反光，我背着大雪山，漫踏着沙砾，蹁蹁地走向这长坝的尽头。

路翻过北边的山岭，走入一片松林，转一个方向，于是左手边雪山的银光又来挑拨人的眼睛。山松林下面传上来了他们的呼啸声，我们聚在一个松林疏处面西而坐。正对着我们那个四方锥体特别美丽的雪峰是谁？经过大家仔细辨认之后，呵，原来它是老人峰。从正面看它时它小得可怜，总是在几个大雪峰中间躲躲藏藏，想不到最后，我们要告别雪山时，它也出马一显身手。

已经转到主峰的背后，隔着老人峰看去，扇子陡的背面也看到了，不像正面那样的峭陡，一串雪峰拖下来又到一个雪谷之前停止了。雪谷那边，斜列着五六个靠得很紧的峰头，很多的白雪像网络样交织垂流下来。在最远那两个峰头的背后，远远地又耸起一座白雪的金字塔——奇绝的绿雪奇峰。

使人欣喜的是有这么好的雪峰供我们欣赏，使人遗憾的是时间不再准我们多多逗留。雨季来临前是丽江最热的季节，又正是下午两点钟的时光，这带叫干海子，四面几十里内没有住人家，不甚平静，我们决定就改由东边这条大路转回玉峰寺去。

换了一条路走，就全变了一幅新的景色，在西面的雪山，隔着青松林一路捉迷藏式地送我们到了山脚下。我们在箐口的东面发现一条石钟乳街，一个深箐，两边的石头都是钟乳凝成，钟乳垂下来变成各种奇怪的样子。走过贵州时曾看过不少的洞天和绝妙的钟乳，然而石钟乳完全露在外面，这还是第一次看到。一列深箐有三四里路长，中国画上从没有看到过这样的一个钟乳石长卷。

钟乳长卷之外，还有收获。出山来遍野都是石林，不高大而玲珑，最像是花园当中的假山石。一条长河床的两岸就由石林排成，回头看去像是万里长城在蜿蜒，谁家花园能有这样伟大又这么玲珑的围墙？

雨雪纷飞三天之后，玉龙不忍辜负这几个诚意而来的远客，我们终于尽兴地饱看绿雪奇峰而归来了。以一天的时间，在雪山东面打了一转，我们从没有在一天之内疲倦得这么厉害，也从没有在一天之内得到过这么满意的收获。我们曾扎营在雪山之上，但只因身在玉龙山中，七日内所看到的雪山，远不及这一天之内所见的变化多！

因为它深深藏在横断山脉里，丽江的玉龙雪山到今天还是名山中的一位"隐者"。

雪山在西南尽管有许许多多，如康定附近的贡嘎雪山，横在德钦西面的四莽雪山，怒江澜沧江边的碧罗雪山，金沙江上的哈巴雪山……但其中我们顶爱的是这座玉龙雪山，当然我们也有一些自己的见解：

玉龙雪山是石的雪山，雪不能够在峰头积得太厚，总是在峰峦之间很有情致地嵌进去一条条的银线。土的雪山每每肥得有点臃肿的感觉，但玉龙雪山它永远是峭拔，玲珑。

玉龙雪山大半是一种银灰色的岩石，我们的帐篷搭在雪鸡坪上，就四面在银灰色的岩石围抱中。玉龙雪山不但玲珑，而且透明！丽江话中从来就很有道理，称它为"乌鲁"——银崖！

黑雪山那一段的岩石是黝黑的，但能使白雪对比得格外地有情致。

玉龙雪山很早就被丽江人称做"石的雪山"，在本地的象形文字经典中可以找到证明，在"东巴"的经典中有这么一段：

松树的雪山中间隔起栗树的雪山，云的雪山中间隔起石的雪山，隔起很深的江水，隔起很急的江水。（露玛露沙）

很深的江水，很急的江水，指的是金沙江。云的雪山指哈巴雪山，所谓石的雪山就是指玉龙雪山。

由我们在雪山半月住下来的经验，知道所谓哈巴雪山也真不愧为云的雪山。我们都很清楚，若是玉龙雪山自己生云，那都是我们所最欢迎的云，因为它总是很少，很薄，很白，很容易由风来飘动它，简直说它就是特意来点缀装饰自己的。至于哈巴雪山那边的云，则大半都是不怀好意，总是预告风雪的来临。云的势派也浩大，渡过江来就先遮住玉龙雪山的主峰。我们都说这是云的雪山对石的雪山的"嫉妒"。

玉龙雪山是花的雪山，不曾亲自攀登过玉龙雪山的人，他绝不能想象到遍山白雪遍地鲜花的奇景！

我们在雪山上曾对花神有所讨论：我总以为花神在玉龙山上是不负责任的，看到遍地花草的奇形怪状，又完全是不论季节地开。花的美丽应该有一个限度的吧？但这个限度在雪山明明是没有的。花神对雪山的花全不曾有点规定，各种花木都是各随自己高兴不论道理地乱开乱放。但也有人从这点上着眼，春天一来到，分明像是花神喊了一声口令，就顷刻满山花开，冬天来到了，又是一声口令，就一齐躲在白雪下面了。这样又好像是有花神在严格统治着的。

我们曾有计划，想拿花草的种类来区分玉龙雪山，如我们宿地的附近，概以名之曰：牡丹坪。玉龙雪山遍野生着这种人间富贵花王，而且是极名贵的一种结实牡丹。黑白雪山的那个峡谷可以名之曰：杜鹃之谷。因为白雪的峡谷中，长满了杜鹃，而且那时已经由下面开上来了。

玉龙雪山的花岂是一口所能说得尽。然而杜鹃确是雪山奇观之一，开得成团块的，像是牡丹，开得细碎的，像是漫天的小星，红的不愧映山红的名称，简直是五月的石榴，粉紫浅红的那一种最美丽像一笼绛纱，白的是玉洁冰清，花也会开出这种清凉的颜色……这一些都是人间花园中的奇观，现在却漫漫然开满了雪山，似乎想和白雪争夺玉龙，所以启兄说，所谓玉龙雪山是：半山白雪，半山杜鹃！

我们曾和植物园的秦主任商议，要给玉龙雪山选出一种可以代表它的山花。大概知道得太精深的时候每每有难以选择的困难。

秦公不敢就能决定这个问题，我们都不大有这种科学家的审慎，这次看到杜鹃有这么多的种类又占去了半个雪山，而且春三月开起要开到冬天白雪的来临，我们便一致推选杜鹃小姐为玉龙雪山的山花。

最后玉龙雪山是游的雪山。在前面说过，最好把玉龙雪山当做一幅雪景山水来看，它有"白"，而复有"冷"。当然假如你在冬季落雪的天去拜访玉龙，那你是要准备携带所能有的御寒之具。但上雪山最好的时间是在春夏二季，尤其是雨季的前后，这时候总是会有很好的阳光。我们这次于阳历五月阴历四月间在雪山住了半个月，并不曾为上雪山增加我们衣服的负担。

太阳好的时候，身穿一件夹衣，尽可以在白雪中纵跳，我们称之为"阳春白雪"。启兄解释得好，玉龙是阳春的气候，白雪的世界。

雪山上的阳光格外厉害一些，可以有个证明。我们几个人的脸在山上竟给阳光晒得脱皮。这很不容易，因为这几个面孔都是久经风吹日晒，经过严格的锻炼的。

我们在雪山上没有遇到大风雨，但丽江的气候，一雨成冬，想下起雨来那时雪山上也会冷的，但天气好的时候，不必浑身皮衣皮帽，而能轻装在白雪中来往自如，这对雪山的游客已经是很幸福了。

这样挺拔的雪山竟然是很容易攀登的，除了那条天生具有深意的雪谷外，其他地方都是极容易走到，半山上有一个四面杜鹃青松的大坝子，马一直可以骑到这里。下次来玩雪山，我们说帐篷也不必带来，因为在我们营地左近找到了几个很不错的崖洞，雪山会为我们造下天然的洞府，而且不必害怕在山上寂寞，又好去滑雪溜沙，这位名山中之隐者的玉龙雪山，是在欢迎它的游客。只可惜肯到这里的游客实在太少了。[1]

---

[1] 《今日评论》1940年第4卷第21期，333—336页。

《殷历谱》二三事

记得是民国三十二年的初冬,我从云南的大雪山上下来,回到了四川南溪李庄,那时候,中央研究院和中央博物院都住在这个扬子江边的小镇之上。彦老为欢迎我,把我安顿在他的书房里(戏楼院的戏台上,睡在书案旁的行军床上)。窥测他的意思,可能是为了说话方便一点,大雪山的美丽景色已逐渐为外边的人所知道,彦老当是想从我的口中得到一些快绝平生的第一手资料。

他的这项愿望,后来并没有完全达到,因为我山居四载,照明的设备从都市的电灯,到小镇的油灯,再进而为山中的松棚,一步不如一步,于是乎日出而作,日入而息的习惯就被培养得十分守时。白天,彦老忙着公务琐杂,更加上宾客不绝,根本不可能分出点时间来聊天,而一到晚上,我又不自主地呵欠连天。彦老看在眼里,常是微笑着提示我:"还是早一点去睡吧,我还得料理一下杂事才能动手干活呢!"所以,他并没有听到了多少玉龙山,反而是我却因此对当时学人艰苦卓绝精神更增加了一些深刻的了解。

其中最足以代表那时这点精神的就是彦老桌上的那盏煤油灯了。彦老和胡适之傅孟真先生等都是"凤夜匪懈"型的书生,他们的生活方式是白天"办公"夜间"干活",办公是指公务应酬和会见宾客,"干活"则专指读书研究。我很疑心这个泥土气息很重的名词是安阳田考古的遗迹,因为在我的童年记忆中我们地方上的人都把工作叫做干活。

其实,彦老到底怎样干活,我虽身在书房,且身兼半个书童之职,也并不十分清楚。因为年轻时光,瞌睡特大,天一过黄昏,头一碰枕头,便已堕入黑甜乡中,等到睁目醒来,意犹未尽,却已晨霞满窗,而彦老的夜班干活生涯,早已结束多时了。所以我常自笑,彦老的惊天动地事业,都是完成于我的睡梦颠倒之中!

一夜,事属罕例,我于午夜后两点钟醒了,因为彦老书桌之上,一盏明灯照人!在雪山之下夜燃烟囱代灯的人没有见过这样的光明。在李庄,以灯草燃桐油灯的朋友也没有见过这样的光明!我那时夜间不做事,却看到许多开夜车的朋友们一个个鼻孔黑如烟囱，因为他们是在桐油灯下熬夜不懈！那时我国抗战已进入最艰苦的阶段，物质条件到了不可忍堪的境地，而我国学人却一个个努力不辍士气如虹，许许多多的大著作都完成于这段时光，彦老的《殷历谱》便是这群山连脉中的一座高峰！我睡眼蒙眬地看见在这座煤油灯下，一个首发鬇鬅的巨人正在伏案疾书，彦老的《殷历谱》就是在这种艰苦情况下写成的！

不要看不起这盏小灯，那还是傅孟真先生特意从重庆带回来的，一桶煤油之外还有"美丽"的玻璃罩一个。不要鄙视这个"落伍的玩意"，要知道燃桐油菜油的地域之中，方圆十数里之内，这还是最"亮"一盏明灯呢！彦老在这盏灯下写出了他的划时代之巨著，我亦常以曾亲擦灯罩为彦老增添一点光明而觉欣慰亲切。所以至今还常常想到，真当把这盏煤油灯保留在彦老的纪念室中，用以象征这一代学人的精神过人和当时学人们的艰苦卓绝！

日记两则

1944年9月21日 李庄

昨日董先生亲自下山来劝我，不要急着回丽江去，并转告李济先生的意思，要我多读一点书。难得有这么好的机会，并且三年来都是为我打算，先是入博物院，然后又调回来，为的就是要补充这方面的缺失，这使人太感动了！先进者为一个青年的造就需要用这么多的力么？我真不知道如何报答这番意思才好，想来是一则以喜，一则以惧！我到底是学艺术太久了，科学方面就当学习，这样对于人生也能有另一个境界。

1949年12月26日 南京

疏散列车今晚轮到了中央博物院的同人，一清早起就大雪纷飞。十多年来，石头城没有落下过这么大的雪片子。几个钟头之间，漫天盖地，朦胧一片。

在上午我还对和才说：这一回局势非常，我竟不能代你出什么主意了！

1940年代，和才以东巴文书写给逯钦立、罗筱蕖在李庄结秦晋之好时的贺文（李在中供图）

和才说:"隔了海水,我没有办法。隔了山,我还可以爬着回家去。只是,不再能追随你家了,望多保重!"

火车票曲折得很,总算还好,下午两点钟时,买来九张二等车票,和才的一张在内。借来了同人的一部小吉普,加上公家的一部,共两部在雪地中往返两次,才算把我们都运送到了下关的新建车站大厦。交通部为了这件非常的事,卖了一个非常大的力气。公务员疏散眷属,既七折八扣地减免票价,简直等于白送,又车皮不换联运过轨,由南京直放上海。而杭州,而南昌,经株州而直至衡阳,到衡阳之后亦只要换一换票就可以转往广东、广西或贵州。而且在车站上设有特别的候车室。派有专门的指导服务人员。在车未来之先,就先报告每一机关的车箱号数,车辆种类和位置,而且事前就办好把机关名称贴在车皮外面,使各有所属,各有所奔……这一切一切,都表示主其事的人,很用心也很有办法要把这件事做好,所以我在车站听到大家对这次疏散眷属的主持机关首长及官员都歌功颂德不已(按当时的交通部长是俞大维先生)。

一场大乱之后,大家把行李都搬上了火车,不但每一个人都可以得到一个座位,依我亲眼观察。稍加安排,每一个人都可以得一个卧铺的位置,比我挤火车由沪返京时刻,那是好得太多太多了。

行李又可以任意携带,有多少带多少,这一切都是所谓的善体人意。当今之时,人人都临近赤贫的阶段,这一些些的破破烂烂,就是一个个公教人员"家"的全部。你不叫他全部带走,他又有什么办法再去筹措一套?——可见得当时兵荒马乱之中,衮衮诸公之内,也还有一些头脑清晰的人。

车顶上堆着厚厚的白雪,一列车一列车的门窗都开着。由门窗中伸出头来,车站月台上的人影凑过去,在叮咛、在安慰、在嘱咐、在交代、在说、在喊、在叫……老母在呼唤儿子,丈夫在抚慰妻子,儿女拉着父母的手不肯放开,父母伸长脖子要多看子女一眼。列车与月台之间成了泪泣之河,泪泣之谷,谁也不知道自此别离以后,还能不能再见一面……

中华民族真是多灾多难,在这样一个惨绝人寰的风雪涕泣之中，我居然见到一个强颜欢笑的人在开自己的玩笑？他拍着另外一位朋友的肩头说："老李，这一趟有个名堂，在你，是妻离，在我呢，是子散，是谓之曰妻离子散图。"是什么时候了，还有心开自己的玩笑，是这样的一个回家，多灾多难，惨绝人寰的事实，还要幽默地调侃自己⋯⋯

但是不如此这般，您又能有什么办法呢？当今公教人员待遇之薄，已到了几乎不能活命的地步。然而，你敢离开机构吗？马上就有饿死之虞。所以，虽吃不饱，仍不得不留了下来。自己不能离开，妻子父母哪能不拆离分散呢？于是，车厢与月台之间就成了泪河泪谷和泪海。这妻离子散之图，不是十分合乎逻辑的吗？这使我想起了自古以来，咱们中国就有一路哭的说法，如今展示在我们面前的，不正是一路哭的铁证实例吗？谁实方之，孰令致之⋯⋯[1]

注释：

李霖灿（1913—1999），生于河南辉县，1938年毕业自国立杭州艺术专科学校。抗战迁徙途中，发现云南丽江玉龙山的阳春白雪风景，转而收集和研究丽江麽些文化。1941年，进入迁移至李庄的中博院担任助理研究员，将自丽江采集而来文字编辑成《麽些字典》，并被称为"麽些先生"。1949年，随中博院迁台，曾任职台北故宫博物院副院长职，并在台湾大学、东吴大学等校教授中国美术史及古画品鉴等课程。

1940年代末，李霖灿夫妇与长子李在其（李在中供图）

---

[1] 李霖灿日记，由其次子李在中先生提供。

□梁思成

为什么研究中国建筑
（《中国建筑史·代序》）

　　研究中国建筑可以说是逆时代的工作。近年来中国生活在剧烈的变化中趋向西化，社会对于中国固有的建筑及其附艺多加以普遍的摧残。虽然对于新输入之西方工艺的鉴别还没有标准，对于本国的旧工艺已怀鄙弃厌恶心理。自"西式楼房"盛行于通商大埠以来，豪富商贾及中产之家无不深爱新异。以中国原有建筑为陈腐。他们虽不是蓄意将中国建筑完全毁灭，而在事实上，国内原有很精美的建筑物多被拙劣幼稚的，所谓西式楼房，或门面，取而代之。主要城市今日已拆改逾半，芜杂可哂，充满非艺术之建筑。纯中国式之秀美或壮伟的旧市容，或破坏无遗，或仅余大略，市民毫不觉可惜。雄峙已数百年的古建筑（historical landmark），充沛艺术特殊趣味的街市（local color），为一民族文化之显著表现者，亦常在"改善"的旗帜之下完全牺牲。近如去年甘肃某县为扩宽街道，"整顿"市容，本不需拆除无数刻工精美的特殊市屋门楼，而负责者竟悉数加以摧毁，便是一例。这与在战争炮火下被毁者同样令人伤心，国人多熟视无睹。盖这种破坏，三十余年来已成为习惯也。

　　市政上的发展，建筑物之新陈代谢本是不可免的事。但即在抗战之前，中国旧有建筑荒顿破坏之范围及速率，亦有甚于正常的趋势。这现象有三个明显的原因：一、在经济力量之凋敝，许多寺观衙署，已归官有者，地方任其自然倾圮，无力保护；二、在艺术标准之一时失掉指南，公私宅第园馆街楼，自西艺浸入后忽被轻视，拆毁剧烈；三、缺乏视建筑为文物遗产之认识，官民均少爱护旧建的热心。

　　在此时期中，也许没有力量能及时阻挡这破坏旧建的狂潮。在新建设方面，艺术的进步也还有培养知识及技术的时间问题。一切时代趋势是历史因果，似乎含着不可免的因素。幸而同在这时代中，我国也产生了民族文化的自觉，搜集实物，考证过往，已是现代的治学精神，在传统的血流中另求新的发展，也成为今日应有的努力。中国建筑既是延续了两千余年的一种工程技术，本身已造成一个艺术系统，许多建筑物便是我们文化的表现，艺术的大宗遗产。除非我们不知尊重这古国灿烂文化，如果有复兴国家民族的决心，对我国历代文物加以认真整理及保护时，我们便不能忽略中国建筑的研究。

以客观的学术调查与研究唤醒社会，助长保存趋势，即使破坏不能完全制止，亦可逐渐减杀。这工作即使为逆时代的力量，它却与在大火之中抢救宝器名画同样有急不容缓的性质。这是珍护我国可贵文物的一种神圣义务。

中国金石书画素得士大夫之重视。各朝代对它们的爱护欣赏，并不在于文章诗词之下，实为吾国文化精神悠久不断之原因。独是建筑，数千年来，完全在技工匠师之手。其艺术表现大多数是不自觉的师承及演变之结果。这个同欧洲文艺复兴以前的建筑情形相似。这些无名匠师，虽在实物上为世界留下许多伟大奇迹，在理论上却未为自己或其创造留下解析或夸耀。因此一个时代过去，另一时代继起，多因主观上失掉兴趣，便将前代伟创加以摧毁，或同于摧毁之改造。亦因此，我国各代素无客观鉴赏前人建筑的习惯。在隋唐建设之际，没有对秦汉旧物加以重视或保护。北宋之对唐建，明清之对宋元遗构，亦并未知爱惜。重修古建，均以本时代手法，擅易其形式内容，不为古物原来面目着想。寺观均在名义上，保留其创始时代，其中殿宇实物，则多任意改观。这倾向与书画仿古之风大不相同，实足注意。自清末以后突来西式建筑之风，不但古物寿命更无保障，连整个城市都受打击了。

如果世界上艺术精华没有客观价值标准来保护，恐怕十之八九均会被后人在权势易主之时，或趣味改向之时，毁损无余。在欧美，古建实行的保存是比较晚近的进步。19世纪以前，古代艺术的破坏，也是常事。幸存的多赖偶然的命运或工料之坚固。19世纪中，艺术考古之风大炽，对任何时代及民族的艺术才有客观价值的研讨。保存古物之觉悟即由此而生。即如此次大战，盟国前线部队多附有专家，随军担任保护沦陷区或敌国古建筑之责。我国现时尚在毁弃旧物动态中，自然还未到他们冷静回顾的阶段。保护国内建筑及其附艺，如雕刻壁画均须萌芽于社会人士客观的鉴赏，所以艺术研究是必不可少的。

今日中国保存古建之外，更重要的还有将来复兴建筑的创造问题。欣赏鉴别以往的艺术，与发展将来创造之间，关系若何我们尤不宜忽视。

西洋各国在文艺复兴以后，对于建筑早已超出中古匠人不自觉的创造阶段。他们研究建筑历史及理论，作为建筑艺术的基础。各国创立实地调查学院，他们颁发研究建筑的旅行奖金，他们有美术馆博物院的设备，又保护历史性的建筑物任人参观，派专家负责整理修葺。所以西洋近代建筑创造，同他们其他艺术，如雕刻、绘画、音乐，或文学，并无二致，都是合理解与经验，而加以新的理想，作新的表现的。

我国今后新表现的趋势又若何呢？

艺术创造不能完全脱离以往的传统基础而独立。这在注重画学的中国应该用不着解释。能发挥新创都是受过传统熏陶的。即使突然接受一种崭新的形式，根据外来思想的影响，也仍然能表现本国精神。如南北朝的佛教雕刻，或唐宋的寺塔，都起源于印度，非中国本有的观念，但结果仍以中国风格造成成熟的中国特有艺术，驰名世界。艺术的进境是基于丰富的遗产上，今后的中国建筑自亦不能例外。

无疑的将来中国将大量采用西洋现代建筑材料与技术。如何发扬光大我民族建筑技艺之特点，在以往都是无名匠师不自觉的贡献，今后却要成近代建筑师的责任了。如何接受新科学的材料方法而仍能表现中国特有的作风及意义，老树上发出新枝，则真是问题了。

欧美建筑以前有"古典"及"派别"的约束，现在因科学结构，又成新的姿态，但它们都是西洋系统的嫡裔。这种种建筑同各国多数城市环境毫不抵触。大量移植到中国来，在旧式城市中本来是过分唐突，今后又是否让其喧宾夺主，使所有中国城市都不留旧观？这问题可以设法解决，亦可以逃避。到现在为止，中国城市多在无知匠人手中改观。故一向的趋势是不顾历史及艺术的价值，舍去固有风格及固有建筑，成了不中不西乃至于滑稽的局面。

一个东方老国的城市，在建筑上，如果完全失掉自己的艺术特性，在文化表现及观瞻方面都是大可痛心的。因这事实明显地代表着我们文化衰落，至于消灭的现象。四十年来，几个通商大埠，如上海、天津、广州、汉口等，曾不断地模仿欧美次等商业城市，实在是反映着外国人经济侵略时期。大部分建设本是属于租界里外国人的，中国市民只随声附和而已。这种建筑当然不含有丝毫中国复兴精神之迹象。

今后为适应科学动向，我们在建筑上虽仍同样地必须采用西洋方法，但一切为自觉的建设。由有学识、有专门技术的建筑师担任指导，则在科学结构上有若干属于艺术范围的处置必有一种特殊的表现。为着中国精神的复兴，他们会作美感同智力参合的努力。这种创造的火炬曾在抗战前燃起，所谓"宫殿式"新建筑就是一例。

但因为最近建筑工程的进步，在最清醒的建筑理论立场上看来，"宫殿式"的结构已不合于近代科学及艺术的理想。"宫殿式"的产生是由于欣赏中国建筑的外貌。建筑师想保留壮丽的琉璃屋瓦，更以新材料及技术将中国大殿轮廓约略模仿出来。在形式上它模仿清代宫衙，在结构及平面上它又仿西洋古典派的普通组织。在细项上窗子的比例多半属于西洋系统，大门栏杆又多模仿国粹。它是东西制度勉强的凑合，这两制度又大都属于过去的时代。它最像欧美所曾盛行的"仿古"建筑（period architecture）。因为糜费侈大，它不常适用于中国一般经济情形，所以也不能普遍。有一些"宫殿式"的尝试，在艺术上的失败可拿文章作比喻。它们犯的是堆砌文字，抄袭章句，整篇结构不出于自然，辞藻也欠雅驯。但这种努力是中国精神的抬头，实有无穷意义。

世界建筑工程对于钢铁及化学材料之结构愈有彻底的了解，近来应用愈趋简洁。形式为部署逻辑，部署又为实际问题最美最善的答案，已为建筑艺术的抽象理想。今后我们自不能同这理想背道而驰。我们还要进一步重新检讨过去建筑结构上的逻辑；如同致力于新文学的人还要明了文言的结构文法一样。表现中国精神的途径尚有许多，"宫殿式"只是其中之一而已。

要能提炼旧建筑中所包含的中国质素，我们需增加对旧建筑结构系统及平面部署的认识。构架的纵横承托或联络，常是有机的组织，附带着才是轮廓的钝锐，彩画雕饰，及门窗细项的分配诸点。这些工程上及美术上的措施常表现着中国的智慧及美感，值得我们研究。许多平面部署，大的到一城一市，小的到一宅一园，都是我们生活思想的答案，值得我们重新剖视。我们有传统习惯和趣味：家庭组织，生活程度，工作，游息，以及烹饪，缝纫，室内的书画陈设，室外的庭院花木，都不与西人相同。这一切表现的总表现曾是我们的建筑。现在我们不必削足适履，将生活来将就欧美的部署，或张冠李戴，颠倒欧美建筑的作用。我们要创造适合于自己的建筑。

在城市街心如能保存古老堂皇的楼宇，夹道的树阴，衙署的前庭，或优美的牌坊，比较用洋灰建造卑小简陋的外国式喷水池或纪念碑实在合乎中国的身份，壮美得多。且那些仿制的洋式点缀，同欧美大理石富于"雕刻美"的市中心建置相较起来，太像东施效颦，有伤尊严。因为一切有传统的精神，欧美街心伟大石造的纪念性雕刻物是由希腊而罗马而文艺复兴延续下来的血统，魄力极为雄厚，造诣极高，不是我们一朝一夕所能望其项背的。我们的建筑师在这方面所需要的是参考我们自己艺术藏库中的遗宝。我们应该研究汉阙，南北朝的石刻，唐宋的经幢，明清的牌楼，以及零星碑亭，泮池，影壁，石桥，华表的部署及雕刻，加以聪明的应用。

艺术研究可以培养美感，用此驾驭材料，不论是木材，石块，化学混合物，或钢铁，都同样的可能创造有特殊富于风格趣味的建筑。世界各国在最新法结构原则下造成所谓"国际式"建筑；但每个国家民族仍有不同的表现。英、美、苏、法、荷、比、北欧或日本都曾造成他们本国特殊作风，适宜于他们个别的环境及意趣。以我国艺术背景的丰富，当然有更多可以发展的方面。新中国建筑及城市设计不但可能产生，且当有惊人的成绩。

在这样的期待中，我们所应做的准备当然是尽量搜集及整理值得参考的资料。

以测量绘图摄影各法将各种典型建筑实物做有系统秩序的记

录是必须速做的。因为古物的命运在危险中,调查同破坏力量正好像在竞赛。多多采访实例,一方面可以做学术的研究,一方面也可以促社会保护。研究中还有一步不可少的工作,便是明了传统营造技术上的法则。这好比是在欣赏一国的文学之前,先学会那一国的文学及其文法结构一样需要。所以中国现存仅有的几部术书,如宋代李诫的《营造法式》,清代的《工部工程做法则例》,乃至坊间通行的《鲁班经》等等,都必须有人能明晰地用现代图解译释内中工程的要素及名称,给许多研究者以方便。研究实物的主要目的则是分析及比较冷静地探讨其工程艺术的价值,与历代作风手法的演变。知己知彼,温故知新,已有科学技术的建筑师增加了本国的学识及趣味,他们的创造力量自然会在不自觉中雄厚起来。这便是研究中国建筑的最大意义。

梁思成1944年于四川李庄 陈明达校注[1]

这篇文章,原载《营造学社汇刊》第七卷第一期,署名"编者"。直到1997年梁思成《中国建筑史》出版,才将此文作为代序。2001年中国建筑工业出版社出版《梁思成全集》将此文正式收录。重读梁思成1944年在李庄写成的这篇文章《为什么研究中国建筑》,如果不署名作者,或许很难有人认为这是发表于半个世纪以前的文字,因为其中举例及描述,或赞美,或批评,几乎全都切中百年中国乃至当今的时弊。

---

[1] 《营造学社汇刊》第七卷第一期,署名"编者";转引自梁思成著《梁思成全集》卷3,中国建筑工业出版社,2001,377—380页。

现存唯一的梁思成的水粉画（梁从诫供图）

□ 刘致平

南溪李庄镇

　　南溪县在宜宾及泸县中间，是汉僰道县，原是僰人住的，《地理风俗记》云僰：在夷中最仁，有人道，故字从人。《大清一统志》："梁分置南广县，并置六同郡，隋开皇初郡废，仁寿初改曰南溪，属犍为郡。唐初为戍州治，贞元中州治移僰道，长庆中复为州治，会昌二年复移州还僰道，以县属之，宋属叙州，元属叙州路，明属叙州府，本朝因之。"

　　今日川南一带的人情风俗似乎比成都一带醇厚，即如"筑园亭耽书画适志山林以为乐者，几累世不一观，有之则为希世之凤麟，乡人且目指而非笑之也"（《南溪县志》卷四《礼俗下》）。至于住宅在明末清初的时候似乎还多楼式住宅，《南溪县志》卷二《食货》载："……当是时，故家旧族百无一存，人迹几绝有同草昧，民人多习楼居，夜偶不慎便为兽噬（今其制犹有存者），二十年后楚粤闽赣之民纷来占插标地掘垦……滇吴平后民获安居，休养生息垂五十载。"现在川南人口很多，住宅很少楼房而是很简朴的一颗印式，它的制度在《南溪县志》卷四《礼俗下》中记载的很详细。现在抄录如下：

　　"……住舍多随田散居，背高临下，其始犹村堡制也（县属地名多冠以地主之姓，如刘家场，张家坝，文家街之类，意其始，必聚族而居者）说者谓明末乱后，侨民占插始更今制，意或然与？古时庐舍有制下不得僭上，僭者有罪明制庐舍不过三间五架，不许用斗拱，饰采色，不许造九五间数房屋，嗣变通架多而间少不在禁限，清制士庶人惟用油漆，逾制者罪之。故旧时庐舍至五进而止，数多三间，乡居或为五七间一列式，中产以上为三合式（俗谓；主三合头）。三合式者中为堂，两翼卧室庑幅而下旁相向为廊庑者也，下周以厅屋则为四合式，有土筑、有木建、有砖砌，土筑者饰垩（俗谓石灰），木建者饰油漆，土筑者多用草覆（滨江多用蔗叶，余用秸）。木建砖砌者多用瓦覆，城市多木建而乡居多土筑。至庐舍之外缭以周垣，中置亭沼花木者百家无一二也，民国以来营建无制，筑屋者喜楼居较为高敞，间有用砖柱水泥模仿西式者，以今较昔，大概屋较高，窗较低，室较明，梁柱较小，雕文较少而已……。"

这段叙述可以说简而赅了，这是李庄旧识罗伯希先生撰的。罗先生是生长南溪，所以他所说的一定是很正确的。笔者感觉南溪城内也确是很简朴，远不如宜宾繁华，李庄一带居住情况更像罗伯希君所说的一样。

李庄位在长江南岸，在南溪宜宾的中间是川南食粮集中的地方，所以地面上很繁荣，镇内有庙宇会馆十余所，镇内街道主要是口字形，镇北是大江，临江有茶铺很多可以品茗闲眺。

1940年冬天，学社由滇迁来李庄，住在镇西的月亮田。（1945年冬复员北上来京）笔者时常闲步，颇觉乡居景物的优美，山野村居或三五家或十数百家，连聚错落着，它的外围常种竹丛，溪水也很多，所以感觉有点江南风味。地主宅特为高大，房舍众多，常有大门、正厅、正房、内外耳房、厨、厕、仓、碾、栏、圈等物，佃户常寄住在绅粮（即地主）家内，可以便于工作。有很多佃户或自耕农自己造房，房有一列三间式，有一横一顺式，三合头式及四合头式等，房多时常两三家合用，牛栏猪圈粪坑堆肥等处在房前或房侧，构材都用土墙，茅草顶木竹架，与绅粮的瓦房大厦雕窗镂槛相较则是相去远甚。[1]

注释：

刘致平（1909—1995），字果道，辽宁铁岭人，建筑学家。1928年考入东北大学，是建筑系第一班学生。1932年秋毕业，进入上海华盖建筑事务所，1934年夏为浙江风景整理建设委员会建筑师。1935年，经老师梁思成推荐，进入中国营造学社，历任法式部助理、编纂员、研究员。抗战时期，随中国营造学社到昆明、李庄，开展对昆明、成都、广汉等地民居调查，开拓了对伊斯兰建筑的研究。战后回到清华大学，做建筑系教授。主要著作有《中国建筑设计参考图辑》（共10辑，由刘致平编纂，梁思成主编）、《云南一颗印》《中国建筑类型及结构》《中国居住建筑简史：城市、住宅、园林》《中国伊斯兰建筑》等。

[1] 刘致平：《中国居住建筑简史：城市、住宅、园林》，中国建筑工业出版社，2000，311—312页。

□ 王世襄

李庄琐忆

元宵舞龙

我记不清是一九四四年一月尾还是二月初，正月初五刚过，随梁思成先生搭乘从重庆去宜宾的江轮，在李庄上岸。同行者还有童第周先生。

到李庄才几天便是元宵节，新春舞龙最后一夜，也是全年最热闹最欢腾的一夜。营造学社除了梁先生需要在家陪伴夫人外，长幼倾巢而出，参加盛会。

李庄镇东端有一块比较平坦的广场，通称坝子，是年年舞龙的地方。黄昏时分，几乎全镇的人都已集中到这里。二三十个大红灯笼悬挂在坝子周围，五条龙色彩绚丽，须能颤动，眼会滚转，形象生动。竹篾为骨，外糊纱绢，各长五六丈，分列场边。一队队小伙子，挨着各自的龙，有的解开衣襟，有的光着膀子，准备上场。坝子毕竟小了些，几条龙不能同时共舞。

刹那间，点燃鞭炮一齐掷入场中，火花乱溅，震耳欲聋。这时，高举龙头的两队，进入场内。小伙子们手举着龙身下的木棒用力挥动，时左时右，忽高忽低，夭矫翻滚，两条龙眼看要相撞，又迅速地避开，满场喝彩声大作。另外两条龙已进入场内，换下已舞了好一阵子的双龙。就这样轮流舞了几个小时，小伙子们已大汗淋漓，却毫不觉得劳累，一直舞到东方发白，才肯收场。所有的人好像都不惜付出全身精力，欢送去岁的吉祥如意，迎接来年的国泰民安。

我记得到李庄后第一封写给荃猷的信就是观看元宵舞龙的盛况。一直在城市生活，从未见过乡村小镇新年伊始、朴实却又毫不惜花费、真情奔放、尽兴欢腾的场面，当年看后就写，自然比现在追忆要真实得多，生动得多。可惜此信在"文革"中被抄走，否则既不用重写，而且更有纪念意义。

火把照明的学问

元宵看舞龙，归来已逾午夜。从李庄东头的坝子回到西头月亮田学社，是两位学社工友，一前一后，打着火把送我们回来的，边聊边走，很顺利就到家了。

当地人夜出，不用灯笼或油灯，更没有手电，只用火把。川江上水行船，用篾条编成纤绳牵引。日久老化，将它剁成两尺多长的段，便是火把，真是一个废物利用的好办法。

我只知火把照明很方便，不知道须要学会打火把的技术。一次我很冒失，傍晚想去镇上买些椒盐花生、炒胡豆，返回时天色已晚，买了两根火把，快出街巷时，借人家灶火点燃一根。哪知刚出镇子，火苗越来越小，半路上竟已熄灭，用火柴怎么也点不燃它，只好试探着往前迈步，弄不清是路还是田埂，一脚踩空，跌入沟中，衣履尽湿，买的食物也丢了，爬出来极狼狈地回到学社。到此时才知道打火把并不容易，要知道如何才能防止熄灭，不仅须了解原理，还须学技术才行，所以并不简单。

原来打火把必须学会辨明风向，要求火把尽端直对风向，篾条才能均匀燃烧。倘侧面受风，篾条燃烧不均，火苗便越来越小，终致熄灭。倘遇微风，也须根据篾条火苗情况，随时转动火把。总之，保持篾条根根均匀燃烧，是使它不熄的关键。

天下许多小事物看似简单，其实也蕴藏着道理和技巧。我从当时只花几分钱便可买到的火把，经过照明失败，悟出了平时不可因事物微小而轻视它的道理。

卖煤油 买竹纸 石印先慈遗稿

先慈金氏讳章，自幼习画，擅花卉翎毛，尤工鱼藻。有遗稿《濠梁知乐集》一册四卷。一九四三年离京南下，遗稿藏行箧中，以防散失，且盼幸遇机缘，刊印传世。

在学社工作，或谓李庄有一家可以石印。曾疑川南小镇，恐难有印刷厂。走访场上，居然有一石印车间。斗室不过五六平方米，主人之外，铁支架、厚石板、铁皮、滚轴、磨石各一，此外更无他物。石印之法，由主人提供药纸、药墨，书写后送还车间，将纸反铺石板上，盖好铁皮，滚轴往返滚压，直至纸上墨迹已过到石板上。揭纸刷墨，以字迹已尽受墨为度。上铺白纸，盖铁皮，再滚滚轴两三次，去铁皮揭纸，一张已经印成。依上法再印，可印一二百张。改印他页，须将石板上字迹磨去，依上述程序再印第二张。原来车间不印图书报刊，只印售货包装纸，红色方形，盖在货包上，用细绳捆扎好，起招牌广告作用。经访问知石印遗稿已有着落，下一步当考虑使用何种纸张问题了。

邻县夹江县产竹纸，洁白而韧性较差，须去宜宾方能买到。恰好此时学社发给每人煤油一桶，工作室有灯可就读，故不甚需要。于是择日提油桶搭李庄当日往返宜宾小火轮，易得竹纸两刀及深色封面纸而归。

遗稿约七十页，每周日可印五六页，三个月一百册全部印成。折页期间，上书恳求马叔平、沈尹默前辈赐题书签及扉页均已寄到，补印后开始线装。装工虽拙劣，亦完成近五十册，分赠图书馆及友好。待装者于一九四五年秋携回北京始陆续装成。

一九八九年冬香港翰墨轩精印《金章画册》，有彩色书画五十余幅，后附遗稿，即据当年李庄手写本影印。当年虽用极简陋之石印印成，亦尚清晰可读，实出意外。

学社在李庄编印《汇刊》第七期一、二两册，梁先生面告社员："谁写的文章，谁负责抄写和石印，并参加装订工作。"裏有文稿两篇，遵照指示完成。已驾轻就熟，得益于先慈手稿之石印。但插图乃出莫宗江、罗哲文两先生之手，深感惭愧。

过江捡卵石

李庄位于长江南岸，对岸看不见人家，而有大片卵石滩和纤回成湾的浅水区，游泳十分安全。周日三五人结伴，请江边木船主人渡我们过江，得半日之清闲。我不谙水性，只好背竹筐捡石子了。

说也奇怪，当时真觉得有不少值得捡的，那块圆得可爱，这块颜色不一般，一脚踢出一个扁形的，上面仿佛有山峦花纹。一块白得有些透明，心想如泡在水里，说不定该有多么好看呢。大半个石滩走下来，竹筐显得沉重，腰有些不好受，只好卸下竹筐看同伴游泳了。

　　回到学社,地面放个大木盆,盛上多半桶水,把捡来的卵石一块一块地放进去,没想到反而不及捡时好看。于是一块一块再淘汰,丢在院中大樟树的后面。到最后,竟扔得一块都不剩了。

　　过江捡卵石去过三四次,最后只留下两块,北返时放在衣兜里带回北京,至今仍在我案头。一块小而黄,有黑色横斑。一块深绿,呈不规则三角形,下部圆而润,有纵横丝绺及茸然圆斑,颇合前人"蛛网添丝屋角晴"诗意,遂以名之。卵石只不过是李庄的梦痕,倘与诸家奇石谱相比,便有小巫见大巫之感了。

步行去宜宾

　　北京朝阳门到通州,都知道是四十华里。我曾步行去过两次,吃小楼的锅烧鲇鱼,买大顺斋的糖火烧。到了李庄,都说去宜宾是六十里。有人认为南方人比北方人矮,以步计里程,四川的六十里和北方的四十里可能差不了多少。

　　一个假日,清晨出发,沿着江边道路西行,想验证一下上面说法是否可信。十时许,宜宾已在望了。计算一下,加上过江路程,似乎比朝阳门到通州远不了多少。宜宾位于岷江、金沙江汇合处的高原上,或谓长江应从这里算起。但岷江水清,金沙江水浊,

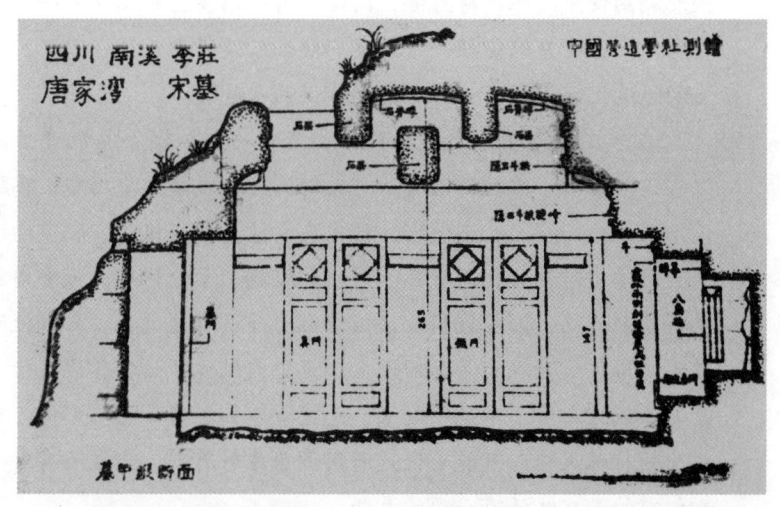

王世襄测绘的李庄宋墓图,刊于《中国营造学社汇刊》第七卷第一期(林洙供图)

要流出几里外，才浑然一色。所谓"泾渭分明"就指尚未合流的现象。我看时间尚早，没有走向江边的渡口，而被南岸的一条山涧吸引住了。几处落差较大，湍流颇急，两旁大块石头上，坐着儿童，手持有柄网兜，与捉蜻蜓的相似。等候游鱼逆水上游，腾空一跃，儿童伸臂相迎，正好落在网里。再看他吊在水中的竹篓，已有三四条半尺来长的鱼了。我看得高兴，一时唤回了童心，真想几时来此网鱼，待上一天。

渡船送我过江。因曾来买竹纸，已逛过宜宾几条街巷，下午便乘小火轮返回李庄。

留芬饭馆

我曾去过四川中等城市如白沙、宜宾，饭馆大都采用同一规格。进门中间是通道，左侧从房顶吊悬一根木杠，有许多铁钩，挂着各色鸡、鸭、鱼、肉，好让顾客一进门便知道店中准备了什么原料。因当年没有冷冻设备，挂起来通风总比堆放着好，当然也先让苍蝇吃个饱。左边是炉灶，锅碗瓢勺摆满一案子，厨师如何掂炒，加什么调料可以看个一清二楚。我进去要一个菜就等于上一次烹饪课。走过通道才有供客人坐下来吃饭的桌椅。

留芬饭馆在李庄首屈一指。到了禹王宫短短街，向左一拐，坐北朝南便是。但小得可怜，门面只有一间屋，东侧也有一根挂原料的木杠，室中只能摆一张方桌。炉灶必须设在后边一间了。往后走的通道里好像还有一张小桌，可供两人进餐。

在李庄的两年中，我和同事们凑在一起，因个个阮囊羞涩，只去过两三次。吃过的菜有："大转湾"，就是红烧鸡翅、鸡腿，因形状弯曲而得名；夹沙肉，猪肉夹豆沙，蒸得极烂，肥多于瘦，十分解馋；炒猪肝，用青蒜和醪糟作配料，十分鲜嫩；鱼香肉丝，觉得特别好吃，因抗战前北京饭馆似乎还没有这道菜。日寇投降后曾在四川住过的人大量返回家乡，鱼香肉丝才开始在各地流行。北京每个饭馆都有，不过吃起来，总觉得不如在留芬吃得那样，有说不出的特殊风味。可能不仅是所用调味原料有别，应该还有对半个世纪前的李庄生活有一丝的眷念。

"豆尖儿"

我从小就爱吃豌豆苗，当时家庭、饭馆都用它作配料。一碗高汤馄饨、榨菜肉丝汤或一盘滑溜里脊，汤面飘上几根，清香嫩绿，确实增色不少。我也曾想倘掐地里种的豌豆棵嫩尖，用作主料，清油素炒，一定也很好吃。只是北京无此习惯，菜农舍不得掐，怕妨碍豆荚生产，没有卖的。

到了李庄，在饭摊上第一次尝到此味，名曰"豆尖儿"，清香肥嫩，供我大嚼，不亦快哉！太简单了，眼看着老板娘从摊后地里掐回来，转眼就炒成了。

上世纪八十年代末，应邀去香港主持家具展览开幕式，在筵席上吃到"炒豆苗"，也很鲜嫩，只是其本味——豆苗的清香，不及李庄饭摊的"豆尖儿"。原来香港已有用仪表控制温湿度的暖房，专门培植各种蔬菜供宴会之需。不用问，两地同一道菜的价格有天渊之别。

近年北京餐馆食谱也有了"炒豆苗"这道菜，但高级餐馆和一般饭馆所用原料完全不同。前者把云南等地的豆棵嫩尖空运来京，后者则在大白铁盘中铺满豆种，长成密而细的苗后，大片割下，故被称为"砍头豆苗"。前者即使再加工一次，去掉一半，只要顶尖，也难留住原味。后者则有如吃草，不堪下箸了。

一味饭摊上的"豆尖儿"，有时使我想起李庄。[1]

---

[1] 王世襄：《李庄琐忆》，载《读书》杂志，2007年3期。

□ 罗哲文

几回清梦回李庄

几回清梦回李庄，江水滔滔万里长。

五十余年今又是，旧情旧景旧时光。

那时我还是一个不到二十岁的青年，刚刚从中学出来，在宜宾的一家报纸上看到一则中国营造学社招考练习生的广告。至于这一单位是干啥子事情的并不知道，只见考题中有写字、画画、美术等内容，对此很感兴趣，便去投考了。喜出望外，果然被录取了，后来才知道众多的考生中仅录取了我一人。从此我便学开了古建筑。那是1940年冬的事情。

1940年考入营造学社之后，先是在刘敦桢先生的指导下，为他抄写整理《西南古建筑勘查》的文章和插图，大约为时半年多。他经常教我如何查考历史文献资料的方法以及那些重点书刊资料，使我对古建筑历史文献资料有了初步了解。不久梁思成先生见我在绘图和古建筑法式方面有较好的培养基础，便把我收着弟子，为他绘图和整理资料等。

我协助刘致平先生调查过民居，和卢绳先生测绘过旋螺殿等项目。我向营造学社所有的新老同人刘致平、莫宗江、陈明达、卢绳、叶仲玑、王世襄等先生学习到不少的东西。特别使我难忘的是林徽音先生，她身患重病，还教我英语，给我的英语打下了一点基础。当时还有一些同济大学来"打工"绘图和做事务工作的学生，如许政义、周凤笙等。

营造学社在李庄镇的北面，长江上游，地名叫上坝。距镇区中心约三里地。从刘姓房子的侧边一条小路进去，快到山脚下了左侧一个小门进去是一个小院，门内有一棵大樟树，一窝芭蕉，迎面就是住房和办公室的入口。我就住在办公室入口的左侧，还有卢绳、叶仲玑、许政义等也住在我的住房旁边。梁思成先生一家则住在右侧，刘致平先生一家和莫宗江先生住在另一院子里，中间有厨房、饭厅。院子里有一棵大桂圆树。在这棵树上，拴了一根竹竿，梁先生每天带头爬竹竿，为的是练好功夫在测绘古建筑时可升房上屋。那时没有条件搭架子测绘古建筑。

中央博物院筹备处在镇上的张家祠，一个四方天井的四面原来都是办公室。王天木先生的办公室还没有动，赵指南常来这里，可惜二人已经作古。

在街上吃了一次饭，那家饭馆不知是不是当年的"留芬"饭馆。五十年前我和著名学者、美食家王世襄先生常到那里小吃一番。现在他快八十了，我也快七十了。

1992年10月，国家文物管理局专家组组长、高级工程师、古建筑专家罗哲文，应邀回宜宾参加西南地区名城年会讲学。返京后，追今抚昔，感触良多，遂成此文。

2001年10月罗哲文重访李庄上坝营造学社旧址，仔细指认墙上贴的当年照片（李庄镇政府供图）

□丁文渊

1942年12月12日，是同济大学测量系十周年纪念日。校长丁文渊撰文纪念，缅怀过去，展望未来，寄语殷殷。

同济测量系十周年纪念

禹分天下之土为九，随山刊木，奠高山大川，图诸州疆域贡赋，咸则三壤，著为法制。实开测量之端，而为舆图体国经野之始，厥后准绳百代，历久愈彰，神州地志，各具规模。

洎夫欧风东渐，学必求精，先民草创之成规，渐难适乎当代之需求，而清季官办之陆地测量学校暨陆地测量局，复以谋划为臧，费用不足，培植之人寥寥无几。晚近国力扩张，事业益繁，军事、政治、经济之措施，务凭精审之图籍，此凤毛麟角之测量人才，自难使供求适应，有识之士莫不引以为忧。

民国廿一年本校校友朱骝先生长教中枢，鸿猷始展，擘画既周，乃命本校工学院创设测量系，为全国倡导。嗣与参谋部取得联系，并向德意志募集仪器设备，延揽师资，招收生徒，授以高深之学理，辅以实地之练习，造就人才，储为国用。

抗战军兴，淞沪首遭兵燹，本校辗转内迁，流亡万里，物资之损害在所不免，而该系师生之精神，则一若曩昔，奋勉有加。自前岁迁于李庄，首谋整顿，营舍既起，设备渐周，经营两载，卒告粗安。本年十二月十二日，适为十周年纪念之期，抚今追昔，差堪自慰。

唯是世界之进步，瞬息千里，时光易逝，杳不可追。吾人须知编造之艰难，责任之綦重，不能以复旧规为满足。当随时发展，适合时代，尚望群策群力，共谋改进，使本校测量学系发扬光大，有裨实际，则于抗战建国之前途，实深利赖，愿共勉焉。[1]

注释：

  丁文渊（1889—1957），字月波，江苏泰兴人，地质学家丁文江之弟。1920年毕业于同济医学院。后留学德国，获法兰克福大学医学博士学位。回国后，丁文渊任国民政府行政院参议、考试院参事。陈介大使出使德国时，他被派往德国，任法兰克福大学中国学院副院长、中国驻德国大使馆参赞。回国后，1942年抗战期间在四川李庄任同济大学校长。在任时，其治校作风引发学生与教授的不满，于1944年离任。战后任国民政府外交部专门委员。1957年在香港去世。[2]

2005年9月3日禹王宫原同济大学旧址（岱峻拍摄）

---

[1] 丁文渊：《十年来之测量系》，《测量》杂志，1942年。
[2] 据维基百科"丁文渊"条目摘编。

□ 徐诵明

国立北平大学1939年毕业生纪念册序文

慨自东夷入寇，两载于兹，旧都沦亡，文物涂炭，吾校师生之脱险者，闲关西来，精神愤发，爰承中央之教令，于长期抗战之中，作建国储才之计，始草创于西安，继播迁于汉中一带，原来院系，暂有分合，以文理、法商、医三学院为西北联合大学之一；以工农两学院各为西北工农院之一。此为适应战[时]教育之令指，不得不然。所幸流离之间，弦歌不辍，光阴易逝，又届欢送毕业期矣。

依往例，有同学录之刊，藉资纪念，意甚厚也。关中为吾国第一古都，南郑又为大汉发祥之地，缅怀先德，兴感既多，瞻念前途，孟晋益力，誓必尽逐倭寇，光复河山，重返北平，不失旧物，此心未尝一日忘也。又信此次抗战为民族复兴之基，意义重大，亘古无伦。吾侪生此伟大之世，允宜及时精进，努力贡献，凡在国民，咸有斯责，何况身受大学教育之青年，自命为民前锋，而效力可以后人乎？离骚曰，"陟升皇之赫戏兮，忽临睨夫旧乡"。又曰"乘骐骥以驰骋兮，来吾道夫先路！"

莘莘同学，愿共勉之！

徐诵明
中华民国二十八年[1]

徐诵明曾为国立北平大学校长，此时北平大学已合并为西北联大，徐诵明为西北联合大学校务委员会常委，四年后将接长同济大学。此序文足见其作为教育家的远见卓识、历史担当，也显出医学家的文采风流。

---

[1] 摘自《国立北平大学1939年毕业同学纪念册》。

同济大学题赠罗公祠匾[1]

　　李庄为蜀南巨镇，山川明秀，人文鼎盛，□□□□□□□□□寇□□□□□□□□□播迁兹土，得与地方贤达相过从，深自幸也。

　　越明年，附设高级工业职业学校始入川。而李庄巨宅足以应学校之需要者，征用尽矣。士绅罗南陔先生，慨然以其祖集成公祠相假，且不受租金。附职师生始克弦诵不辍，谊至厚也。

　　公祠距镇约四公里，滨江背山，风景清丽，堂屋庄严，宇舍轩敞。诵明昨秋奉命长本大学，亲见诸生诵习于明堂深院之间，怡情于山岚水流之畔，深为附职得优良黉舍庆焉。

　　今春为便利工厂实习，暨与本大学密切联系，计筹议迁校，校长祝君逊蓝以该校历年节余，暨增班经费一百六十余万，度地李庄镇外之□官山兴建新舍，匝月而功竣。迁之日，祝君请于诵明曰：附职借用罗公祠，时历两稔，深感隆情，今当迁离，乞为文以资纪念。

　　谨按。集成公沨其柏，一乡硕望，清咸丰初，助饷练团，保民卫里，济贫赒急，兴学育材，遗泽至今，尤为李庄人士所乐道。南陔先生热心教育，协助地方，尤足以继绍祖德而光耀罗氏也。

　　我附职师生以抗战胜利行将复员，沪滨万里之东，必有长忆罗祠风月而悠然兴感者矣。

　　诵明不文，又焉得不彰其行，以为世劝，固不仅对其协助本大学之贤劳，敬致私人之申谢已也。是为记。

　　国立同济大学校长徐诵明谨撰
　　国立同济大学教授兼附设高级工业职业学校校长祝元青敬书
　　　　　　　　　　　中华民国三十四年十二月毂旦[2]
　　（钤印：徐诵明印、祝元青印、轼游、逊蓝）

---

[1] 标题为编者所加。
[2] 宜宾市博物院：关于"同济大学附职校感赠罗南陔"木匾的研究，2018-04-02官方微信。

2018年3月，在李庄罗家祠一何姓农户的柴堆里发现一块略见残缺的木匾，这块数十年被当作门板的匾，是1945年12月同济大学附设高级工业职业学校迁往官山新址时，赠送给罗家祠的。徐诵明校长代表同济大学，感谢李庄士绅罗南陔将宗祠借给同济附设高职校办学，且不受租金之义举。该匾由时任国立同济大学校长徐诵明撰文；时任国立同济大学教授兼附设高级工业职业学校校长祝元青所书。

注释：

徐诵明，字轼游。浙江新昌人。1905年就读浙江高等学堂预科。1908年留学日本学医，加入同盟会。1914年入九州大学医学院，1917年毕业留校任教。1919年回国，先后任北京医科专门学校教授、北伐国民革命军军医处卫生科长、国立北平大学医学院院长、国立北平大学代理校长、校长。抗战爆发后，1937年任国立西安临时大学、国立西北联合大学常务委员兼法商学院院长。1939年任教育部医学教育委员会常务委员。1944年7月至1946年6月，任国立同济大学校长，兼医学院院长。其间，主持扩充院系，增设法学院、机械专修科，分设数、理二系，并在宜宾设高级医事检验职业科。1946年初，力主学校复员上海，先期回沪办理复员事宜。同年6月往东北，代表教育部接受北满医科大学，旋任沈阳医学院院长。中华人民共和国成立后，先后任卫生部教育处处长、人民卫生出版社社长，兼《中华医学杂志》总编辑。曾当选全国政协委员。译有《病理学》《论广岛原子弹爆炸及危害性》，著有《学校卫生》等。

祝元青：男，江西南昌人，1924年毕业于同济大学机械科，1942年起任内迁李庄的同济大学附设高级工业职业学校主任（1945年起称校长），抗战后迁回南京，现为南京工程学院。祝元青1949年离任。女儿祝希娟为中国著名电影演员。

2018年3月28日，李庄发现的抗战胜利后徐诵明、祝元青赠罗家祠匾（章华明供图）

□ 魏　微

国庆日在同济

　　悒闷的秋天，多阴沉的天气，而今晨东方却红光射人光芒万丈，这象征着今天是个普天同庆的日子。今天恰逢镇上逢场，从四乡涌来的像群蚁般的人，分外增加了我们庆祝国庆日的热闹。禹王宫是我们学校里的首脑。扬子江静静地流去，像一张轻绉的锦带扑在它的脚下，大门俯瞰着江边倚靠着的一列帆船，四对明丽的党国旗，在门口飘扬着招手，向江中的行舟和奔劳的人民沉默的示意着国庆。

　　上午开完一个沉闷的纪念大会，同学们像轻捷的燕子分散到各处，然而人人都惦念着，同样的事情，球场上比赛开始了吧？啊，不要误了今天中午的打牙祭，晚上的电影怎么样呢？

　　我们的运动场是依伴着扬子江的绿草地带。在球场上奔驰的健儿们，看来却有着牧歌的情绪。而今天没有了往日的宁静，人头像挤满了架的冬瓜，球击打地面的噼啪声，听来像是集体农场的夏日打麦的声音。排球场、篮球场、足球场都有健儿们在驰骋。胜利后在同济的运动场上，又开辟了第二战场，球是新型的原子弹，中了分便引起雷动般的掌声和高扬的欢笑，这就是原子弹弹起的爆炸。当我们的篮球在进行到高潮的时候，一轮满载旅客的行船下行，在江中呜呜两声惊叫之后，我们发现了这逆行的客船减速了，慢了，简直就停泊在江心了。是否，他们也想参与我们这热烈的球赛呢？

　　球赛的热烈，消除不了我们打牙祭的记惦，当正午的时钟告诉我们该是饥饿的时候，我们便熟悉地走到各人的伙食团里去。到下午再碰头相见时，人们唇上都新添了分外的明光。然而好心相见时，人们却依然争辩着，你们的打牙祭太撆（piè，蜀方言，意差）了吧？我们的餐加得有点过火。

晚上，又是十年久不遇的好机会，在李庄这个穷僻的小镇上能看到电影，真不至于在帕米尔高原上吃到东海的龙虾。为了减少花费，看电影市民订票价200，同学们都优待为100元的票价。

放映电影庆国庆，在多日的宣传下，今晚实现了。发电机，我们学校工厂里有，影片是从宜宾租来的。禹王宫，我们学校的总办公处暂作了一个稀有的电影院。晚7点开业，然在6点光景，人都像潮水般涌向禹王宫，拥挤的情形较争购平价布是有过之而无不及。在院中，依然水泄不通，随云深秋夜凉，而今晚我们却几乎都沁着汗水看电影。

《乱世风光》和卓别林的《淘金记》是在这晚献映的两个片子，虽然这已经是久经年月的老片子了，而卓氏的滑稽的姿态仍然令人捧腹。一个乡下佬会惊讶的说，"就像程咬金啊！"

直到午夜12点才断断续续的，放完了这节目，人们带着疲倦归去，国庆日在甜梦中消失。[1]

注释：

嫳：蜀方言，读音piè，意不好。

---

[1] 魏微：《国庆日在同济》，重庆《光》（半月刊）1945年10月10日，总第12期。

□ 高　涛

同济生活在李庄

说起同济这个名字，也许不如中大或西南联大等校来得漂亮，令人熟悉。同济正如她训练出的学子一样，在社会上永远是埋头苦干、默默无闻。因为同济是一个实科学校，她的学子没有一个是当代政坛杰才、经济界巨头，或军界首长；她只是悄悄训练出一批抗战后方最主要的斗士——军火工厂中的机械人才、铁路桥梁的土木人员、医院中良好的医士、化学工厂中的技术人才——同济是默默负责为抗战中的中国，培养最优秀的工程师与医界能手的重任。

抗战前同济的校址建在上海吴淞。"八一三"炮战，同济首先毁于敌人海军之炮火下。于是，同济仓皇迁校，金华（浙江）再而赣州（江西），八步（广西），以至昆明。在昆明上课两载，复迁校西川李庄。当然在这数度迁校中，同济学生的光阴与学校之校产都受到相当的损失，如各院的试验仪器，及工学院实习工厂的大部分机器，皆因匆忙中未及装箱，及运输上种种不便，而未能携出。

李庄确是一个美的村镇，她面临着迷蒙奔腾的长江，背负花竹葱茏的小山。同济在这儿重新建下稳定的基础。修饰过的宫庙，稍微轻描淡抹打扮一下，就变成堂皇庄严的办公厅，且凝聚一种古色古香的风韵。在镇外新建起一所所简洁的瓦房，作为学生的宿舍。工学院的实习工厂也大兴土木，建起厂房。校方向外订购的机器，也正在源源不断的一部部运来。

同济，在慢慢的充实与改进中——你看，它的附中部新舍，也在锤子斧头的铿然响着！

同济是中国直接阐述德国文化的唯一学府，她有36年悠长的历史，全校德籍教授占的数量，反比本国教授为多，尤其是那时的附中部，自主任起一直到教员，几乎都是由德国人包办，即使连本国史地这类课，也都是由德籍教员担任。说起来似乎有点可笑，但事实确实如此。因此同学们在附中时不得不对德语下很深功夫。庶几后来升至大学部，对教授的直接德语讲述，才不感到困难。

大战以来，中德邦交断绝，虽有一部分德籍教授奉令返国，但现在仍有数位留校执教。师生间保持着融合的空气，他们把中国当做他们的朋友，绝对没有仇视的观念。的确，现在教育界待遇是够菲薄了，但同济并不因此缺乏良好的教授。学界名流郑太朴、谢苍璃两先生现仍在校中执教。兵工界名流薛祉镐先生现任工学院院长，但在公余犹忙于授课、教书。生活清苦如此，但诸先生并不因此疏忽他们的责任。

同济在训育方面，也与德国大学一样，抱着宽大为怀的政策。丁校长允许同济学生有德国大学生一样的akademische freiheit（德语：学术自由）。同济学生，除一年级新生须受军事训练外，其他学生可真有相当自由。训导员简直从来难得与学生办过一次交涉。但同学们并不因学校的宽宏大量而放纵自己。他们会很适当的利用得到的自由，例如学校禁赌，但是他们会约几位朋友坐茶馆去打Bridge（桥牌）；学校严禁打架，却不能不准在笔尖上办外交，既文雅又高尚，且达到了目的。这儿是绝少集团性的"全武行"，即是个人间的互馈以老拳，也是绝无仅有的事情。就是因为丁校长给我们大学生的自由，我们平时反而不得不自动的来管理自己，训练自己。平常在茶馆僻静的一隅，你可以看见一个个的独自埋首在书堆里的同学。

说到考试，在同济够严格的了。医学工学理学三院各有各的制度。工学院学生，如有一门主课40分以下，那就无异告诉你，请再读一年。工学院每年期考都有留级的可能。医学院普通并无考试，只有在三年级的一个前期考是学医的大关。所以医学院的学生在前三年内一半时间是用在书本上，而另一半时间却是站在解剖室台前，对着那古铜色的尸体下苦功。虽然如此，前期考试照理有几位同学而连留级两三年的。工医二学院，还有些科目是要举行口试的。考试在理学院则比较宽，因理学院是实行学分制。总之留级在同济是十分普遍的事。如果你想在一个实科学校读下去，那你就得有一个健康的身体，与一副精密而具有理解力的头脑，否则在劳苦的工作下，你会体力不支。在深奥的书本前，你会头昏脑胀。

衣、食、住三方面，在同济医工理三学院，显然有一个很奇怪的区别，如果你看见一位西服笔挺行动沉着，而又文质彬彬的同学，十有八九他一定是医学院的；要是他还带了一副近视眼镜的话，那就更给你一点确定的把握。而工学院的同学呢，多半是放任不羁、乐天寡忧、乐乐大方的。对衣着不大讲究，通常会都随随便便穿上一件工装，套上一件半新不旧的皮夹克，也就满意非凡了。并且工学院学生的身体多半较医学生为强，大家都胸脯挺直，生气勃勃，颇有勇士之风。学工的身体实在需要好些，因为在工厂实习的那一年，车工、锻工、铸工、钳工、木工等等工作也不是一个身体羸弱的人所能胜任的。单说抡一抡那打铁的大锤就够人受的了。

伙食方面，工学院伙食极苦，大都是靠贷金的数目来维持的。一到月底，如有剩米，那才有打一两天牙祭的希望，要不然就一辈子都是青菜萝卜的吃下去。当然也有同学自己添菜或包饭在外面，但在比例上说究竟还是少数。医学院同学，伙食要较好一点。学医的对于营养是相当重视的，不像学工的同学不懂营养价值，索性马马虎虎不去理它，生了病，再说。

住的方面，学校在村外那一片葱郁的草坪上，盖了七八所简单而实用的瓦房，白纸窗，顶上装两块三块玻璃瓦，也就觉得明亮宜人，这就是工学院宿舍。医、理两院，仍旧住在经修饰过的宫殿式的房子里。对于宿舍的内务，学工的大半究竟是重实际，轻虚文，所以画图版、丁字尺、仪器、漱口杯，堆满一桌，什么地方用时拿起来方便，就放在哪里。而医学院宿舍有的却布置得华丽美观，大有如入深闺之感。而衣食住三项，在理学院是为中庸之道，不及学医同学认真，也不似工学院同学之马虎。

在同济的课外活动，是相当的活跃。尤其是工学院这般健康活泼的大孩子来的最起劲。篮球、足球、排球比赛，照例每星期日都有数场，尤其是足球比赛，更引起同学们欢迎。举石担似乎已造成一种风气，每个宿舍门口总会有几幅大小不等的石担放在那里，那时你可听到一阵歌彩之声，接着就一件沉重的东西碰在地面上的响声。夏日在湍急的江水中，我们扬起白色小帆，溯流猛进，划到那对面的沙滩，滩内有一缕柔绿的深溪，在那儿我们尽情玩着，闹着。在水里玩得冷了，会跑到沙滩上，把身躯埋在沙里，戴上墨镜晒晒太阳，聊聊天，却是一种难得的享受。

戏剧，在这儿也是特别盛行。我们曾在宜宾公演多次，直到现在还在经常排练着。话剧方面，最近公演了《狂欢之夜》，新的剧则在排练中。音乐会、游艺会，隔了相当时期就会举行一次。在不久以前，这儿还举行了一个音乐唱片大会，尤以德国音乐为多，更以男次中音为最。

同乡会、校友会，在同济更是多得不可胜数，加上年级会，及机电、造船、土木……诸学会，数之不尽。最近又有开发西北的组织成立，总之几乎每天同济都有同学去赴各种集会。开会就是同学间联络感情的一个机会，所以新的同学刚刚跨进同济的门，不到两个月，立刻会对同济的一切由陌生而变得熟悉。

唱歌在同济发展得恰到妙处，爱唱歌的是一天到晚嘴不停，走在哪唱到哪。不爱唱歌的，索性不置不问。在同济最风行的歌，除一般欧美电影流行的歌曲外，德国歌曲也到处可闻，如德国圣手舒伯特的小夜曲、而王曲、呈玛利亚，诸歌曲，深为同学所爱好。歌咏队在同济却缺少出现。

同济学生很懂得如何来给他自己快乐，虽然李庄没有电影院跳舞场，及那醉人的歌剧院，但他们仍能够生活在可爱的环境里。[1]

《学生之友》由教育部长陈立夫题签，主办单位是中国文化服务社，主办人许心武曾任河南大学校长。因该刊的官方背景，故此篇通讯或有为校方评功摆好之嫌，但或不乏有部分史事。

---

[1] 《学生之友》第八卷第 4 期，中华民国三十三年 6 月 15 日出版，40—43 页。

2021年3月30日，李庄禹王宫原同济大学校本部旧址前（牛渝供图）

□李光谟

《李济传》序文

岱峻的大作《李济传》终于杀青，我为他高兴，我自己也放下了一件大心事。他再三要我写几句话作为"序"，我虽难以为情，却更难辞此请，就写上几句吧。

写这些段落，正赶上殷墟发掘八十周年的纪念活动。殷墟的发掘，是李济先生一生中的头一件大事；从今年十月底到现在的十二月初，我两度应邀去安阳参加这次活动，随手记了几句话，等于是日记摘抄，在这里铺陈一下，就教于读者。

殷墟博物苑在二十多年前初建时，还只是一片荒野上树了几处木牌。当时为"复原"殷代宫殿所仿制的房屋甚是简陋，展览亦属粗糙。经过几十年的辛勤研究和开辟，现已增加不少新内容，大有可观，可供参观展览和大型学术活动之用。

当年参加殷墟发掘团十五次发掘目下仅存的王湘先生，以年逾九十七岁的高龄，写下了"安阳发掘的科学精神永存"几个大字留念。他很惋惜因行动不便，无法再到工地来了。

近年考古界对洹北商城的发掘和研究，是殷墟发掘的进一步开展。记得先父李济先生在1977年写《安阳》一书时在第九章里已经对"洹河流域一带"的新石器、中石器时代的遗迹非常关切，他并寄希望于"时代更早的"遗迹。"洹北商城"的遗址当年可能还未在他的视界之中，当时他似乎只听说过有关洹北的片言只语。

这次中央电视台邀请参加活动的郑振香先生和唐继根先生，在发言中都一再提及早期殷墟发掘时的一些故事。最感人的应是1936年发掘团的成员在西北冈大墓开掘时还自己出钱在小屯办了一座小学（即给参加发掘民工的子弟开设的，名叫"洹水学校"）。据介绍，石璋如先生还从老家请来一位王老师给孩子们义务上课。这所小学现已成为安阳的教育局立案的"小屯学校"，门前还刻有

"石璋如题民国廿五年《洹水学校》"几个大字的木制匾额；校址就在现考古工作站的紧邻隔壁。

这说明当年发掘团的先生们不仅只着眼于考古发掘，还对数百位农民工的子弟教育有所关怀。

我在发言中讲了一下当年李济先生笃信的一句格言，即早年曾资助过安阳发掘的史密森研究院（或译作"学会"）的创始人、英国化学家史密森说，他出资创立这个机构，是"为了人类知识的增进和传播"。李济认为这表明科学事业只能怀抱这种目标，这才是考古、博物工作者的正确目标和人生抱负。他就称呼西北冈大墓的发掘队是"推进历史知识最前线的发掘行列"。

其实，想说的话还有很多，我在这里谨谢谢岱峻夫妇为这本《李济传》所付出的多年辛劳，我相信，这书会赢得读者的心。我感谢他们在写书时是本着追求真理、不媚俗、不追捧的态度，对李济先生一生的评价是实事求是的，哪怕在批评他的缺点和不足之处亦是不为尊者讳的。

二〇〇八年十二月六日
于自安阳返回北京次日

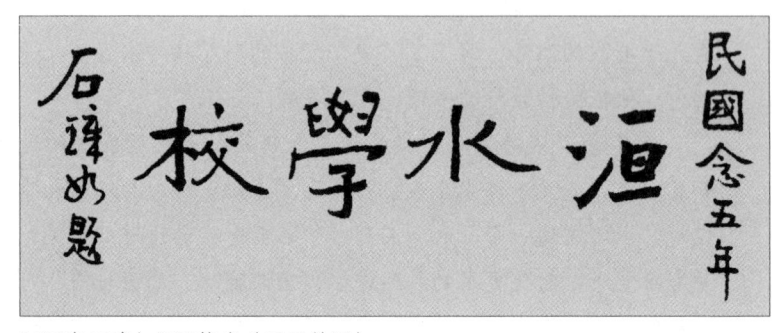

1936年石璋如题写校名（石磊供图）

注释：

李光谟（1927—2013），湖北钟祥郢中人，中国人民大学马克思列宁主义发展史研究所资深翻译家，著名考古学家李济之子。他是新中国第一批成果丰硕的高水平资深专业外文工作者，主要从事俄文、德文翻译工作。2013年12月7日凌晨，李光谟因病在北京逝世，享年86岁。

□王汎森

把吴钩看了，栏杆拍遍
——重访史语所旧迹

最近，我阅读一本由美国麻省理工学院伊曼纽教授撰写的专著《台风》，据作者的学生吴俊杰教授说，1991年他跟随伊曼纽教授做试验，把一架可以穿越台风进行近距离观测的P-3反潜机借到墨西哥外海进行研究。为了探索台风形成的奥秘，实验小组架着反潜机，冒着危险，穿越一波又一波的暴风雨篡。两个月后试验结束，伊曼纽教授从墨西哥搭机返回波士顿，一上机便埋头书写，6个小时后，飞机盘旋于波士顿上空准备降落，整个计划的初步报告已经完成了。

这个小故事是我写这篇文章的对照面。当去年（2007年）11月20日飞机从昆明起飞之际，我就应该趁记忆最鲜活的时候写下这篇文章，可惜几个月来东摸西摸，延误了所有的机会，直到最近不得不提起笔来，才发现原先的记忆早已消失得无影无踪。现在只得勉其余力，略记一二。

去年11月，我与本所研究员王明珂先生及他的助理吴培华小姐前往云南昆明龙头村及四川南溪李庄，这是抗战时期史语所待过较久的两个地方，前后将近9年。此行主要的工作是拍摄影带，希望最后能整理成一部纪录片，记录史语所80年的旧迹。

我之所以选择去李庄及昆明等地，是因为史语所迁至现址（台北南港）之前所待过的其他地方，如广州柏园、北京北海静心斋、南京鸡鸣寺路、上海小万柳堂、桃园杨梅等地，都比较容易托人前往拍摄，相对而言李庄昆明两地比较不易委托他人，故必须专程跑一趟。

一、李庄

从1980年代我入史语所工作开始，"李庄"这个名字总是在耳际缭绕，出现频率之高，远在北海静心斋、南京鸡鸣寺路之上。

原因之一可能是我当时所接闻的老前辈，有许多是抗战时期加入史语所的，而抗战时期他们在李庄待得最久，遗世独立的生活，使得这一群不慕荣利的读书人更能专心于他们的工作。

早在1990年代，从岱峻（本名陈代俊）先生寄给我的书里，我开始隐约得知，李庄这个小镇正逐渐成为名镇。主要原因是抗战时期中央研究院的史语所、社会所，中央博物院筹备处，营造学社，同济大学迁移至此，使李庄成为抗战时期一个重要的学术文化重镇，也是一群向往学术独立者的精神寄托之处。

岱峻先生告诉我，他当年在阅读抗战时期的学术著作时，常常见到作者在文末署上"李庄"两字，才开始注意到这个地方。岱峻先生刚开始在李庄寻访旧迹时，人们以为他是收旧门窗的（即收古董的），而且人们似乎不知道或不太愿意谈几十年前的往事。经过他锲而不舍，一层一层抽丝剥茧，才重建这个小镇在抗战时期的许多史事。我觉得陈先生对于寻访史语所旧事的热情已经远远超过我所能想象。他说，许多年来，他将史语所傅斯年图书馆网站上找得到的史语所公文档摘要仔细地看过不知多少遍。所以我们谈话当中，他几乎正确无误地答出了许多事情的日期和细节，包括谁和谁闹不愉快之类的。

2007年11月15日早晨，我们从宜宾出发前往李庄，到了李庄第一站是梁思成林徽因工作的营造学社旧址，然后是李济先生在的中央博物院筹备处，同济大学的旧校址，走在李庄镇上，踏着古旧清石板，我才领悟到"纸上得来终觉浅"，还是得实地走一趟，方能清楚抓住实景。过去虽然已经透过阅读旧记载，晓得史语所所在的张家大院并不在镇上而是在栗峰中的板栗坳，但是一到当地我们才知道板栗坳离镇上还很远，而且是在位于一个相当孤独隔绝的环境里。从李庄镇上到板栗坳，唯一的一条路是从长江口岸爬500多阶的高石梯，然后再走一段相当长的田边路，最后才能到板栗坳的张家大院，当时史语所同人如总务魏善臣，到李庄镇的集市采买日用品，周法高先生每天下午到同济大学学两小时德语等等都要走这一条路。傅斯年先生因为身体太胖，所以上下石梯得坐滑竿。

在板栗坳，我们首先拜访了张姓一家，张家目前以编背篓的绳子为业，他的父亲张海洲过去是史语所的工头，帮史语所组织工人，同时也帮傅斯年先生抬滑竿。傅斯年在所时就租房子住在他家。张先生引导我们看了傅先生当年的卧房，床，还是傅先生当年用过的，并且拿出当年傅先生使用的煤油灯给我们看这个灯，我曾经在一本介绍李庄的书上看到过，据张先生说当年这里只有傅先生与李济先生用煤油灯，其他人用桐油灯，傅先生不在李庄时，这盏煤油灯就给董作宾先生用。张先生用了一句话形容当地人对史语所这批客人的印象，"这些先生不亏人"，大概就是不亏待别人的意思。他说如果有人在李庄镇上请傅先生吃饭，傅斯年一定坚持要做东者也为抬滑竿的同行准备一桌同样的饭菜，否则不吃。张先生显然非常渴望知道更多傅斯年的点滴，所以我答应回台北之后为他寄上一册《傅斯年资料选集》。

当时史语所同人的住家及办公，住所是张家大院。张家大院早已不住人了，可是我不无惊讶地发现这个大院虽然破旧，它的基本规模还保持得不坏。从台北出发之前，我专程到黄彰健先生家，请他手绘了一张当时各研究人员住家的示意图，这张图中所显示的空间居然与我眼前的宅院对得上。

我们一一查对了几个过去只能在所里的老照片中看得到的院落，踏访了董作宾当年埋头编撰《殷历谱》的戏楼院，最后我们到了刻有咏南山的槛门。陈代俊先生认为这个地方很有意义，我们应该站在下面合照一张相。因为1946年10月，史语所前辈就是集合在这槛门下面合照之后，搭船启程迁到南京，从此没有再来过。

此行附带的任务之一，是想向李庄当地说一句话，近来李庄名声大，有一些人担心过度观光会破坏他的模样，希望我传达保护的意思。这个任务，终于在见到李庄的年轻领导之后完成了。

我们在李庄当然也顺便参观了当年中研院社会所所在之处，还有旋螺殿等名建筑，并在李庄镇上饶富古义的小巷里穿梭，觉得意境很是深远。

"中研院"已故院长朱家骅先生曾说："李庄无论是战前还是到台湾以后，都是无可比拟的。"在这里住，如果不读书的话，简直不知道要做什么。在本文最末，我仅抄录一段董作宾先生60多年前的短文，以记史语所在李庄同人工作的情况。

抗战开始，史语所于民国三十六年8月奉命西迁，由南京迁长沙，只在长沙及南岳暂留4个多月，便在西迁至云南的昆明，傅斯年先生策划安排这一波一波的迁徙，赢得了"搬家先生"的称呼，关于史语所由长沙西迁昆明的过程，我摘录了一段，民国三十八年3月，傅斯年在中央研究院首届评议会第3次会议的业务报告作为附录，敬请观看。

二、龙头村（略）

60多年前，史语所是从昆明迁移到李庄，而我们只是因为行程的安排，先自李庄再到昆明，当车子缓缓地驶离靛花巷（史语所昆明寓所）向那一带时，我突然想起辛弃疾《水龙吟 登建康赏心亭》中的两句，多少可以用来形容我们这一趟寻访史语所旧迹之旅："把吴钩看了栏杆拍遍。"[1]

"新建古迹"：只有地点是古的

人们千里迢迢前来凭吊的是那一片古老的残迹，而不是那一片新建的"古迹"。凡是具有时间的深度的东西，都应该以无比虔诚的心情保留下来。

去年10月，我与同事王明珂先生仆仆风尘，前往四川南溪县的李庄，主要是因为中央研究院历史语言研究所在抗战期间一度迁往李庄，我们要到那里拍摄一些纪录片，同时也希望当地能保持史语所原址张家大院的旧模样，保护它但不要过度改建它。

我们在《发现李庄》的作者岱峻先生等人陪同下前往，看到了在史语所前辈口中相传很久的李庄坂栗坳、张家大院，到了李庄才知道原来坂栗坳离李庄镇上那么远。

此行的重要任务很顺利完成了。古人有"千里送鹅毛"，我们何以要千里送只语呢？因为过去几年，我偶尔到中国大陆访问

---

[1] "中央研究院"历史语言研究所《古今论衡》第18期，2008年10月。

时，感触最深的是有几个古迹看来只有地点是古的，其余全是新的，我戏称之为"新建古迹"。如果我的观察没错，最近二十年来，中国大陆的古迹经过几个阶段：第一是为了现代化而大量铲平的时期；第二是开始了解到要创造观光资源，必须依靠古迹的时期；第三是地方开始有钱，充分了解观光产业之重要，而又想为古迹"注入生命力"，也就是所谓"新建古迹"的时期。

我不是这方面的专家。不过，这几年来凡是有机会，我就劝人"最古老的是可贵的"；如是为了创造观光资源，那么愈古老的愈能卖钱；宁可留住一片古老的，不要一栋新建的。人们千里迢迢前来凭吊的是那一片古老的残迹而不是那一片新建的"古迹"。访客想看的是与自己平常所见不一样的东西；如果他想看的是自己熟悉的东西，又何必千里迢迢前来此地呢？所以凡是具有时间的深度的东西，都应该以无比虔诚的心情保留下来。

1990年代，我曾因搜集史料经过江苏南部，看到许多明清古屋被拆散一地，那一个情景使我想起20世纪六七十年代的台湾，当时有一位小说家施叔青写了一本《琉璃瓦》，如果我的记忆没错，便是描写彼时台湾为了现代化，将许多老屋拆毁，珍贵的琉璃瓦散碎一地，不知珍惜的故事。

当然，文物保护者与古迹的现住户之间是有紧张的，后者往往觉得古迹太过破旧，住起来不舒服，一旦指定保护，长则不能翻身，所以过去台湾曾经有人在指定古迹之前悄悄加以毁损的情形。比较可行的办法是由政府将他们迁往公建的新住宅，然后将古迹保护下来。记得有一年我到瑞士，专程前去参访古代房屋的园区，他们的办法是将数百年来各种房屋都移一两栋到园区以供保存及欣赏，是值得借镜的做法。

老子说："天地之间，其犹橐籥乎？"把天地比喻成一座通风鼓火的冶具；我则觉得人的内在生命像是一座乐器，要经过外面事物适当的引会，才能发出美妙的声音，而具有时间深度的古老东西，正是一种拓展心灵深度的引会之物。[1]

---

[1] 王汎森：《"新建古迹"：只有地点是古的》，《南方周末》2008年8月26日。

2007年11月14日至15日,台北"中研院"史语所所长王汎森、研究员王明珂及助理研究员吴培华,在笔者与民族学家李绍明先生陪同下访问李庄。后来写了上述两篇文章,分别发在海峡两岸的刊物上。

王汎森"千里送鹅毛",会不会是多此一举?仅以笔者亲历为证。2001年5月1日,我在李庄做田野调查,采访乡民。正好同济大学城市规划学院董鉴泓教授带着他的弟子、同济城规学院副院长周俭,和周俭的硕士研究生、宜宾人应臻,师生三代在为李庄做规划。董鉴泓当年在李庄读同济工学院土木建筑系学生。但他们显然来得太迟,已无能为力。江边上,若干台推土机正在平整一条滨江大道。董鉴泓指着那条路说,太可惜了,李庄是从江边码头开始发展的,当年最好的建筑,包括魁星阁都在江边。而今全被推掉了。二十多年来,李庄已经若干次重新打造。

注释:

王汎森(1958—),台湾云林县北港镇人。台湾大学历史学系学士、硕士,美国普林斯顿大学博士。返回中国台湾后曾任教于台湾大学、台湾新竹清华大学等校。后为台北"中央研究院"历史语言研究所研究员兼所长,副院长、代理院长。他在人文通识教育、历史研究、公众史学,推动明清档案文献整理等领域,付出大量时间心力。他认为,史学工作者的任务之一,是捕捉"万状而无状,万形而无形"的流风。

2007年11月14日,岱峻与台北"中央研究院"史语所所长王汎森院士在桂花坳傅斯年旧居前

第三编 李庄飞鸿

一九三七年
中博院停工播迁移藏事呈教育部文（8月21日）

1937年，因七七事变爆发，中博院工作被迫停顿，为安全计，所收集物品，于八月装箱播迁或移藏。兹将1937年8月21日中博院呈教育部乙字一六〇号文照录于下：

呈为呈报事：近日时局紧张，职处现已暂移沈举人巷内华安里四号，照常办公。东厂街库房所有物品，亦经分装一百零一箱，随同中央研究院物品，迁往长沙，善斋旧藏之矢令尊，鸟戈等件在内。另有善斋铜器四箱，系运往南昌；北平历史博物馆等处物品十三箱，系运送南京朝天宫北平故宫博物院分别存储，其余物品仍拟相机择地储藏，以策安全。经费除经常费照存中央银行外，建筑费十万余元存入南京浙江兴业银行，伦敦艺展余款九千余镑存入上海汇丰银行，洛阳发掘费九千余元，存入南京上海银行，以昭妥慎。乙经部于八月二十六日以博贰八第一六〇九号指令，准予备查。

至院舍建筑工程，亦于二十六年八月底停工。[1]

一九三八年
宜宾官员与教育部往来电文（3月21日，4月4日）

1938年3月21日，四川第六区（宜宾）专员公署暨所属各县官员联名致电教育部部长陈立夫，希望能在"所属各界请迁川大学移设一二所

---

[1] 谭旦冏：《"中央博物院"廿五年之经过》，台北：中华丛书编审委员会，1960，42页。

于宜宾"，并介绍了自己的愿望与优势。牵头者冷薰南，字寅东，四川大邑人，原川军12师师长，1935年起即任职宜宾，地方建设与治理颇有建树。这封电文，对后来一大批重要文化单位迁李庄或不无关系。

宜宾官员致教育部陈立夫部长（3月21日宜宾寄至重庆）

教育部陈部长钧鉴：

顷闻省外各大学次第移川，记得正各处选觅校址。敝属宜宾，毗连滇、黔，素为川南重镇。轮舶交通，绾毂三省；商业文化，早趋发达。倘得一二所大学移设于此，不独三省文化藉收观摩之效。即在大学方面，亦可得种种便利。特此联名电请钧座，转向各大学当局代致鄙忱，如荷赞同，即请先行派员到此接洽、选觅。将来从宜时，薰南等自当修地主之谊，竭诚协助。

谨此奉阅，伫盼赐覆。

四川第六区行政督察专员兼宜宾县县长冷薰南　江安县县长郭雨中

南溪县县长谢天昆　高县县长萧天柱　珙县县长刘治国　庆符县县长邓介人　长宁县县长口泳龙　筠连县县长吴克新　兴文县县长陶叔辛

暨各县党务指导委员会、财务委员会、教育会、农会、商会暨各学校，各团体同叩

教育部复电（4月4日重庆寄至宜宾）

四川宜宾。

第六区行政督察专员公署冷专员并转所属各县党政机关、各学校、各团体：

马代电及叙属联立中学等校来电均悉。各大学新迁校址，多已呈准本部，先后决定。国立武汉大学一部拟迁嘉定，与贵区甚为相近。所请将迁川大学移设一二所于宜宾一节，嗣后如有需要，当即注意。

教育部[1]

---

[1] 四川省档案局编：《抗战时期的四川——档案史料汇编》（下），重庆出版社，2014，1592页。

一九三九年

傅斯年致梅贻琦、蒋梦麟、张伯苓（8月30日）

因卢沟桥事变爆发，清华、北大与南开三校仓促迁徙，运出图书极少。史语所运到昆明的十多万册中西文图书，很大程度上满足了西南联大师生阅读的精神食粮。后来史语所迁到龙泉镇后，还为前来读书的师生提供休息栖居和简单膳食，大慰苦难中的读书种子。

月涵、梦麟、伯苓先生惠鉴：

8月24日惠书敬悉。所示"图书阅览及借用办法"敬表同意。一俟原件到后，当即画字奉上。敝所既有书在此，自应供之公用，所承推奖，愧不敢当。至敝所西文书室、善本书室之阅览，一俟清理完后，拟并设法供贵校同人前来看书，容俟续告。

专此，敬颂

教安！

中央研究院历史语言研究所所长傅斯年[1]

傅斯年致梅贻琦、蒋梦麟、黄钰生（11月20日）

月涵、孟邻、子坚先生左右：

查清华、北大两校在龙泉镇建房十二间，专为联大教员来此阅书者住宿之用，早经动工，中经大雨，墙倒其什八，兹已督工赶修，当可于下月中旬完工，围墙尚须稍待。在此房未能使用之时，贵校教员如有来此看书因而留宿者，如同时人数不过四人，可在本所办公室中临时安置铺板，差足舒适；其饭食一事，除有友人在此可以设法者外，亦可在敝所同人公厨搭用伙食（每餐约五角左右），并无不便，仅铺盖、盆器须自备，为此奉达左右。贵校教授如有需要，可由先生分别介绍，便即招待，不必俟清华、北大所建屋落成之后也。专此，敬颂道安

傅斯年 谨启

（民国）28／11／20[2]

---

[1] 欧阳哲生编：《傅斯年全集》卷7，湖南教育出版社，2003，203页。
[2] 王汎森、潘光哲、吴政上主编：《傅斯年遗札》卷2，社会科学文献出版社，2014，第736函。

1939年昆明龙头村南门城楼（台北"中研院"史语所供图）

曾昭燏致向达（10月8日大理寄至昆明）

1939年2月，曾昭燏自英国回国来到昆明，受聘于中央博物院筹备处。她与先期回国的同学吴金鼎（字禹铭）王介忱夫妇在云南大理一带从事考古调查，发掘史前时期和南诏时期的多处遗迹。在田野考古发掘的间歇，曾昭燏给时在昆明的向达致信，讲述归国见闻、入职经过及当下情况。

柏林阔别将近二年，万里烽烟遂绝音问，言念旧雨，慨叹盈怀。

燏于去岁九月末由欧起程，十月之杪始抵国门，居昆明数日，轻装返湘。十一月下旬至桂林，于李仲揆李四光先生处遇贵相识数人，知左右应浙大之聘，将由湘来桂，征途匆匆，未及修笺问候，其后辗转于桂、粤、越南各地，今年1月始得重抵昆明。曾一访叔湘先生，将王重明先生所嘱携归巴黎图书馆所藏中土壁画诸影片托为转呈，想已早达清览。曾询叔湘先生以令妹地址，知方乡居，仓卒间未及往谒。2月初即携吴金鼎君夫妇来大理，为中研院历史语言研究所设工作站于此，万里投荒，人事罕问，直如太古山野之民，绝圣弃智，反易安详。八月末以事至昆明，晤孟真先生傅斯年于龙泉镇，始知尊驾应北大研究院之约，早已来滇，乡居匪遥，惊喜踊跃，即欲晋谒，终以日暮途异，遂尔中止。越数日，复来大理，私心自计北大开学之期为10月1日，文旆此时当已入城任教。

兹乘舍亲陈昭炳女士来昆明之便，托携此函敬候起居，如蒙惠顾前好，赐以箴言，中心所愿，不敢请也！陈女士研习历史于伦敦二载有余，兹受澄江中山大学之聘，前往执教西史课程，过昆明时尚望惠示周行，予以协助，感同身受。贵研究所诸友人亦乞便中为一绍介。迩来淫雨为灾，昆明、大理之间消息不通者半月有余，传闻长沙陷敌，不知确否？虏骑深入，望浔阳之极浦，能不零涕，欧战肇兴，波兰不三旬而亡，德人贪兵不戢，必将自焚。而英伦执政者利己损人，姑息养祸，今日之咎莫非自取？是非曲直真难明言，唯天意佳兵使东西人民同罹锋镝，死亡之惨所不忍闻，欧土三数知交久绝消息，或已化为虫沙，而旧游各地，名王宫阙佳丽乡井转瞬将成瓦砾，私心恒恻，不能自已。

此间风日清和，山川奇丽，若能深入点苍寻幽探迹，美不胜收，讲筵之暇能来此一游否？伫立以望，冀见车尘。[1]

1940年李霖灿画大理三月街（李在中供图）

---

[1] 此信曾昭燏录于1939年9月18日日记条之后。龚良主编《曾昭燏文集》（日记书信卷），文物出版社，2013，512页。

一九四〇年
傅斯年致赵元任（2月22日重庆寄至美国）

1938年7月，时在昆明的史语所语言组主任赵元任，接到美国加州大学柏克莱分校聘书，全家去了美国。一年多来，赵元任虽在异邦，而无时无刻不在思念风雨故国与同人故旧。傅斯年的回信既理解他，更担心他回国可能的不适，于是给出多条建议。

元任我兄：

长信收到，读了悲乐交并。此等航空信中不能长写，故间说下：

一、回国与否，此事两面都有道理，分别去说。所中自兄离去二年，实验室之工作迄未复，而方言调查只有整理，并无扩充，此犹是有形之损失。二组及所中各位同人，无不切盼兄之返来，此时大家团圆，有近于在北平时，所缺只兄一人。故所中同人无不时时问兄返国之消息，今年如不返，是大家最失望的事。此中情形，兄知之详，不待弟说。若就二组言之，方桂雅不欲长代，兄之返来自是切要之事。

但从兄个人想，目下此间生活之贵不可想像，食品全部约涨十倍（与兄去时比较），故四百银圆之薪只有吃饱，其他须一切停顿。而盖房子一事，方桂、彦堂等既已大失败矣，租房又不能舒服，开办费须三千元（美金二百元）。自桂南战起，此间日子实不舒服，更以滇越路似断非断，以后只有日苦。兄必不辞与我们同共此苦，然兄身体又不佳，非可过分勉强。故返来诚足以慰同人之渴望，留下亦为我等释忧虑之心念，此仍听兄自决之。

二、如决定仍返，即乞来一电，以便租房子（太不易，须大努力耳）。

三、主任事。此事甚简单。二组由兄创办，规模从兄，故兄除非以赵太太之福气，去做大官，此职不可离去，此时尤不能谈此。一谈只有支节耳。若竟有他，故必让此职，方桂自是惟一之继承人，他人无论所中所外，皆万分不在话下。此亦与三组情形同。三组必以济之为主任，若万一必去，只有思永，无他人也。然此之一说，只有俟之疾病死亡，其他理由皆不可援引。故目下之办法，仍以请方桂代理下去。兄宜多来信劝他，不可以"一让"促成"不代"也。故此事不必谈，如只劝方桂为兄多劳而已。

四、与Yale合作事。此事大佳，办好了，可有很好的结果，乞兄努力。然有一点不可不使Yale方面先知者，即Acad Sin（中央研究院）出钱一说，在今日固办不到，即在数年内亦无希望。盖美金之法价，决无法返原。此时全所经费，与兄一年之薪水差不多（全所每年约十万元，兄之5 000等于18积90 000），故"贫者不以货财为礼"此一句话，不可不说之在先也。弟意此事办到后，我们人到Yale自以语学部为对象，而他们到我们这里乃是学中文——规规矩矩的学中文——我们必竭全力助其成学也。此事待略有眉目，再细奉陈鄙见。

五、*Men of Math.*（即《数学名人录》）弟已看到，不要了。又*Library digest*（即《图书文摘》）之定位通知已到，书尚未到，多谢多谢，全所大读矣。兄前赠弟二书，故有同人借看多次，后来捐了本所library，盖非如此不能保全也。

嫂夫人近日想必甚好，干女儿如何？至念至念！初以为不久可见，今又未定，为之惆怅。以下一节兄剪寄适之先生。专颂旅安！并候四位小姐！

弟 斯年 二十九年二月二十二日[1]

1938年赵元任一家赴美前于昆明（董敏供图）

---

[1] 欧阳哲生编：《傅斯年全集》卷7，湖南教育出版社，2003，212—214页。

傅斯年致各组主任函（8月14日昆字十六号 至密）

这是迄今所见，中研院史语所准备由昆明迁川的最早密件，仅发给史语所历史、语言、考古和人类学四个组的主任。其时，迁川地点尚未具体落实。

先生：

兹一本院奉政府一再电示，准备万一，本所奉令执行，责任上不容犹豫。然此时不过是准备，次一步为在川境觅一进步之地。其局部或全部迁徙否，均尚未定。当待政府后命。诚恐装箱同人疑虑讹言，致滋误会。谨将下列各事奉达，乞转知并万勿对外言之为荷。此信即密存先生处。

一、此次准备，在政府之意乃以防备空袭为宗旨，并非以此间将沦为战区。而本所执行此事，除为策公物万全外，亦加以生计程度之悬念，绝非以此为不可居。

二、物品迁徙时，当循序办理，以求不妨工作，亦需请同人协助，勿给以类于以往之不必要困难（如大量借出不用，不按期还，临急推之图书馆一类事）。

三、本所同人在万一迁徙时，本所必尽最大之努力，亦仍旧一致同等待遇。此事连旧工友在内。因同人共患难有年，跋涉万里，在研究所宜尽最大之努力也。

四、川中择地定后，同人愿先送眷者听便。

专此奉达，敬颂道安。

弟 傅斯年 谨启
廿九年八月十四日[1]

---

[1] 傅斯年致各组主任函，台北："中央研究院"傅斯年图书馆史语所档案：昆 16-2。

附：抄本四份

中博院王振铎致李济（10月4日李庄寄至昆明）

王振铎（1911—1992），字天木，河北省保定市人。1934—1936年就读于私立燕北大学研究院历史系。1936年秋任国立北平研究院史学研究会特邀编辑。1937年7月受中博院托研制古代科技模型，1939年任中博院专门设计委员，1940年获中研院人文科学奖杨铨（杏佛）奖金。同年10月4日，为准备中博院及中国营造学社搬迁事宜，受中博院主任李济委派，王振铎先到李庄安排租屋修缮事宜，以下即他所写的报告书。

济之先生赐鉴：

月之二日船到李庄，公物行人两皆安吉，请释远念。廿五日所示电敬悉。中博院房屋已由芮先生觅妥，其它机关为史语所在板栗坳，社会所在石崖湾，中营社同本院分租上坝张氏住宅现已分配诸事，兹以观察所得报告如下：

上坝地形：其地去李庄约二里许，背山面镇，居李庄与史语所之间，村农约三十户左右，房屋既陋，目标自小，物资之供应尤便，仝人家眷愿住镇上或在村中觅房，均不成问题。

房屋情形：所租之房约分二组，西组共十三间，年三百元。东组十九间年六百元。前一组有房六、七间稍为整齐，而房间狭小，外院四间只余梁栋，屋瓦亦破烂不堪，此四间之重修费约在二千元。东组之房，狭小者约十余间，大房约四、五间（仓房）。总之，上坝之房只正厅正院整齐者皆为房主人保留，租出者皆破旧不成格局，振铎征求中营社陈明达君之意愿，陈君愿接受三百元者。本院即保留六百元，私意以为中营社经费既少自不愿担此多金，本院十九间，房价虽高而修理经费较低，房屋亦勉强可用矣！

修理问题：新租房屋非修理改造不能迁入，如开窗关户则为先决问题，李庄小镇而外来机关云集，为觅工购料之不易及物价之日逐腾涨，皆得早日绸缪。史语、社会二所及振铎，中营社等会商结果，请中营社陈明达君赴宜宾购办必需材料，振铎辗转思维，嘉之兄暂不能入川。关于购料及修房之事,陈君颇为精明,振铎亦请其帮忙,如往返宜宾购料等等,为个别办理,如旅社、船脚、亦费不赀,而各机关之所需者亦全同,如有陈君主持,则事倍而工半矣。振铎之意,请先生直接致电陈明达君请其代博物院关于购料修房事多帮忙,陈君宠蒙先生鼓励,自必更乐为也!

再者,为桌椅、家具购买问题,振铎在滇时嘉之兄嘱为留意,如中研院请陈明达君订制者物廉而工美(如有前后栏之单人木床每件十四元,藤椅五元一只),来日需要者多,物价已日高涨,本院亦似有事先购买之必要,总之,修房及购买家具等费需款在千元左右,如何进行,敬候钧裁。并代拟致陈明达君电文,未知可用否?耑此,敬请道安!

后学王振铎谨上四日[1]

1939年昆明竹园村中博院王天木研制汉马车模型(李光谟供图)

---

[1] 此件由李在中先生提供。

梁思永致董作宾（10月29日昆明寄至李庄）

此时，史语所代理所务的梁思永还在昆明留守，处理善后所务。董作宾等已先期抵达李庄。此信谈及，迁徙过程中的种种艰难。其中提及在商务印书馆编印的"殷墟"文稿中，抹去胡厚宣之名一事，因其悄然离开，带走部分材料，引起傅斯年极为愤怒。

彦堂兄：

兄廿一日（廿八日到，既快）致璋如兄函，得悉旅途狼狈状况。嫂夫人病情如何，小敏兄妹等想皆安好，同人近况如何，至念至念。购鱼肝油款，璋如兄已在纶徽兄处提取备用矣。

日前孟真兄属函询我兄（多日以前写，忘却，今忽想起！）殷墟文字之编辑列有胡厚宣之名否？如有，请兄即日函商务将其名提出、取消，不用列入。此事被弟耽搁了约一星期，希望不要误了事。

弟等（即第二批眷属家）下月十五日左右或可成行。所长沉着气了！公物寄走了约三之一（尝翻过一辆）。（三组稿件，兄的在内，在晓梅兄所押一列车中运走。）此间近来每日都有警报，（自早七时至下午四五时）昨日竟有两次；跑警报之风颇盛。房屋事已完全办清，十四日款子拿到手。我兄部份已交纶徽兄汇宜宾。我兄留下的□、□、米……等（现剩几升次米，因新米上市，不易卖，尚未出手），卖得三百余元，也交萧了。此信到时，我兄如已移李庄。私人住房不知有办法不？如方便请代购军棉花八斤。

匆此敬祝

旅安！

同人祈代候。

弟思永上 廿九，十，廿九[1]

---

[1] 西泠印社拍卖有限公司拍品 http://www.xlysauc.com/auction5_det.php?ccid=563&id=73988&n=1094

一九四一年
傅斯年致朱家骅（1月22日李庄寄至重庆）

1月18日，傅斯年从重庆匆匆赶到李庄，主持分房事宜，在牌坊头会客室召开本年度第一次所务会议，讨论迁建费结束事宜及加薪进级等各项事宜。这次所务会，标志着史语所李庄时代之始。此时，傅斯年身兼中研院总干事，于是还得向代理院长朱家骅报告行程。

骝先吾兄院长左右：

到李庄已四日，诸事纷然，迄令始获上候，为歉。船行五日，连前转船共七日，方达宜宾，在宜宾又以结束水渍公物之故，费去二日，方转李庄。交通不便一至于此。然下行船则不需如是也。所中同人均好，勿念。所迁入之板栗坳房子（即梁仲粟兄之外家也）甚为适用，只住家微有不便，亦无大不了也。只是弟未能常在此，一切困难，乃至磨擦，由此而生耳。弟恐须二月五日方可自李庄赴宜宾搭船，十日可到重庆，未知误事否？

专此，敬叩政安

弟斯年 谨上 一月廿二日

水渍公物，全损者不多，相貌改变者几无能免。能如此，仍由同人奋力抢救，详情俟写成后奉呈。[1]

南溪县李庄三十二位士绅致四川省第六区行政督察专员冷薰南（3月29日）

南溪县李庄士绅直接写信给地区最高行政长官冷薰南，要求将地方公产孝妇祠祈令南溪征收局转饬四粮税分柜，依法改由同济大学租定。为接纳安置外来的同济大学，李庄士绅仗义执言，不忌得罪地方权力部门，体现出历史的担当。

---

[1] 王汎森、潘光哲、吴政上主编：《傅斯年遗札》卷2，第824函。

窃查本镇慧光寺街之孝妇祠，原属地方公产。昔年南溪征收局在本镇筹设第四粮税分柜时，因急切间无处寻觅地址，乃向地方人士交涉，暂时借该祠办公，并声明，一经觅得相当地点，即行交还。嗣后，该局既未认真寻觅地点，而地方人士也因当时尚不需用该祠，故未提出交还问题。

去年下季，国立同济大学派员来镇觅地迁驻。绅等以同大系著名高等教育机关，政府非常重视，千里流亡，亟待整理。且高校迁来以后，对于地方文化、经济、卫生各方面均属裨益不小。维护教育，繁荣地方，其责端在绅等，万难坐视。于是，乃请区署镇公所转向该校来员交涉，尽以本镇所有庙宇租与，并代租民房多所，藉表欢迎。孝妇祠及其接连之慧光寺亦均在租定之列，而孝妇祠更系该校预定设立门诊部之所，其有益于地方亦最大。不图签约迄今，届瞬半年，各公私处所均已不顾一切困难，先后将房舍让出交付同大，而粮税分柜独延宕不迁。几经绅等向征局及分柜交涉。该局不曰：系向慧光寺住持租得；即曰：无处可迁。不思该祠既属公产，主权应属本镇全体人士。慧光寺僧，根本不能代表本地全体人民，该祠亦非附属于慧光寺之财产，自不能任意对该祠之权益有所主张。矧慧光寺僧于本年二月内，亦因同大租定该寺，自行领稳出境。即慧光寺之庙址，亦无属无权过问，对孝妇祠方面，更不容有置喙之余地。该局若谓无处迁驻，则李庄本为大镇，街房何止千间，仅可稍忍租金。另行租赁，经费方面尔可请县府在县预备费项下提拨作正报销。况本镇市区属于财委会之公有房舍，尚达数十间，该局果吝租金，又何不商请财委会，收回一部迁驻。则以公济公，既属永久，更节开支，一举兼善。孰曰不宜尤有进者？

当此非常时期，官民同有协助政府，完成抗战之义务。绅等之所以积极协助同大者，良以该校学子，对于抗建贡献甚大。盖安定同大，间接即增强国家力量。该局既为地方机关，对同大辗转流亡来此，究竟是否应当表示欢迎？人各有良，固不待绅等哓哓饶舌，而后始知基上原因。自应请令饬南溪征收局转饬分柜，克日迁让，用维教育，而重公意。为此，具文呈请钧署伏乞，俯赐察核，迅予施行。是否有当？并候指令祗遵。

谨呈

四川省第六区行政督察专员冷

　　南溪李庄镇士绅

　　张访琴 罗南陔 张芷汀 颜瑞芝 李清泉 张伯清 王家贤 王星乔 张尚志 何正宏 罗伯希 王尔遐 张筱泉 宛治卿 张鼎成 邹云华 张苑峰 何西民 张洞秋 王羽舒 杨君惠 罗吉廷 张荣山 朱子华 何义春 王友三 李守陵 黄荣芳 张仁熙 张湘尧 何仲全 李克文

　　　　　　　　　中华民国三十年三月二十九日[1]

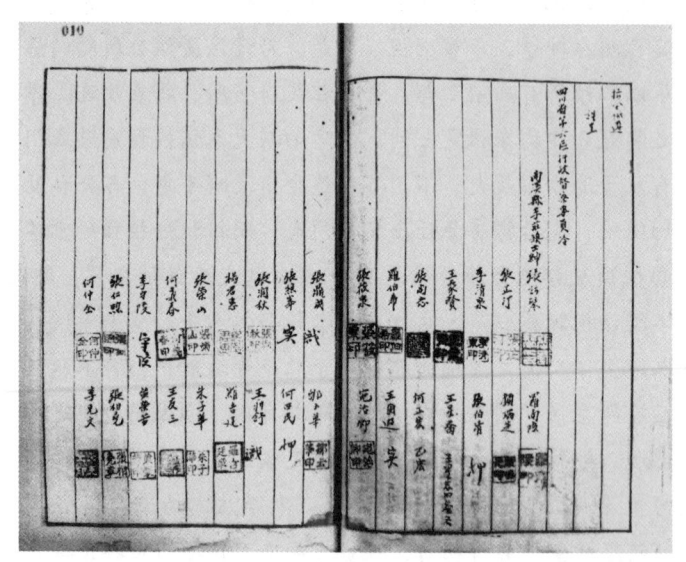

1941年3月29日李庄32乡绅致信专员冷熏南（同济大学校友会供图）

傅斯年致向达（4月22日重庆寄至昆明）

　　傅斯年因高血压突发被紧急送往重庆中央医院，病床上仍在排兵布阵，招揽贤达，筹划西北考察，熟悉中西交通史的向达是首选之人。

---

[1] 《抗战时期的四川——档案史料汇编》（下），四川省档案局编，重庆出版社，2014，1595—1596页。

向觉明先生：

久思写信，初以开会甚忙，继生大病，现卧病中央医院。敝所渴望先生来此治学，以为同人之光宠。应办手续，以前均已办就。但郑毅生先生力持异议，其来函已交陈寅恪先生，并请陈寅恪先生将此信交与先生。暑假后无论先生就北大或中央研究院，暑假后敦煌之行，什九当可办到。弟若不生病，此事早已接洽清楚，现大约六月始可出院，须俟出院时始可进行。[1]

俞大綵致李凤徵（7月31日重庆寄至李庄）

李济陈启华夫妇有两女一男。1940年初夏，次女、初中将要毕业的李鹤徵因急性肠炎在昆明早夭。当年冬，李家随史语所迁到四川李庄，长女李凤徵是全家的主心骨。她在李庄插读宜宾中学，距中学毕业已经很近，拟往重庆考点报考南开大学，于是给傅斯年夫人俞大綵写求助信。俞大綵回信欢迎，愿尽力支持。而半年后（1942年1月5日），17岁的李凤徵即在李庄因患脑炎不治撒手离去，这个家庭再次笼罩着惨雾愁云。这封信见证了一个鲜活的生命在战乱中倏忽而逝。

凤徵：

多谢你的信，因为又闹搬家，没有早回信，歉也！

听说你要来考南开，何时来？若在渝没有地方住，我们欢迎你来我们家住，其实我们并没有家，不过暂时借住此处而已。来时可先写信通知我们，有什么可以帮忙之处，我们自然尽力的设法。

山上不热，最高95度，不过每天警报九小时，敌机来五六批之多，相当可怕，我们并不躲洞。

听说李庄奇热，你们过得叫苦么？本来在昆明太舒服了。

我们从昆明出来的旅行团，不知不觉分散又是半年了。有趣的"老乡"今天给我一信，但她的信不像她本人和说话那样滑稽。

---

[1] 台北"中研院"史语所档案：IV：452—13。

来信请寄"歌乐山兔儿山顶新洋房"匆此即祝

平安！

问老姊姊好！

爷爷前请安！

          大綵

         七月卅一日下午[1]

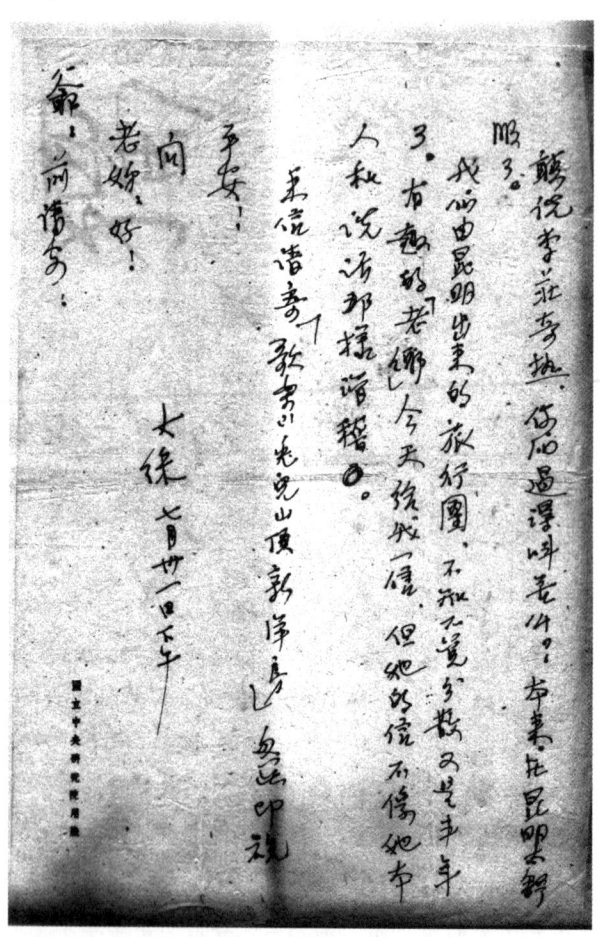

1941年7月31日，俞大綵给李凤徵的回信（李光谟供图）

---

[1]　此信由李光谟先生提供。

傅斯年致董作宾、梁思永（8月25日重庆寄至李庄）

傅斯年刚出医院，就在牵挂穷病之中的梁思成。三个月前，西南联大梅贻琦、郑天挺和罗常培访问李庄，得知"思成夫妇整天在算豆腐价钱"，于是傅斯年设身处地提出大小二种解决办法，希望能帮衬一下。

彦堂、思永两兄：

出医院后，一看物价如此，回思昆明，如唐虞之世矣。但昆明也未甚妙，近日将星云集，倭贼在雨季大炸。据联大官电，联大炸了四分之一，私人消息炸了十分之七，大约皆不对，好在学生宿舍未炸。所谓炸，恐亦只是波及，而非毁了之成数如此也。

在此物价高涨中，在李庄友人中，恐受打击最力者为思成兄。郑、罗来此，据云，思成夫妇整天在算豆腐价钱，此常人所苦，岂病人所能胜任者乎？目下思成必须先取得"公务员"资格，"教授待遇"，则稍可延长一时矣。弟意，此事有大小二种办法。

大办法为：1.将营造学社duplicate（复制）一下子，社自是社，而社中人亦组成一个"中国建筑学研究所"，属教育部；2.不直属于教育部，而为博物院之一部分，明年博物院预算中列入。但这些办法，弟以是一病人，无法效力，只是贡献一个办法而已。

小办法为，将思成改聘为本所兼任研究员，月支薪百元或百数十元，声明不在他处支生活辅助费，即可在本院支生活补助费矣。顷与毅侯谈得如此。盖弟原想用总处"专员"名义，但又不能在李庄工作，故觉如此是一法也。本所支薪少，而"补助"则为八十元外四人之米贴也。

此事可否施行，乞斟酌。通信研究员改兼任，是否须照新章"审查"，当俟企孙兄到后询之也。所务会议通过一事，则不可免耳。

弟斯年　八月廿五日[1]

---

[1] 王汎森、潘光哲、吴政上主编：《傅斯年遗札》卷3，第862函。

梁思永致李济（10月16日李庄寄至重庆）

迁到李庄的中研院史语所考古组工作已正常开展，但因辞去技术员、虚悬绘图员等原因，人手不够的矛盾凸显。梁思永希望李济能在重庆延聘。李庄毕竟太过偏僻，人才流失严重，直到抗战胜利仍是痼疾。

济之我兄：

  大约前十日有一信致兄，寄成都教育厅郭子杰转。因恐信到时兄已东行，追踪不及，特将内容重复一次。

  一、技术员张曼西君试用期满，成绩不佳，已于上月底辞去。三组绘图员一席又虚悬。请兄就便在重庆招考。关于资格，弟意：学历不必限制；年岁在廿五岁左右或以下，年青一些好；能绘画兼摄影为上选（不兼摄影亦可）；绘图以钢笔黑墨画为主（尤着重线条）；须能写生兼机械画。三组各报告大致都进到绘制图版之阶段，此项技术人员之需要甚为急切；如研究所不能供应，工作只好让实君一人慢慢做，何年何月做得完，就无法估计了。三组现积之绘图工作，非少数人短期内所能完成；这次招考，研究所如能取用二人更好。如用二人，其中至少一个须能兼摄影。

  二、西北冈器物之整理，本预定十月底完毕。今因上月廿二日、本月八至十日弟之胃病大发了四次，八日至十日几不能饮食，下山回家调养；耽误约半个月，完工之期又展迟至十一月中旬。器物整理完毕之后，即开始继续报告之编辑。报告中统计、制表、编索引等等机械工作，拟请研究所指派一专人协助。此人资格：高中毕业，年岁在二十左右或以下，头脑清楚，有耐心——总之，比普通书记的材料要稍高些。所中现似无可调用之人，请兄在渝物色。

  三、彦堂兄请兄觅聘一顶替胡厚宣的人物，嘱弟转告。

  四、请在重庆民族路一五〇号大同照相材料公司购买照相材料一批（请看附单）带回。最近放大西北冈之"花土"照片（三十余张）就差不多用掉放大纸两卷，西北冈、小屯须放大的照片还很多，所以这次买十二卷不算太多（只有不够的，不会太多）。放大照片篇幅较大（大多放为考古报告集图版版心尺寸），用药较费，所以药也须补充。

柯达（1942）一二〇胶卷，请购十七卷：五卷研究所购，十二卷璋如兄自购。璋如兄之十二卷请另算，勿开入研究所发票收据；此十二卷之购价请兄与毅侯先生商量，暂由总处垫付，由其下月薪俸中扣除。一切偏劳，至感。

令尊大人于昨日由启生兄陪伴，赴宜宾医治眼病。

专此顺颂

旅安

弟思永 上
（民国）三〇、一〇、一六[1]

1940年代，李庄板栗坳戏楼台考古组办公地（台北"中研院"史语所供图）

---

[1] 此信由李光谟先生提供。

周均时致四川省第六区专员公署（10月27日李庄寄至宜宾）

查本校本年度因新招学生过多，原有校舍不敷应用，李庄市区偏小，租屋颇为困难。兹闻四川省银行李庄仓库所租之禹王宫及先农公司所租之土主庙，均经南溪县政府接收管理。而省银行仓库存货无多，先农公司则更因迄未恢复营业，空而未用，均易迁让，为特函达，即希查照。惠允转饬南溪县府及原租人解除租约，将两处房舍让与本校作为教室及实验室之用，无任公感！

此致

四川省第六区专员公署

校长　周均时
中华民国三十年十月二十七日[1]

傅斯年致向达（11月8日重庆寄至昆明）

傅斯年母亲在重庆去世，向达致信悼念。傅斯年回信直奔主题，希望向达早下决心，安排好家事，尽快赴西北考察。

觉明先生左右：

远承吊问，至感至感。昨接中英庚款会一信，兹奉上，看来此事必须作一段落，即先生自本月或下月份起，不作北大之专任教授，即作敝所之专任研究员，敝所之决定请先生，早此一年已经决定，未知已收到聘书否？但职员录上则已列入矣。（此文书处但据发聘记之也）故。驾来敝所，极其欢迎；但北大不肯放，其情真挚。好在所作同一之事，即是到敦煌去，两者似无所分别。乞先生就近商之于北大诸同人，并乞示知至幸。

去敦煌事，已与济之先生谈好，决请先生于明年四月前往，同行者有吴虞铭、劳榦、夏鼐诸氏（或不全去），或有徐旭生先生，但他

---

[1] 四川省档案局编，《抗战时期的四川——档案史料汇编》下，重庆出版社，2014，1597页。

们工作不在敦煌，在敦煌者，只兄一人。此外，济之先生颇思请一位专治佛教艺术者，然亦不得其人也。此行费用足可支持二年，请即放心准备。如有团长，当即济之先生自己。彼亦不研究敦煌也，故此事即是先生一人作之耳。前谈（传闻）请黄君作团长者，叩之多人，无此说也。

既准备此行，则不免安排家事，宝眷是否拟送往湖南？果作此计，不免有所费，假如有现成稿子，可卖给史语所（以前此例极少），此时生活主事实如此，不能不达变耳，或以书转让，均无不可。吾辈同行皆落难者，故直陈之，当不怪也。其实家眷往西北亦无不可，但太远耳。弟本月内（月尾）赴李庄。专此，敬叩

著安

弟 斯年上 十一月八日[1]

注释：

吴虞铭：吴金鼎，字禹铭。

黄君：黄文弼（1893—1966），字仲良，时任西北联合大学历史系教授。

汤用彤致李济（11月22日昆明寄至重庆）

1941年至1942年，中研院、中博院、中国地理所三家拟组西北史地考察团。李济筹划此事时想借助向达，遂写信向西南联大文学院负责人汤用彤求助。汤先生回信表示尽力玉成。

济之学长尊前：

敬启者。顷觉明出示吾兄来书，知西北考察团已着手组织，擘画周详，至为钦佩。敦煌一组约觉明担任，允称得人；北大同人自均赞成，盼其能如期成行，共襄盛举。觉明于考察期间薪水自由北大照拨。惟昆明物价飞涨，近数日来米价涨几三倍，觉明薪水自只敷此间家用。其考察期间个人旅费及日常用度，想均由考察团经费内支出。来书于此未见

---

[1] 王汎森、潘光哲、吴政上主编：《傅斯年遗札》卷2，第865函。

说明，伏希便中　示知为荷。敦煌考察计划及其他事项，觉明当另有书上陈。此上并颂

　　侍　安

弟　汤用彤
十一月廿二日[1]

一九四二年
李济与傅斯年往复书信（3月27日、3月30日）

1942年1月5日，李济因再次蒙受爱女病亡之恸，心情抑郁，夜不能寐，故想辞却一切行政工作，潜心案头研究。此信于3月27日由李庄月亮田送山上板栗坳，呈交傅斯年。

孟真吾兄：
　　前日所谈，感弟至深。弟亦自知最近生活有大加调整之必要，但恐西北之行（未尝不愿）未必即能生效，或将更生其他枝节。数月以来，失眠已成一习惯，中夜辗转，窃念研究所自成立以来，所成就之人才多矣，而弟愧不在列，有负知己，诚不自安，然此亦非弟一人之咎。弟自觉今日最迫切之需要，为解脱，而非光辉。衷心所祈求者为数年安静之时间；若再不能得，或将成为一永久之废物矣。不尽欲言，专此即颂

　　研安

弟　济
卅气、三、廿七日

蒋慰堂信祈赐还为荷

3月30日傅斯年复信，由李庄板栗坳送月亮田李济处，笔下诚挚坦率，既设身处地劝慰，又不乏激励之意。

济之兄：

---

[1] 此信由李光谟先生提供。

惠书敬悉,深感深感!大约四十为一大关,过此不能不宝爱时光矣,弟之大症,有一好处,即能辞去总干事也。虽今日治学未必有望,而在总干事任中必无望。援庵之"开快车"(彼亦同感而言),寅恪之"损之又损"……,前者弟不能,后者弟亦求其如是矣。兄目前之事,不在博物院,而在精神之集中。博物院事,似乎办事人不比史语所少,兄可不必多操心(此人劝我语,兄或鉴于裘事,然彼等事不能再有?亦不可有反常之心理也)。安阳报告固为一事,此外似尚须有一大工作,方可对得起此生。弟所以劝兄一往西北者此也。总之,治学到我辈阶段,无所著述,甚为可惜。兄之一生,至少须于安阳之外再有一大事,方对得起读书三十年也。然西北不过是一法;其他亦有法,要看战事如何耳。我之一病大约是一无结局,故此等问题多不敢想也。匆匆敬叩
日安

弟 斯年 上
三月卅日[1]

1938年桂林,左起傅斯年、梁思成、李济、李方桂(李光谟供图)

---

[1] 由李光谟先生提供。

向达致曾昭燏（9月22日敦煌寄至李庄）

向达赴西北，家眷安置李庄，心生忐忑，惆怅无既，嘱咐友人曾昭燏"推屋乌之爱，曲予庇护训诲"。这种不安也会传递给所有的相关人，当然首先是折磨自己。

昭燏先生左右：

十八日目送"长远"下驶后上岸，始觉人生聚散靡常，惆怅无既。当日下午上"渝丰"轮，次晨离叙，夜宿泸县。廿日下午六时抵渝，即赴上清寺，见到王毅侯和陶、梁诸公，今晨接到通知谓：廿三日可以飞兰。拟明晨赴沙坪坝一行，应办之事，匆匆了结，一切只有到西北后再说。全君汉昇大约于十月间返李庄，托带短书数册，即以奉赠。所抄《人间词》，书写恶劣，句读错误，亦无暇更正，聊供左右之一笑而已。舍下在李，敬祈推屋乌之爱，曲予庇护训诲，感盼之至。到西北后，并望不遗在远，时赐教言，下情祷祝。孟真先生处，俟到兰后再详细函告。左右见到时乞先为致意，幸甚！幸甚！匆匆即叩著安，并祝珍重

向达载拜　九月廿一夜

今日清晨在沙坪坝会到大缜、大纲两先生，精神甚佳，堪以告慰。至于舍下将来是否迁居镇上，还恳左右代为斟酌。琐屑劳渎，五衷感荷！

廿二日又上[1]

向达致曾昭燏（9月26日敦煌寄至李庄）

此信述旅途见闻及未来打算，颇为欣忻。

昭燏先生左右：

廿二日在渝曾发一函，想荷察及。廿三日因飞机未能起飞，耽搁一日，遂往访大纲兄，纵谈甚欢。晚间同大纲兄往谒其太夫人，并见到令

---

[1] 向达著：《唐代长安与西域文明》，商务印书馆，2015，678—679页。

妹，候大维先生未归，怅然而返。廿四日仍未能成行，连日阴雨，无聊之至。廿五日午刻，始自渝起飞，下午四时，安抵兰州，堪以告慰。自上空下窥，甘蜀两省，似以秦岭为其大限。蜀省重岭叠嶂，青翠扑人；一入甘境，便是黄土地带，俨然塞外风光。兰州城外，满目荒凉，城内市容，甚为整洁。中山先生以兰州为沿海区与内陆区之交点，诚有所见也。此地水果绝佳，菜蔬亦好，冬季与北平不相上下。在平时不失为一居住佳地，唯近来物价上涨，与重庆不过伯仲之间，未免有居大不易之感耳。

劳、石二君有信来，敦煌工作大致告一段落，留抄题记一事，待达结束。彼等折往居延，从事发掘。二君盛意，颇可感激。达拟在此稍稍准备过冬用具，并参观私人所藏敦煌遗物及附近古迹，然后西行，独游河西一带，至敦煌留月余日，即行东归。所注重者，仍在将来考古工作之可能程度，以及工作站地点之选择诸项，希望于此等事能稍献刍荛。若云发见，则只有另待高明矣。不识左右将何以教我？达西行之期，大约在十月初，到敦煌恐须在十月下旬，如荷赐教，请迳寄甘肃敦煌转千佛洞达收。航快半月可到，平信则不知何日矣。孟真先生处，稍迟当去函告知一切，见到时便乞先为致声，感荷感荷。率陈，不尽所怀，即颂著安

向达 载拜上自兰州 九月廿六夜

天木兄托带挽对，已请人送去，乞转告释念为幸[1]

王献唐致屈万里（9月29日、11月19日）

屈万里曾就读于北平郁文学院，自语"那是一所野鸡大学，我在那里挂单过一年"。然其旧学根底甚深，人品好且办事能力强。抗日战争爆发时，他是山东省立图书馆编藏部主任，协助馆长王献唐将金石器物、书籍、书法、名画、拓本等运往四川万县保存。最后转移至四川乐山"大佛寺天后宫内大佛一侧隐而不露且朝向好、易干燥的崖洞"。

---

[1] 向达：《唐代长安与西域文明》，商务印书馆，2015，679—680页。

1940年蒋复璁在重庆创办中央图书馆，屈万里成了蒋的助手。1942年傅斯年邀其到李庄史语所，整理殷墟发掘近四千块的甲骨文残片。8月11日经史语所所务会议决议，"拟请屈君为助理一年，另有合格著作再行升任"[台北"中研院"史语所档案：李3-2-14。]。蒋复璁百般劝阻，坚不允辞。一直争取到1943年1月下旬终于放行。屈万里赴李庄史语所，在考古组工作，花了三年苦工，默默地把许多碎片凑成完整的甲骨，耐心辨析上面的文字，发表了《殷墟文字甲编考释》，并开始把考古得来的新知识用在研究《周易》《诗经》等古籍上。1943年3月8日，王献唐也来到李庄板栗坳。以下两封信，是了解屈万里以及王献唐到史语所的背景。

翼鹏老弟左右：

赐函及孟真笺，均悉。孟真求贤爱才之意甚殷，此种精神，今人启易得哉！仆反复思之，弟仍是到孟真处好。孟真为人热肠，人无阔人习气，为学问、为交友，此机会不可失也。孟笺并交达生阅过，兹附还。仆所借之书，在交代前必奉遣。《史记·平准书）记白金三亦谓：天用，莫如龙；地用，莫如马。索隐谓：易云：行天，莫如龙；行地，莫如马。其文不见于经。《李氏集解》引干宝注有之，以《平准书》求之，知本西汉经师旧义，干氏沿用之。顷解白金，偶及此，并以附闻。此请着棋。

献唐拜上 九月廿九日

翼鹏老弟左右：

日前晋城晤蒋慰堂，彼对弟事，言已见孟真及朱先生，允许暂不调李庄。又言弟如何精进勤奋，在馆工作，绝不妨碍。弟之研究学问，弟欲如何则如何。其言甚长，大抵如弟所闻。惟言孟真曾介绍一人代弟，彼不同意。最后又言，求得一研究版本者，尚非甚难，求如弟之忠信可靠者，则无其人。馆中以善本为最重要财产，非得弟掌理，即不放心，嘱仆转求弟万勿萌去志。情词甚切，其最后数言，仆甚动心，以为其事确也。仆意，在可能范围之内，不宜过于决绝。孟真处，随时可往，能至日后可行之时再行，亦是处世一道，请弟裁之。

仆在此，已幸得摆脱一切，定星期内回乐山，能往李庄与否，尚不可定。因会中尚有一顾问名义，拟并此一并去之，专心在乐山完成个人之著作。《货币号》已十成其九，过此则为《殷周名制甄微》。在抗战中，能饿不死，且赚得两部书，胜于奔逐于无聊之环境中，结果一无所有也。人要算总账，愿共勉之。

日前再与达生访孟真，又未见。彼本言到山一谈，以有便轮遂返李庄。临行时来信，甚欢迎。仆往李庄，亦不知闻何人语也。《古泉汇》仍须续借，拟带往乐山。如弟交代时，仆可函蒋借之，负责寄回也。

此请大安。

王献唐 顿首 十一、十九[1]

注释：

达生：孔德成，字玉汝，号达生，孔子第77代孙，袭封31代衍圣公、大成至圣先师奉祀官。屈万里时为孔德成伴读，任奉祀官府文书。

蒋慰堂：蒋复璁，号慰堂。江南著名藏书家蒋光煦曾孙。1923年北京大学哲学系毕业。时为迁至重庆的中央图书馆馆长。

1944年9月1日，王献唐致文史学者张希鲁的信札（采自拍卖公司网页）

---

[1] 山东省图书馆、鱼台县政协编：《屈万里书信集·纪念文集》，齐鲁书社，2002，26—27页。

吴金鼎致李济（9月某日成都华阳县牧马山寄至李庄）

其时，吴金鼎正在牧马山参加汉墓发掘，他在向李济的工作汇报中，表达战时条件下田野工作之种种难处，以及未来的学术雄心："希于三年期内愿见中央博物院所有藏品在全国居首位，并使自己在汉代考古学上得有一知半解。"

济之先生赐鉴：

今日阴雨，暂停发掘，谨以余暇略谈此间工作。

墓四于八公寸下出一残陶器及红漆皮一大片，其所在平台，非民居遗址而为墓，证据更多。墓五探坑已延长至十五公尺。由芗珊兄处得悉先生近来除研究工作照常努力外，处中一切较前更加繁忙，然终能克服困苦，热心推动事业，如此艰苦卓绝，鼎闻之钦佩至极。此间工作有时不免些小阻难，鼎等愿本先生之精神，并竭驽钝之力以赴之，诸端当可顺利进行也，请勿念。

今春鼎在蓉参观华大及四川博物馆时，私立小小志愿，希于三年期内愿见中央博物院所有藏品在全国居首位，并使自己在汉代考古学上得有一知半解。自发现牧马山葬地后，此志益坚。近与芗珊兄仔细计议，拟于短期内多开几墓，冀天从人愿，在江水大退前获有特殊重（要）发现。如所望不达，即载运所获遄返李庄，约可省下今年预算内两万元，留供他处发掘之用。如果有重要发现，一面继续此间发掘，一面运送出土物往李庄，庶不误来春之展览。鼎所愿如此，敬以陈述，乞裁夺。际此非常时期，各机关事业进行有时难按原定计划，将来发掘工作是否可以继续，自亦视国家大局而定，是鼎所深能谅解。今特早日以所愿求助于 先生，愿在指引之下，趁留川机会，尽力代博物院搜集标本，并增长个人学识，为公为私，苟得如愿以偿，则感戴之忱，更将倍于往日矣，专此，敬颂

著安

学生 吴金鼎 拜上
九月 在牧马山十七保周姓家[1]

---

[1] 此件由李光谟先生提供。

夏鼐致李济（10月24日浙江温州寄至李庄）

1941年，夏鼐自英国留学归来，即被聘为中博院专门设计委员，参加川康古迹考察团赴彭山考古汉墓。当年12月中旬，夏鼐返浙江温州探亲。本拟在家完成博士论文"埃及古珠考"，因日寇窜犯温州，只得滞留家乡，直到日寇退出。就在他身陷困境时，忽然接到李济1942年10月一份电报，告知已与中研院代院长朱家骅商妥，聘他到中研院史语所任副研究员，还给夏鼐借到返川路费，让他感激不已。

济之先生大鉴：

温州收复后，生曾于八月廿三日奉上一函报告一切，谅已达座右。接奉十月十三日来电，知已与朱院长商妥约生入史语所，并允旅费由所负担，备蒙照拂，铭感之至。生当即电复朱院长并请其转达座右，俟生私人研究工作结束后，当即首途赴川，同时以来电中有"如需旅费，可向浙省党部书记长徐浩兄处移支，由所拨还"一语，故生又函致徐先生，告以明春始能首途；关于旅费一层，俟行期决定后再行接洽。

生此次返里拟乘家居之暇将《埃及古珠考》（*Ancient Egyptian Pearls*）一文写完，不幸以日寇骚扰多所旷误。自日军退出温州后，生即继续工作。现已写至the 1st Intermediate Period。开始时起例发凡，多费斟酌。现下工作较为顺利，大约阴历年关可以竣事。以后将全篇加以修改补正，明春可以脱身赴川。生于此篇论文，已费多年搜集之工夫，不欲功亏一篑。一俟此项工作完毕，此后余生即可用全力从事于中国考古学，决不辜负吾师提拔后进之苦心，惟恐以不舞之鹤为羊公辱耳。

此数月来川康古迹考察团及西北考察团谅必有新发现，不知明年工作已有具体计划否？如能先期示知，俾生有所准备，对于将来工作进行或将有所裨益。闻傅先生血压过高病仍未痊愈，而梁先生肺疾又复发，诚属不幸之至，不知近来如何？尚乞代为问候。温州晚禾丰收，现下白米每元可购一斤六两，惟蔬菜颇昂，猪肉每斤六元，黄鱼每斤四元，然较之川中物价，恐仍是小巫见大巫。生饮食起居自知谨慎，望勿念。余容后陈，此上，即请

研安

　　　　　　　　　生　夏鼐　上
　　　　　　　　　卅一年十月廿四日[1]

注释：
　　不舞之鹤，喻人之无能，既为自谦，也趁此表达谢意。典出《世说新语·排调》："昔羊叔子有鹤，善舞，尝向客称之。客试使驱来，氃氋而不肯舞。"

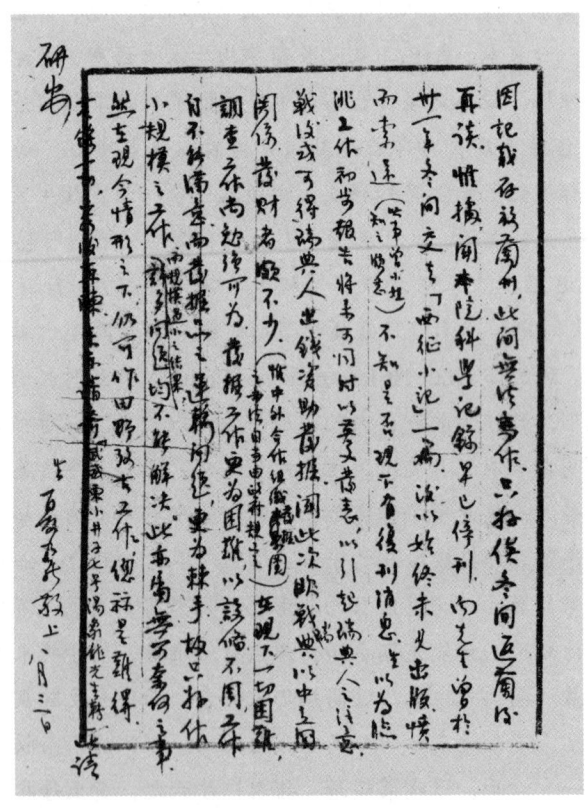

1944年8月3日，夏鼐致李济信（李光谟供图）

---

[1]　此件由李光谟先生提供。

向达致曾昭燏，附致李济、傅斯年书（11月5日敦煌寄至李庄）

这是向达在敦煌发回来的一封信。作为学者个体，是向达的厄运之始，因触犯张大千也得罪张氏背后庞杂的社会关系；与张氏的纠葛，也使自己难以继续在敦煌工作生息；但作为一个宁折不弯的学者，也赢得学界尊敬。敦煌的保护，尤其是敦煌艺术研究院的建立，也才由此提上议事日程。此信及附件，是了解张大千"损毁文物"这一公案的另一视角。限于性格的原因，或不无偏颇之处。祈读者鉴。

昭燏先生左右：

南湖归来后，曾上一函，略告游踪。比又奉十月八日赐教，真不啻空谷足音，欣慰之情，匪言可喻。入冬渐寒，伏维起居万福，下情不胜祷望之至。自上月廿三日归千佛洞，至今又将半月，诸窟流览，已得三分之一。最近骝先先生来电，嘱暂留此，不必亟返，西北工作，尚待继续，正拟明年计划云云。达拟在此再留三月，将千佛洞逐窟作一详细纪录，于每一窟之壁画塑像名目、保存情形、前人题记等一一备录，整理蒇事，往安西万佛峡一游，再访布隆吉遗存洞窟，然后东归酒泉，以待后命。

唯近日在此耳目闻见，深觉日前千佛洞最急迫之事，为收归国有，正式在此设立管理机关，此实为刻不容缓之举。盖张大千氏以一江湖画家，自去岁以来，举室迁居此间，雇用喇嘛四人，益以子姬学生之助，终日在此临摹北魏隋唐五代壁画。临画本是佳事，无可非议，而此辈对于壁画，任意勾勒，以便描摹，梯桌画架，即搁壁上，是否损及画面，毫不顾惜。并即以洞窟作为家人卧室，镇日上锁，观者裹足。而最足令人愤恨者，为任意剥离壁画一举。千佛洞各窟，往往有为北魏隋唐原开、经五代宋元人重修者。画面偶尔剥落破损，原来面目，暴露一二。张氏酷嗜北魏隋唐，遂大刀阔斧，将上层砍去。而后人重修时，十九将原画划破，以使灰泥易于粘着。故上层砍去后，所得者仍不过残山剩水，有时并此残山剩水而亦无之者。如张氏所编三〇二号窟，窟外经宋人重修，张氏将宋画剥去，现唐人所画二天王像，遂继续将此窟门洞宋人所画一层毁去，下乃一无所有，而宋人画已破碎支离，不可收拾矣。诸如此类，不一而足。

夫千佛洞乃先民精神所聚，为中国艺术上之瑰宝，是国家所有，非地方个人所得而私。张氏何人，彼有何权，竟视千佛洞若私产，任意破坏，至于此极？此而可忍孰不可忍！因以三日之力，写成《论敦煌千佛洞之管理研究以及其它连带的几个问题》一文，约近万言，主张将千佛洞收归国有，交由中央研究院或中央博物馆一类之学术机关管理，在此设立千佛洞管理所。对于研究千佛洞艺术应注意之点，亦略陈鄙见。千佛洞如不收归国有，设立管理机构，张氏在此更二三年，将毁坏殆尽，不可救药矣。文今随函附呈，伏恳左右为仔细斟酌，文辞主张如有不妥之处，即请痛加删正（第四段迹近蛇足，如觉不妥，可以完全删去，将题目稍为改正。文中有数处，亦行删去。一切请不必客气，予以教正为感为幸），交孟真、济之两先生一看。如觉可用，请找人另抄一份，一寄重庆《大公报》，一寄昆明《云南日报》，能在十二月二十五日全国美展前后发表更佳。希望能引起社会注意，使千佛洞收归国有，托付有人，不致竟葬送于妄人之手，岂不幸甚！（用真名或"方凹"笔名发表，请代为斟酌。并请孟真先生函介《大公报》。）

离川时本自约不写一字有关敦煌文章。此是宣传文字，与作研究论文不同。左右或不致笑其出尔反尔也。关于研究院寄滇二千元事，承告济之、孟真两先生盛意，感激之至。毅侯先生为人，达虽未深知，然曾与育伊兄有同事之雅，分属前辈，岂容有所误会。近来在此，微有所悟，以为河西四郡与千佛洞萦诸梦寐，已历年所。七月间举室入川，倾家荡产，在所不惜，所为者即此一事。今竟得酬素愿，朝夕晤对古人，自视此身，已同尘土，何况区区身外之物。请告孟真、济之两先生，此事不必再提。方命之处，并祈宥凉。幸甚幸甚。舍下诸承嘘睎，衷心铭感。启示种种，具征高谊，冒昧云云，未免言重，所不敢当也。此间气候，早晚已达摄氏零度，唯尚可忍耐，不碍工作，乞释注念。谨此上复，不尽视缕。即叩著安

向达载拜上自敦煌莫高窟 十一月五日

上 孟真、济之先生一函，便恳转致。感荷感荷。

附：致李济、傅斯年书

济之、孟真两先生侍右：

自兰州西行以后，途中曾发短函，略告行踪，唯以行旅匆匆，苦未能尽。兹谨综合月来经过，视缕上陈，聊当报告，伏祈察鉴，幸甚幸甚。

九月三十日与甘肃水利林牧公司接洽妥当，附公司经理沈君怡先生车西行。十月一日晨八时发兰州，薄暮抵武威。次日在武威停一日，往看大云、清应诸寺。民十六地震，两寺全毁，所余不过断瓦颓垣，两塔亦倾圮过半。民众教育馆在文庙内，西夏碑以及南山所出唐墓志十余方，俱在馆内。曾托馆长王君，觅人各拓二份。并见青海王墓所出二磁尊，武后时物，釉色佳绝，形制亦雅，中国陶磁史上珍品也。三日晨发武威，暮达张掖。四日复在张掖留一日。张掖一无可观，所谓卧佛寺、西来寺，皆明清两代所建。四日曾往游城外天主堂果园，晤德籍神甫常德辅，询知元代甘州路十字寺，约略在今城隍庙。是日复在城内一小摊上得西夏钱一枚。所获者如此而已。唯武威、张掖，流泉淙淙，阡陌纵横，有似江南，此则西来所不及料者耳。五日发张掖，下午四时抵酒泉。君怡先生以须察看酒泉水文情形，遂在此留两日，至后即往测候。所询贞一、璋如二兄，则已于一星期前赴额济纳河。地理组李承三、吴印禅、周廷儒三君，亦于三日前西去。酒泉城郭无可游之地，无可购之物（日货充斥市面）。即有，亦视武威、张掖为昂。在此两日，唯补写日记、信件而已。八日发酒泉，九时半过嘉峪关。以公路距关城尚有三四里，未及登临。十二时半玉门关，一时半继续西行。公路沿疏勒河北岸，沿途荒碛大漠，遥天无际。而古城烽燧遗址，亦迤逦不绝，其中大都已见斯坦因地图。下午四时抵安西，宿飞机场，场在安西废城外。废城西垣为风裂成缺口十余，城内亦流沙湮塞，安西风力之猛，于此可见。九日晨发安西。安西、敦煌间公路尚未竣工。车沿三危山麓向西，微偏南。行戈壁中，尚不崎岖。途经瓜州、甜水井、疙瘩井，俱未停。下午二时入敦煌城，往访县长陈冰谷先生，接洽一切。知地理组诸君，已于三日前抵此，即寓县政府，时适外出，未获晤见。草草进餐。五时左右，即偕君怡先生及同来诸人策马赴千佛洞，八时始达，寄寓中寺。

贞一、璋如二兄，以前即寓此。十日上午陪君怡先生诸人参观各窟，下午地理组诸君亦来，相与长谈，约同游南湖。十一日，君恰先生及同来诸人东归，陪同进城，略购应用诸物。十二日独返千佛洞。十三至十五日泛览各洞。时李承三君因疾于十二日搭便车先返酒泉。十六日与吴、周二君及教育部艺术文物考察团卢善群君一同进城，准备往游南湖。十七日自敦煌雇大车西行七十里，宿南湖店。戈壁中破屋三间，供行旅住宿。一老者在此照应，形貌略似钟楼怪人。十八日晨发南湖店，五里即西千佛洞。地临党河北岸，绝壁临流，上凿洞窟。洞前白杨成列，略有田畴，与千佛洞相仿佛，唯稍小而已。西千佛洞今存十五窟，可以登临者九窟，余六窟俱在绝壁上，无由攀缘。十八日晨在此盘桓时许，二十日上午又在此徘徊半日。西千佛洞各窟大都北魏所开，壁画以及窟内中心座形式，与千佛洞大致相同，而更真率，时代或较敦煌者稍早。供养人题名有比丘昙藏、比丘尼惠密及女供养人田青等可识。艺术造诣上虽不及敦煌之博大精深，而在历史上却颇耐人寻思。此为斯坦因、伯希和游踪所未及者。十八日下午四时抵南湖，次晨策马游古铜滩、红山口、水尾、古寿昌城诸地。阳关遗址，聚讼纷纭，陶保廉氏谓应在红山口，揆诸形势，似乎近是。十九日下午六时，即驱车东归。廿日晨四时抵南湖店休息半日，往看西千佛洞。下午一时东行，晚八时返抵敦煌。吴、周二君留城候车东归（二君于一日搭便车赴安西）。卢君与达于廿三日返千佛洞。归后至今，又将半月，泛览诸窟，已毕三分之一。目前计划，拟普看三遍，将各窟壁画、塑像保存情形，供养人题识诸项，逐窟详予纪录。其中北魏、隋、唐、五代诸窟，供养人题识，明著年代者，往往有之。今即以此诸窟为尺度，藉以鉴别各窟年代及其异同。预计再有三月，可以藏事。

最近得骝先生廿四日自渝来电，谓：西北工作，尚拟继续，正准备明年计划，嘱达留甘，勿遽返川云云。达拟俟敦煌工作，整理就绪，即赴安西，往访万佛峡。布隆吉传有洞窟，亦拟一看，然后东归酒泉，以待后命。明年计划如何，有何指示？并恳随时示知。感盼感盼。至于千佛洞目前最迫切之举，为亟应收归国有，交由学术机关负责管理，否则后悔无既。张大千氏以一江湖画家，盘据此间，已历年余，组合十余人，作临摹工作，任意勾勒原画，以便描摹，损坏画面，毫不顾惜。

且以洞窟作为卧室，镇日关锁，游人裹足。尤其令人愤慨者，为擅自剥离壁画。张氏崇拜北魏、隋、唐，遂以为宋以下无一可取，凡属北魏、隋、唐原开而经宋元重修者，辄大刀阔斧，将宋元壁画砍去，以求发见隋、唐作品或年号、题识，唯日孜孜，若恐不及，似此更二三年，千佛洞遭罹浩劫，将不知伊于胡底矣！因以三日之力，写《论敦煌千佛洞的管理研究以及其他连带的几个问题》一文，亟论千佛洞有收归国有及设立管理机关之必要。于研究方面及其他问题，亦略陈鄙见，希望能引起舆论注意。文亦寄交曾昭燏先生，请其转陈求教。如以为尚有可采，拟恳孟真先生代为介绍，送登重庆《大公报》；另觅人重抄一份寄昆明《云南日报》（抄费若干，请从昆明寄达薪水中扣除）。以能在十二月廿五日全国美展开会前后刊登为最好。文中如有不妥，并祈赐予刊正，幸甚幸甚。

重庆寄滇二千元事，亦承昭燏先生转达两先生盛意，极感殷勤。育伊兄与达有同事之雅，毅侯先生分属前辈，达绝不敢有所误会。毅侯先生已将借据收下认可，事成过去，两先生可以不必再提。方命之处，仍祈有以谅之。在兰时以制备行装等等，西行时款不够用，当向科学教育馆借二千元，方能成行。九月卅日曾发一电又一航快函，请毅侯先生将此款电汇兰州科学教育馆。月来未闻消息，是否照汇，不得而知。科学教育馆经费奇绌，希望不致因此累及友朋也。日昨敦煌县长陈冰谷先生至此，谓：敦煌近因征购粮食，巾面面粉小麦顿形短缺，属为未雨绸缪。因即托其设法购存小麦一石，以备缓急（此间麦价每石五百六七十元至六百元，重四百斤）。所余款项，恐难维持至阴历年底。前数日曾迳电骝先生，请其汇款矣，祈释锦注为幸。此间温度，早晚至摄氏零度，以燃料困难，室内并未生火，唯尚能忍耐，不碍工作。谨此上闻，唯希垂察。即颂道安

后学向达上自敦煌千佛洞 十一月五日[1]

---

[1] 向达：《唐代长安与西域文明》，商务印书馆，2015，689—693页。

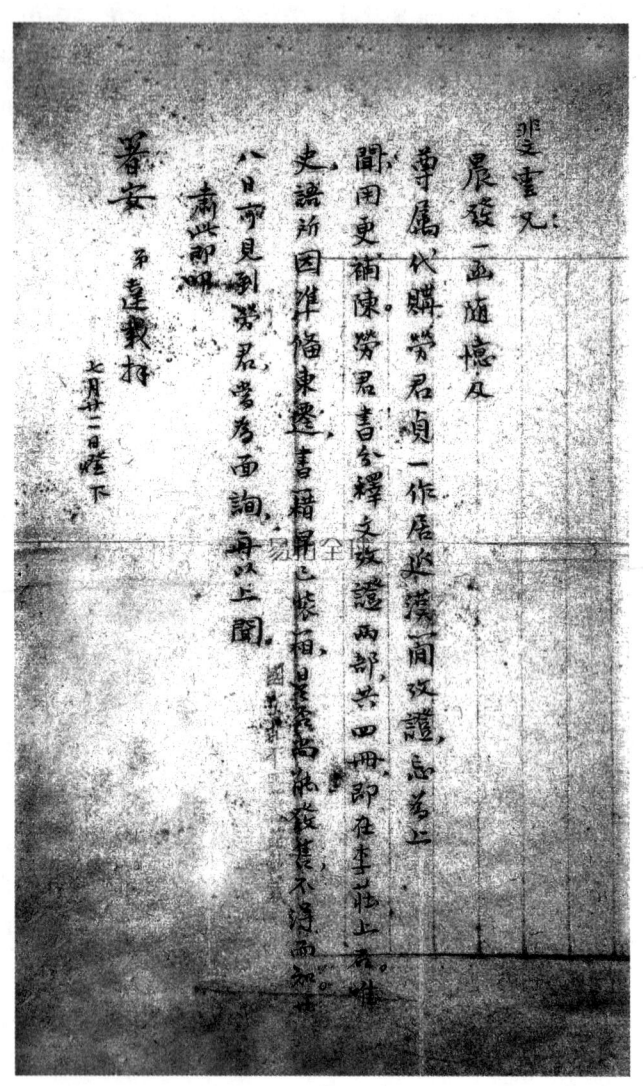

1946年7月22日，向达致赵万里信札（采自拍卖公司网页）

傅斯年、李济致于右任（12月5日李庄寄至重庆）[1]

右任先生院长赐鉴：

在渝得聆尘教，并获观新拓秘本，侍食麦饼馒头，欣佩何似。近维政躬绥和，至祷至祷！

兹有陈者。去年年底，济接四川省立博物馆馆长冯汉骥、华西大学博物馆馆长郑德坤两君一函，谓卫聚贤君自敦煌考古归来，在成都公开讲演，有云：敦煌千佛洞现尚保有北魏、隋、唐、宋、元、明、清历代壁画，张大千先生刻正居石室中临摹。惟各朝代之壁画，并非在一平面之上，乃最早者在最内，后来之人，于其上层涂施泥土，重新绘画，张大千先生欲遍摹各朝代人之手迹，故先绘最上一层，绘后将其剥去，然后又绘再下一层，渐绘渐剥，冀得各代之画法。冯、郑二君认为张先生此举，对于古物之保存方法，未能计及，盖壁画剥去一层，即毁坏一层，对于张先生个人在艺术上之进展甚大，而对于整个之文化，则为一种无法补偿之损失，盼教育部及中央古物保管委员会从速去电制止。斯年等得此函后，对于冯、郑两君之意见，深表同情，惟以张先生剥去壁画之举，冯、郑两君未尝亲见，仅凭卫君口说，或有失实，深恐有伤贤者，故未敢率尔上尘清听。以后间接闻之教育部派员前往者，亦作同样说法斯年等亦未以奉陈。本年夏，西北史地考察团组成，延聘西南联大教授向达先生参加，向君为史学界之权威，其研究中西交通史之成绩，又早为中外人士所共晓。九月间，由渝飞兰，西至敦煌，顷接其来函，谓在千佛洞视察一过，并与张大千先生相识。张先生雇用喇嘛四人，益以子侄学生之助，终日在石室内临摹壁画，壁画有单层者，有数层者，数层者由历代加绘积累而成。张先生酷好北魏、隋、唐，遇宋、元、西夏之画加于北魏、隋、唐上者，即大刀阔斧，将上层劈去，露出

---

[1] 本函有拟稿并经傅斯年修改本（档号：Ⅰ：68）、那廉君抄件（档号：Ⅰ：69、111：807及油印件（档号：Ⅲ：807）等四种，字句略有出入，合并整理。又按：附件一：《冯汉骥、郑德坤来函》（油印件，档号：Ⅲ：808）；附件二：向达《论敦煌千佛洞的管理研究以及其他连带的几个问题》，"傅斯年档案"中未见，据荣新江编《向达先生敦煌遗墨》，北京：中华书局，2010，页308，328至323。

下层。往往上层既毁，下层亦因之剥损，其已剥出或损坏之画，窟号画名，多可指出，且间有张先生题识为证，例如在〇二号窟外面天王像上题云："辛巳八月发现此复壁有唐画，命儿子心智率同画工□□、李富，破三日之功，剥去外层，颇还旧观。欢门侪叹，因题于上。蜀郡张髯大千。"又，临摹之时，于原画任意钩勒，梯桌画架即搁壁上，如何损及画面，毫不顾惜。向君认为此种举动，如尚任其继续，再过二三年，千佛洞壁画将毁坏殆尽，因草成《敦煌千佛洞之管理研究以及其他连带的几个问题》一文，寄来此间，斯年深觉向君此文，关系重大，埋没可惜，故油印廿余份，分送有关艺术之友人。文中未提名指斥张大千先生，盖愿国宝之保存，非求私人之争执也。窃念张先生艺术名宿，潜心摹古，造诣之深，固当为今日艺术生色；然敦煌千佛洞为我国无上瓌宝，举世共知，似不能因一二人兴趣之故，加以毁伤，即欲研究北魏、隋、唐古画，亦当先会同国内外考古学家及化学专家，研究出一妥善办法，壁画剥离之后，上下层均可完全无恙。在此办法未筹出以前，宁可任北魏、隋、唐古画隐于宋、元画之下，万不可轻率从事剥离，以致两败俱伤。按，张君自剥自题，足征并不讳言此举。然则张君亦非有意为害，特缺少保管，与物主见识耳。我公国之元老，于开济经纶之外，领袖群伦，发扬国故，必不忍坐视千年珍贵之文物，日渐损坏。敢乞即电张先生，于其剥离壁画、任意钩勒，以致涂污，及将梯桌画架靠壁搁置之举动，加以劝止；并将已剥各件妥为保存，交付国家。至于向君将千佛洞收归国有设立管理所之建议，及斯年之附注意见，亦冀大力擘画促成，庶几国家重宝，得以永存，则受赐者固不仅今世之好古者而已。兹将冯、郑两君原函及向君之文，各录一份，附呈清览。敬希垂鉴。专此，肃请

政安

傅斯年、李济谨上　三十一年十二月五日

西川邮区李庄五号信箱

附一：冯汉骥、郑德坤致李济（1941年12月20日）

济之先生左右：

　　日前尊驾莅蓉，得聆教益，深以为快。彭山汉墓发掘在先生指导之下，当必大有所获，可为预贺。

　　顷者，卫聚贤先生自敦煌考古归来，在成都公开演讲，藉悉该地情形。据云，千佛各洞现尚保有北魏、隋、唐、宋、元、明、清历代壁画，对于中亚一带古民族文化、历史，甚有关系。于右任先生等拟请政府设置敦煌艺术学院，推张大千先生主其事。刻张先生正在石室之中临摹壁画，以张先生之造诣，加以古迹熏陶，将来于绘画史中必能显出异彩。惟对于彼所采取之方法，弟等尚有意见，不敢苟同。据卫先生云，各朝代之壁画，并非在一平面之上可以临摹，盖最早一层壁画在壁之内部，后来主人于原有画像之上涂施一层泥土，重新绘画。以后各代均按照此法办理。墙壁日以加厚而各朝代之绘画遂得保存于壁中，故最上一层为近代人所绘，渐下渐古，可回溯至于六朝。

　　现时张先生欲遍摹各朝代人之手迹，故先绘最上一层，绘后将其剥去，然后又绘再下一层，渐绘渐剥，冀得各代之画法。窃以大千先生之绘画，固为艺林所推重；然对于古物之保存方法，如何始可以将原物于剥取之后亦能永存不坏，似尚未计及，故在摹绘壁画之时，剥去一层即毁坏一层，是则对于张先生个人在艺术上之进展甚大，而对于整个之文化，则为一种无法补偿之损失。以爱好古物而损坏古物，当非于先生及张先生本意，想阁下亦必不以此举为然也。甚望先生能用中央博物院或中央研究院名义，或转告教育部及中央古物保管委员会从速去电制止，勿再继续进行破坏，并电当地负责行政长官加意保护，或暂时将各洞封闭，一俟战事平息以后，集合各地考古专家，用科学方法层层取出，共同研究，庶几敦煌残余可得保存，对于文化有所贡献。不知尊意以为如何？专此函达，敬颂

　　撰安

　　　　　　　　　弟冯汉骥（印）、郑德坤（印）谨启　三十年十二月廿日

附件二：傅斯年附向达《敦煌千佛洞之管理研究以及其他连带的几个问题》一文的按语

斯年谨案：

此文为友人某君所著，顷自敦煌寄来者，于敦煌文物之原委，历历如数家珍。盖此君乃今日史学界之权威，其研究中外交通，遍观各国所藏敦煌遗物，尤称独步也。今日发展西北，为全国上下一致之目标。敦煌虽属史迹，然为吾国千数百年民族美术之所寄，不可独遗。而四十年来，敦煌遗物，毁于外人，毁于道士，毁于劣宫，今仅存壁画耳。往昔北京政府未加注意，是其可鄙。若此仅存之壁画，又于今日毁于摹临者之手，岂非政府之责欤？故甚盼主管者迅即制止一切毁坏之事，速谋保管之法也。至于保管之法，本文作者提议，由学术机关为之，此恐不便，盖保管本行政之责任也。今日固尚有古物保管委员会，然无经费，不闻有何工作，或难负此事之责任。敦煌壁画者，中国千数百年画法之博物院也。似应由教育部（或会同内政部）组织一保管机关。慎选主持之人为之。若夫保管技术，及监理责任，则宜立一委员会，其中须有精研佛教美术者，古建筑者，敦煌文物者，及建筑工程师等，学术机关宜有人参加耳。保管修理之法既定，此后依近代博物院之原则，供给一切有资格之研究者以各种便利，庶几千年文物可以无损，且可以刺激艺术界之新风气。若如今日之状态，任人以大刀阔斧剥宋元壁画，由喇嘛匠人涂黑北朝隋唐壁画，岂仅艺林之大不幸哉！兹值全国美展盛会期间，谨以此文介绍国人。

傅斯年识

2012年9月1日岱峻与傅斯年侄子傅乐治在四川省博物院张大千临敦煌壁画前

一九四三年
梁思成致李济（1月6日李庄寄至成都）

梁思成致信出差成都的李济，想了解前蜀王陵王建永陵的发掘事，包括墓内的建筑学问题。信中两点值得关注，一是捎回的番茄种子，可能是李庄甚至宜宾番茄种植之始；其二是地方治安，始终是一大难题。

济老：

别来两旬，闻老兄一路行程顺利，至以为慰。永陵发掘进行何如？建筑方面何如？内部有无architectural treatments（建筑学问题）？甚愿知其详。雕塑方面，除已掘出一像外，后来有无新发现？全部工作何时可完？一堆问题，暇时乞示一二。

成都金陵大学农场各种种籽甚佳，弟拟恳带西红柿种籽一包，归来行箧中似尚可容下耶？劳驾劳驾。

日前长远（轮）由南溪上驶，至筲箕背遇匪，在岸上十余人开枪，船上死三人（二女一男），伤二十余人，水急漕狭，匪徒用木船一拥而上，将旅客现款及随身表笔之类搜集光净，从容逸去。船回县城，再由城及李庄派兵往剿，则已无匪踪矣。出事地点去城仅六七里，匪人亦太不顾县长老爷面子了！即请

旅安！

弟 思成 拜上
元月六日[1]

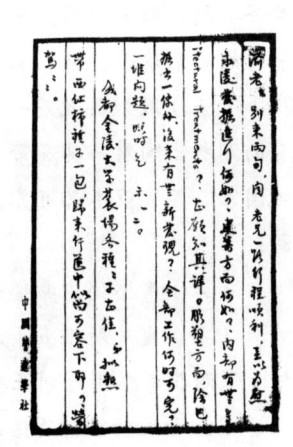

1943年1月6日，梁思成致李济信（李光谟供图）

---

[1] 此信由李光谟先生提供。

曾昭燏致李济（2月6日李庄寄至成都）

其时，李济自李庄去成都，指导前蜀王建永陵发掘。曾昭燏信中主要谈及西北考察的向达，单枪匹马，"很苦很窘"，希望能给他些实际的帮助。

济之先生：

奉除夕一信和王建石像的照片，敬悉一切，此照片当敬为保存。附寄与傅先生的信，业已送去。傅先生云：即刻作复。前奉廿三日赐函，比即呈复，想亦已达览。

向觉明来一信（十二月五日的）与您及傅先生，因此信傅先生尚要看，故未寄呈。其大意如下：

（一）您在重庆所寄与向君一信，他已收到，他说"勖以为学途径，殷勤恳挚，敢不书绅"；

（二）他已写信与朱（家骅）先生，提议在河西设一永久性质之工作站，但他自己并不想干，要朱先生另派人去；

（三）他的工作，二月间即可完毕，拟回至酒泉待命；

（四）千佛洞有千相塔一座，系以前王道士修理诸窟时将所有旧塑残肢断臂之属聚瘞一处，名曰"千相塔"。向君想将塔发掘，检取稍整齐之隋唐旧雕运川，但恐分量太重，运输困难，放在敦煌，又无人保管，故尚未着手，特此来函请示，是否应发掘；

（五）敦煌县政府一科长任子宣藏有元代路引及其他杂件多种，并有南湖所出陶器一具及带人物花纹之陶片若干种。任君云：愿将所藏捐之国家。其言虽不甚可靠，然可与一商量，中博物是否愿意接受此种收藏；

（六）考察团中希望能加一两位专门照相及绘画人才；

（七）重庆所汇五千元业已到敦煌，朱先生有信（十一月十八日的信）说西北考察团计划正在重拟，不久可脱稿呈总裁。

以上七条望径自写信回他。还有从向觉明与我们的信中，似乎他在那里很苦很窘。因为他一到兰州就没有钱了，向兰州科学教育馆借了点钱，才到敦煌。在兰州什么东西也不敢买，向人借了一条破旧的老羊皮大氅,到敦煌去过冬。千佛洞的温度,早已到零度以下,燃料又贵又买不着,以致冷得不得了。劳、石二君,始终没有见面,也无法问他们要钱(最近连通讯处也没有,此事也许是向君的误会,望不要告人)。最近重庆的汇款寄到,这个困难当能解决。但为他计算,还了兰州科学教育馆的钱以外,也不能维持多久。以后当如何,望作一通盘计划。

成都的发掘计划,想已拟好,天木(王振铎)是否会从渝来蓉?如他来工作,最好先和冯汉骥等说明他的为人,我真担心他的举动粗莽,使人发生误会。董先生早已到渝,最近来信给傅先生,说刘次箫害病,叶企孙要留他代理文书主任两个月,董先生口虽说不肯,心里很高兴,大概会在重庆多留些时候,博物院的古物,最近又不能归队了。做漆器的事,业已谈过没有?夏作民有信来,说他的论文两三月内即可完毕,完后即首途来川。这里一切都好,请释念。敬叩

旅安

曾昭燏谨上 二月六日[1]

注释:

信中首句"奉除夕一信",1943年除夕为2月4日,谈到向达的工作"二月间即可完毕",故此信写作时间判为2月6日。

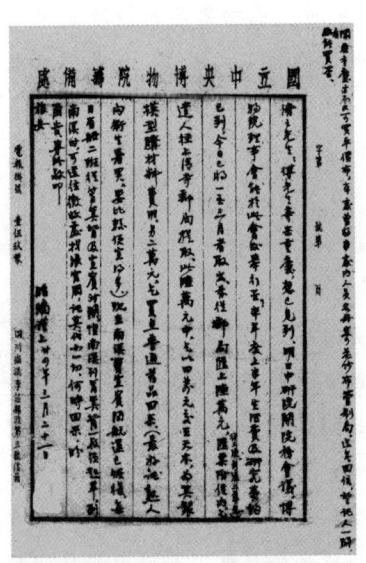

1941年11月6日,曾昭燏致李济信(李光谟供图)

---

[1] 龚良主编:《曾昭燏文集》(日记书信卷),文物出版社,2013,516—517页。

陶孟和致傅斯年、李济（6月30日兰州寄至李庄）

为料理妻子沈性仁的后事，及筹创中研院西北工作站，陶孟和飞赴兰州。在致傅李二人信中，将听闻张大千与向达在敦煌发生纠纷的各种传说转述，并提出一己之见和解决方案，内中对向达不无微词。

孟真济之两兄：

别后为念。弟于廿四日抵此，在兰已一星期。关于敦煌事日来听到许多，兹撮要奉阅。企孙兄处乞即以此函相示，不另作函。弟对敦煌事本无关系，然既来此，有关相告知也。

一、向觉民在大公报上所发表之文字发生了影响，教部曾有电查办。张大千曾向向质问，向以文示之语并无毁伤张之意，张云余不识字，遂未谈。两人颇为水火云。

二、因此张遂不能留敦煌，顷已到兰，弟日前亦晤到。彼携带画稿甚多，据云二三年画不完。其已成者将在此陈列，此亦受艺术者所要求。张在敦煌开销颇大，盖彼收入极多，每成一画在成都可得万元以上，任何机关或个人均不能与之比拟。彼若回敦煌须在二三年后。

三、教部所设之敦煌艺术研究所，最初筹备时设委员若干人，主任为高一涵，副主任为常书鸿，此所即将正式成立，常即为所长。一涵语常为一老实人，人极好。并语关于保管事项此后即为该所负责。此所并不拟包办一切，甚愿各方面共同合作。常以经费关系，日内将来渝设法。

四、向觉民君为人颇unsocial（不合群——作者注），某君竟称之为以神经病。一切均守秘密，不肯告人或示人。向君行踪一说已离敦煌，月初可抵兰。一说已由万佛峡回去，尚未来兰。

五、国父实业计划研究会之西北考察团，有黄文弼君在内，黄现在敦煌，拟进行发掘。向君来函给此间某君云，黄对于研究向守秘密，赴新疆两次未发表一字，对此事极为忧虑。

六、敦煌物价贵得可怕，鸡蛋一枚须六七元。河西出产本有限，加以近来驻军与工业人口均在增加，故物价益涨。向君在该处极苦，甚可佩服。

以上所陈全属真实与否不敢说，然将来有一重要问题须考虑者，即各机关及各私人间之融洽问题是也。在今日举行发掘，无论任何机关均为经费所不许问题尚少。然人的融洽已属必要。将来若举行发掘则问题更困难矣。尊意以为如何？

　　弟下月五日启程西行至敦煌，预定廿五六日返兰。此后仍拟赴西安返兰后再飞返蜀。并即颂

　　近安

弟　孟和

六月卅日[1]

孔德成致王献唐（8月10日、9月16日重庆寄至李庄）

　　孔德成（1920—2008），字达生，山东曲阜人，孔子77世嫡长孙。幼读家塾。1925年春，广州国民政府废衍圣公封爵名号；7月任至圣先师孔子奉祀官。抗战爆发后去汉口，发表抗日宣言。后迁重庆，当选国民参政员，主持成立孔学会。抗战八年期间，孔德成潜心攻读，邃密旧学，吸纳西风，师法友人王献唐、傅斯年等，此信云"孟真先生闻将来渝，甚盼其在此能多住几日，得多一请教处也"。王献唐《平乐印庐日记》（1943年9月8日）："孟真来，明日即赴重，以为达生、炳南及鼎兄所作画，托其带交达生，并嘱达生代裱"，达生即孔德成。

献唐兄：

　　昨上一函当寄到矣，预计此时或已返李。足下前函云秋后来渝，昨已面禀鼎师。《诂雅堂主治学记》已拜读。弟近中颇读章实斋、钱竹汀二氏书，甚佩其精通。而其思想见解之高，多非前人所敢言者。更置诸今日。犹有觉其服人处也。春浦法师近中常聚小饮。山中自足下走后，过往乍稀，虽与法师道有不同，然凤晨月夕，谈天说地，以破寂寥，除此更无人矣。孟真先生闻将来渝，甚盼其在此能多住几日，得多一请教

---

[1]　此信由李光谟先生提供。

处也。匆匆不尽，即颂撰祺。

弟德成谨上 八、十[1]

注释：

　　章实斋：即章学诚，清代史学家、文学家。著《文史通义》。

　　钱竹汀：钱大昕（1728—1804），号竹汀，清代史学家、汉学家，学者推钱氏为"一代儒宗"。

献唐仁兄左右：

　　前上一函，谅已入阅。手教拜悉，嘱件自当送润海阁裱之。贺鼎师三付诗，诚如尊批，此等诗本无甚佳著。弟明日进城访孟真，画当取来。前论实斋、东壁治学之方，敝见所及，拉杂陈之，不悉兄以为如何？栗峰印甚佳，直逼周秦，苍朴古雅，令人爱不忍释。非老人之手笔，他人绝不能出此。昨日冯五来山，住邢二处，言归于好，亦是盛事。然更有盛于此者，即冯五已找到一老伴，一二日内即重宴花烛。吾兄闻之，不知作何感想。甚盼亦速进行，弟好来吃喜酒也。弟日来重温《左传》《史记》等书，无新书可读，温故知新亦可谓乐事。然山中读书友朋太少，益觉孤陋寡闻。雪老近以减食，身体不支，劝之不听，徒为之发燥，足下有何法术能拯之乎？甚盼之也。《雪庐图》及兄为弟所作画，当即付装池，而《雪庐图》恐将遍征题咏。好事者无事尚找事，况有题目以助之乎？鼎新估人已返来，带有银印万方，未闻有石印。如有，当代留下也。专此，即祷著祺。

弟德成顿首，九月十六日

《诂雅堂主治学记》中两点，弟已遵嘱改过。[2]

注释：

　　东壁：即崔述，清乾隆二十八年（1763）举人，清朝著名的辨伪学者。著

---

[1] 《王献唐师友书札》，青岛出版社，2009，1871—1872页。
[2] 孔德成1943年9月16日致王献唐函，《王献唐师友书札》，青岛出版社，2009，1873—1875页。

《东壁遗书》，内以《考信录》三十二卷最令学者注目。

老人：王献唐于川中自号"向湖八二老人""八二老人"。

冯五：或指冯复光（1892—1966），字述先，号蛰庐，河北霸县人，与邢仲采同乡。毕业于直隶法政学校，曾任永定河分局长。善绘画，著《蛰屋吟草》，王献唐批校。1957年被聘任为中央文史研究馆馆员，20世纪30年代中后期与王献唐过往甚密，王献唐有诗《奉怀仲采述先》。

梁思成、林徽因致陈岱孙
（9月27日、11月4日李庄寄至昆明西南联大）

1943年秋，梁思成林徽因在四川李庄居住已历三年。梁思成主持中国营造学社，惨淡经营；林徽因患病终日卧床，难得出户。好友陈岱孙时任昆明西南联合大学经济学系主任，他帮助梁家筹措生活费及其他相关事宜，比如汇来外界支援的现金或可变卖的实物，担负着"救友agency（代办处）"主持者的重任。

岱老：

前几天林耀由宜宾飞滇转印，托他带上一函，未知已达记室否？许久无音讯，也许他在滇未停留，未得晤面，未能将信面交，也不一定。我私人的那张美金汇票已托他带印代兑了。学社那张汇票不知已否取得？如汇款，乞汇"宜宾中央银行苗培华先生收转梁思成"最妥。其次则为邮汇，汇"四川李庄四号信箱中国营造学社"。屡次麻烦老兄，磕头磕头。

闻周公全家赴美，不胜佩服之至；在这年头，能偕妻带女的飞过喜马拉耶山，真可谓神通广大。但抵佛国之后，再向西去，不知是飞还是坐船。若是坐船，提心吊胆的滋味太不好受，未知行程如何走法，乞便中示知。

John F.（费正清）回渝后有信来说（张）奚若病了，大概是typhus（斑疹伤寒）之类，不知到底是甚病，近况何如？甚念。F.T.不知已自印回来否？许久以前弟曾寄他一信，久未得复，所以我疑心他不在昆明。

老金在华府跌入Rock Creek，将唯一的裤子打湿。那晚穿着在印度买的Military Shirt & Shorts（军衬衫与军短裤）与Wilma Fairbank（费慰梅）在饭馆吃饭，引起全食堂的注意，以为是Chinese "guerrilla chieftain"（中国"游击队长"），老板竟不收饭钱，遂得白吃一餐云云！

双十节前后弟或赴重庆成都一行，端公（钱端升）若尚未离渝，或可见着。

徽因近来不时起床走动走动，尚无不良影响。谨并闻。

弟思成 九月廿七日[1]

注释：

林耀：中国空军飞行员，1944年6月战死。

周公：周培源（1902—1993），时任西南联合大学物理学系教授，1943年至1946年赴美从事研究。

F.T.：陈福田（1897—1956），时任西南联合大学外国语文学系教授。

Rock Creek：岩溪，位于美国华盛顿哥伦比亚特区的一个公园。

岱老：

从通信之频繁上看，就可以知道你新设立之"救友agency（代办处）"规模已略可观，此该受贺还是被人同情，观点不一，还是说可贺好一点。

我们复你的信刚刚发出，立刻又有"三表之讯"，好事接踵，大可兴奋。如老兄所言：二加二可等于四；我们尽管试做福尔摩斯一次。据我的观察，现时救人救肚子，这三表如同维他命一样都是准备我们吃的。表之自然用处早已是为滋补生命而非记录时间。为其如此故据在行者说国内表已到了饱和点，故如非特别讲究或时髦的，有时颇不易"变化其气质"，正如这里牛肉之不易蒸烂！而在美国因战时工业之故，表价则相当之高。博士（金岳霖）到底书生家死心眼，还始终以为表所含的滋补最为丰富！实可惋惜。——我的意思是恐怕一表分数人吃，无多大维他命也。

---

[1] 陈岱孙著，刘昀编，《往事偶记》（碎金文丛），商务印书馆2016年版，第217～218页。

关于注明准备送到李庄之二表，我的猜想是其中有一个为博士给我们红烧的，另一个或许Nancy效法送思永家清蒸去，送者大约是两人，受其惠者亦必会是两人及两人以上无疑。这年头无论什么救济法都不免僧多粥少也。既有此猜疑，故最好先观望一些时候等他们信来，如果有思永的一个，我们尚须得其同意如何处置。

关于内中最可能属于我们的一个，梁公思成意见甚多，对其去留、烧煮、煎烤问题颇不易决定。原因是虽然我们现在蛰居乡僻，山中方七日，世上可能千年百年的时间，我们到底还需要保存时间观念，家中现时共有旧钟表六七个，除来四川那一年咬着牙为孩子上学所卖的一个闹钟外，其他已完全罢工者四，勉强可以时修、时坏、时行、时歇者二。倒着便走、立起便停者有之，周中走得好好的、周末又不走了的亦有之；玻璃破而无法配者有之，短针没有、长针尚在者有之；此外尚有老太太的被（在昆明时）工友偷去而因丢在地上、赃物破获、表已粉碎者，及博士留有女友（E.F.）相片在壳后而表中缺两钻者。此间虽有莫宗江先生精于修表且有家伙一套，不时偏劳，不用我们花钱，但为挣扎保存时间观念而消耗去的时间与精力实不可计量！

愈是经过了困难，思公对表兴趣愈大，现已以内行自居，天天盼着弄到一只好表可以一劳永逸。据他结论如下，

（一）表分各种"made"（制造）及各种"grade"（档次）

（A）"made"最知名的是Omega、Cyma、Mavado、Tissot、Longines（都不是美国本身出，all swiss made全是瑞士造）及Elgin（美国所出）。

（B）各种"made"之中都可有上中下各等"grades"所谓上者乃是从十九至廿一钻，中者十五或十七钻，下者在十五钻以下、七八个至十三钻等，但多半不写在表后。

（二）表可以以各种价钱决定其等级

（A）在战前上海，一个表，外壳平平，注：许多表价钱都落在外壳之装饰上（steel、chromium钢、铬等），而价钱在百元至百五十元之间便是个可以非常经久之好表。外壳平淡、价钱在五六十元间乃中等好表，三四十乃至以下便都是如Ford、Chevrolet（福特、雪弗兰）阶级之汽车。

（B）在战初的香港，一个表（外壳平常）价在七八十港币以上乃

上等表，价在三四十以上乃中等，以下就是下等了。而梁思成本人就在那时买了一个廿二元港币之时髦表，洋洋得意了仅两年，此表便开始出花样，现在实已行将就木、病入膏肓的老太爷，老要人小心服侍还要发发脾气，最近连躺着也不走了！

话回原题上来，现在的问题是博士三表照以上标准观察的话，据你看大约是哪一种？如果是十七钻，真大可以留下"自足用"之，尤其是在我们现时之情形下，今冬粮食费用都可支持若干时日，而表的问题则实在非常狼狈。

此次胡博士曾送傅胖子十七钻之Omega一只，外貌又时髦内容又是相当之"中等"，如果金博士所购亦有此规模，则不但我们的一个可留，你经手那一只大概亦可多榨出一点油水脂肪也。

以上关于表之知识大可帮你们变化其气质时用也。

上次所云有人坐船来替费正清，此人名George Kalé，我曾说博士或托其带现金，那完全是我神经过敏（jump into a conclusion）。因为博士说when Kalé arrives, your financial difficulty may be relieved（"Kalé到后，你们的拮据状况谅可缓解。"）等等，我又听到John Davies为端公带现票子在皮包内，因飞机出事跳伞时胁下皮包猛然震落等等（后来竟然寻到），我便二同二放在一起，以为博士或亦托人带票子来。路远通信牛头不对马嘴，我总想博士必会做出许多很聪明或很不聪明的事。

此信之主要点除向"救友agency"道谢外，便是请代检查表之等级以备思公参考决定解决之法。如果是个中表（那便是我们所盼之"好表"），再烦人带到重庆交John费正清（在替手未来前，他总不会离开），而思成自己便快到重庆去了。

不过多半此表是十数元美金者，在美国表是贵东西，十数元之表大约不会太好的，如何请老兄检查，我们等你回话。（如果是cheeper grade［便宜货］，当然以在昆明出脱为上算。）

不会写短信的人写起来信总是如此，奈何？还有一点笑话新闻之类，可许我翻一页过去再写一点，因为既有写长信之名，应该也有多新闻之实。

近一年来李庄风气崇尚打架，所闻所见莫不是打架;同事与同事，朋友与朋友，职员与上司，教授与校长，inter-institute（机构之间），

inter-family（家庭之间）。胖子（傅斯年）之脾气尤可观，初与本所各组，后与孟和公，近与济之公，颇似当年老金所玩之蟋蟀，好勇斗狠之处令人钦佩！！！这里许多中年人牢骚，青年人发疯自不用说，就是老年人也不能"安之"。济之老太爷已一次游重庆，最近又"将"儿子"一军"，吵着重游旧地。方桂把老太太接来之后，婆媳间弄得颇僵，（媳妇便先赴渝去看自己母亲）老太太住了些日感到烦闷又要回重庆，因此方桂又大举奉母远行。故前星期当这里博物院职员押运石器时代遗物去重庆展览之时，同船上并有七十六岁之李老太爷一人，七十三岁之李老太太一位。一舱四位就占去两李家的老人两位，虽不如石器时代之古，责任上之严重或有过之，同行之押运员当然叫苦连天。（好在方桂自己也去，只是李老太爷一人需要extra service特别照顾）。

近来各人生活之苦及复杂本来可以增加大家之间彼此同情，可是事有不然者。据我们观察，大家好像愈来愈酸，对人好像倾向刻薄时多、忠厚处少，大可悲也。我们近来因受教授补助金之医药补助过两次，近又有哈佛燕京之款，已被目为发洋财者，思成感到中研院史语所之酸

1945年3月梁思成写信给清华大学校长梅贻琦，建议创建清华建筑系（林洙供图）

溜溜，曾喟然叹曰：洋人固穷，华人穷则酸矣，颇有道理。好在我们对于这里各机关仍然隔阂，对于各种人之寒酸处不甚有灵敏之感觉，仍然像不大懂事之客人，三年如一日，尚能安然无事，未曾头破血流如其他衮衮诸公，差足自慰。此两三段新闻写得不够幽默，比起实在内容差得太远，但无论如何仍是gossip（闲话），除至熟好友如（李）继侗、（萧）叔玉、（张）熙若诸公，实不足为外人道也。

徽因　十一月四日[1]

李济致吴金鼎（某月某日李庄寄至成都）

吴金鼎致李济的信和李济这封回信，可能都很难下笔措辞。在私下，他们应该是最亲近者，吴金鼎是李济在清华国学研究院唯一学考古的弟子，当年山东城子崖和战时云南大理的考古发掘，吴金鼎及其夫人王介忱都立下汗马之功。所以，李济要拒绝吴夫人回到中博院难以出口，却又不得不开口："现在大家穷到这样，谁多吃一口饭，旁人便怒目而视。"这以后，吴金鼎离开李庄，投笔从戎，固然有升等不顺等诸多因素，但与夫人不能就业中博院或许不无关系？

禹铭兄：

几封信均收到，因为事情很忙，许久未复，抱歉得很。

嫂夫人欲回博物院服务，弟自然欢迎，就从博物院的立场说，旧人回来也无不受之理。只是今年各机关的用人，国防最高委员会特加限制，重庆方面为了这个原故，重造预算，以至司长们都亲自动手抄写的事，想成都也有所闻了。博物院在一个初步预算已经送上去之后（此预算加人颇多），忽接国防最高委员会一个通知，任用的人数以去年十月为标准，名额不得超过，我们只得重新编制预算，大加紧缩。……在博物院今年的预算名额中，有助理设计员一名，月薪一百二十元（将来是否有此数，还不一定），现在尚无固定的人，嫂夫人如肯屈就，请同

---

[1] 陈岱孙著，刘昀编：《往事偶记》（碎金文丛），商务印书馆，2016，220—224页。

时打一电报并写一快信相告,并即刻动身回来就职。因为一名额空得太久,必有旁人设法求补入,使弟难以拒绝。……况今年史语所为了已经加请了人,而忽然知道这个限制的命令,已经弄得焦头烂额,知道博物院有缺,必定要送人来。博物院与史语所关系如此的深,更不好拒绝。

在弟以朋友的立场为兄着想,若生活尚可过,最好不必与人争一碗饭,以免为众矢之的。因现在史语所、博物院、营造学社几个机关,两夫妇同时在一个地方做事的很少。……去年,梁思成、陶孟和先生同时介绍陈明达太太与丁文治太太来,弟皆加拒绝。现在嫂夫人来,弟当然可以旧人为辞,但现在大家穷到这样,谁多吃一口饭,旁人便怒目而视,在兄殊不值得。不过无论如何,弟当将前所说的一额保留,待兄回信后决定。

印刷的事望兄加紧催促,此事在周文钦为对人失信,在博物院则损失重大,开理事会时,要以印刷品为成绩,而不能拿出,印刷帐两年报不上,真是不成体统。弟觉得此事不仅周文钦有责任,蓉新公司亦有责任,周文钦只代表蓉新公司与博物院订立合同,不能因周去职,蓉新公司便不履行所订契约。此事如何办理,望兄与汉骥兄商量,务求早日办妥方好。

王建墓发掘报告兄不久可完成,甚以为喜,可俟报告完后再回李庄。在弟之意,兄只写发掘经过,出土物的研究或由(冯)汉骥兄与(王)天木写,或再有人参加,将来再行决定。照片如是博物院底片所照,须带回。但可由汉骥兄印一份保存,画图至少当有两份,一份留四川博物院,一份带回。[1]

一九四四年

吴定良与朱家骅往复电文(1月8日、1月19日)

1943年,同济大学发生二十多位教授联名上书,状告校长丁文渊的行为。史语所人类学组(第四组)主任吴定良与同济大学医学院诸教授多有

---

[1] 此信由李光谟先生提供。

交流合作，办过几次讲座，自以为在同济教授与校长的冲突中，算是双方皆能说上话的人，于是双方调解，同时给中研院代院长朱家骅写信表功。

中研院并不管同济大学，原来吴定良另有打算，他一直谋求单独成立体质人类学研究所。1944年4月，人类学组终于从史语所中析出，单独成立体质人类学研究所筹备处。6月经中央研究院评议会通过，由代院长朱家骅聘任吴定良为中央研究院体质人类学研究所筹备处主任。如果说上进心是人类社会发展的动因，吴定良的行为也就无可厚非。

（吴定良李庄寄至重庆）

骝先院长赐鉴：

敬启者，同济大学风潮主动者多为医学院诸教授，最近经良从中调解，可望和平解决。该院院长阮尚丞先生已决定辞职，有赴美进修之意。在医学院院长缺职期间，该院全体教授均希望上海医学院教授谷镜汧，或广东中山大学教授梁伯强能来同济医学院暂时维持院务，以调解校长与诸教授间之误会。此二人皆为同大毕业生中之翘楚，且为月波兄前此欲聘请而未来者。倘能由院长之力请其来校短期维持院务，则医学院风潮即可平息，其他两院亦不成问题矣。此于校长素日主张并无冲突，而同大前途实有裨无损也。故甚冀院长转告月波兄从速返校。关于体质人类学单独发展事，敬请院长鼎力提携，冀于短期内实现，将来该学在国内科学界有所建树，皆院长之力也。专肃敬请

勋安

后学吴定良谨上 一月八日[1]

（朱家骅1月19日重庆寄至李庄）

定良先生大鉴：

顷获八日手札，忻聆种切，同济风潮可望和平解决，皆承从中调解之力。甚善甚慰。医学院长一席，若以谷镜汧兄继任甚佳，谅月波兄亦必同意。惟梁伯强兄现在中山大学任教，恐难离开，亦不宜使其离开

---

[1] 台北"中研院"近史所朱家骅档案，档号301-01-09-743；册名：国立同济大学：校长丁文渊任内文卷。转引自岳南《那时的先生》，湖南文艺出版社，2016，321—322页。

也。月波兄近已返校，一切务希还与接洽并协助进行是幸。至体质人类学单独发展事，当于下届院务会议与评议会时提出讨论，力为促成也。
端复敬颂

　　台祺

　　　　　　　　　　　　　　　　朱家骅 卅三、一、十九、快[1]

1960年代朱家骅在蔡元培先生塑像前（台北"中研院"史语所供图）

---

[1] 台北"中研院"近史所朱家骅档案，档号301-01-09-743；册名：国立同济大学：校长丁文渊任内文卷。转引自岳南《那时的先生》，湖南文艺出版社，2016，321—322页。

丁文渊致朱家骅（2月11日）

骝先部长吾兄大鉴：

别来流光如驶，瞬息一月，本拟俟此间完全摆脱后再行将近况详陈，顷奉江电敬悉，立夫部长仍有嘱弟整顿校风之意，不胜感愧。窃念校中教授风潮迄今已近一载，去年四月弟奉命来渝受训时，诸教授即曾函部及兄有所责难，实即风潮之始。后经弟及教务长曼辉兄种种设法，委曲求全，未便即发。至七月间，因"教员聘请评议委员会"之争，反对者乃控弟于部而造成此次教授风潮。弟为息事宁人计，故二次呈辞。月前归来后返私寓，并未办公。而反对者尤以为未足当，即鼓动医学院学生举派代表来弟寓，要求坚留廿四教授，须至廿四人全体表示满意后方可，否则即请弟洁身以退云云。弟知该生等确系受毕业考试之威胁而来，故便以严词开导之。又因彼等曾向全体学生揸惑，虽未能如愿，然恐时久仍有变故，即于第二日（一月十九日）招集全体员生，将风潮及辞职经过之事实作坦白报告，俾诸生得明真相，不致再为人利用。

现闻学生方面确已安静，惟反对者则仍时常开会，究有何举动尚不能逆料，而此事自部派督学调查以来，已逾半载，即弟数次辞呈递部亦已逾一月，迄今尚未蒙批复，是非未分，致使校中洁身自好之士多感不安而有他就之意。而与弟同心共事者，则又日觉事事辣手，亦均灰心。故部中对廿四人之无理取闹仍多方涵容，而对弟之人事协调又不能见谅，更无"切实继续彻底整顿校风"字样之部令，则弟又何能遵命即日到校努力？或且事拖延已久，即使部有严令整顿，而弟是否尚能挽回与弟共事同人之消极心理，则弟实无把握可言，惟若长此而往不即解决，则非特同仁两年来苦心建立之纪律将被毁坏，而医学院教授把持之风（此处有省文——编者注）将日盛一日，乃将使后来者无法处理。此实非母校之福，故不得不请吾兄转恳立夫部长俯察弟之苦衷，而恕某方命之罪，准予辞职，速派新校长来此，以免使校事至不可收拾之地步，则感戴无既，夫临笔惶恐，诸希察谅是幸。此函即请公安

弟丁文渊上

卅三、二、十一

再者，兄于校事弟事均万分关爱，弟实感激无似，然立夫先生对

兄所云是否诚意，实不能不慎重考虑。弟二次辞呈至今未批，两次来电亦未提及。兄电内所用"继续彻底整顿校风"字样，部中是否肯见之公文，实不可必，故弟仍不能不取上述态度，万祈见谅是幸。反对者代表卓励之（非同济学生）正在渝活动，校事亦实未易为也。又及。

卅三年二月十五日[1]

李化民等人联名致朱家骅（7月10日）

骝先学长先生赐鉴：

丁校长文渊自卅一年四月莅校以来，因其处置校务不合部令（如取消校务会议等等），威福自尊，是非颠倒，遂致校务纷扰，众情惶惑。同人等鉴其如此，深恐学校毁败，曾经一再函渎清听，恳乞加以纠正。此后亦曾选派代表面陈一切，乃承嘱以捐弃成见和衷共济。同人等仰体尊意，维持校务与医务。以迄于今。无如丁校长本年五月间返校后，一切措施不特未加改善，益更变本加厉一意孤行，视昔尤甚。略举数端，伏冀垂察：

（一）丁校长返校之后，即挟其所请求之部令，宣布将医后期与附设医院迁渝，与上海医学院合作。据其宣布所订合同之条件，无异于放弃主权，寄人篱下。以教学文字语言之不同与立校精神传统之各异，其必不能收合作之实效可想而知。同人等不忍坐视学校之分崩与医学院之先亡，曾向各方呼吁并寄呈快邮代电一通，俾救母校于垂亡，谅蒙垂鉴也。

（二）教授、讲师、助教既有其学术上之地位，学校亦应予以应得之尊重。丁校长企图藉迁校之举任意处置原有之教授、讲师与助教，迫令其无法留校，以遂其私。计其返校之后，迭令讲师、助教亲书志愿书，希图以亲疏爱憎分别指派。惟诸讲师与助教皆以既身任现职，志愿早定，无从更改，多未填送。对于教授、副教授，则更不顾其身份与

---

[1] 台北"中央研究院"近代史研究所藏"朱家骅档案"，馆藏号：301—01—09—743。转引自岳南《那时的先生》，湖南文艺出版社，2016，321—322页。

地位，意欲分发于重庆附近之各小规模医院，负不合其职之责任（如青木关卫生事务所、沙磁区医务所等），不让其在本校有教书与行政之机会。似其所为，极视原有之教授等为无足轻重而可任意摆布者，则其为一种压迫同人离校之方法与手段可见一斑，其违背尊意不欲与同人合作更司了然也。

（三）丁校长挟其返校之余威，图施报复于续发聘书之际，停聘教授十四人（医学院五人、工学院五人、理学院四人）、讲师二人、助教四人、护校教员一人，并停聘工厂工程师、文书组主任、卫生组医师以及各部办事员十余人，皆睚之怨。及与停聘教授有关系者（如配偶戚友），例皆停聘。此外虽经续聘因不满丁校长之措施而不愿接受聘书者，迄今已有教授九人（医学院五人、工学院三人、公共教授一人）、讲师一人、助教十一人，闻尚有助教附职附中教员若干人亦将离校，综计停聘、退聘及行将离校者不下六七十人之多，且与同济多有数年至十数年之历史。同人之离校固不足惜，惟对于学生之学业影响必大也。

（四）附设医院原订有院内同人及家属医药优待办法（同仁药费以成本计算，住院费以对折计算），实行已久。惟以一年以来附院无人负责，以致院内同人积欠之药费亦无人过问。此次丁校长于发聘书之际，突然规定扣还办法（附抄），勒令停聘与退聘者，由六七两月份之薪津食米及业务津贴内照扣，而药费之估价并不按照以前之优待办法，系按照市价增加一倍数倍至数十倍者，如最普通之化痰剂Brownmixtnr药片，每片成本不满一角，宜宾现在市价亦不过壹元，售与同人竟达二十元。因之积欠之数骤形陡增，少则数千元，多则数万元。内有护士一人，因公传染肺病住院疗治，综其所欠竟达二十余万元，且亦在停聘之列。同人等薪津所入虽仅足糊口，使其合法估值理合凑还。特以丁校长令其属下任意抬高价格，遂致数目澎大非恃薪值为生者所能负担。同人等与校方理论，不特毫不顾恤，且将六月份之薪津食米等全部克扣（虽积欠仅一千余元亦无例外），有意置同人等于绝地。同人等以生活顿成问题不得已急电教育部请求救济在案。如丁校长果欲清理旧欠，亦应平允一视同仁，而对于续聘者竟丝毫未扣六月份薪津，食米全部发放。揆其用心，不外乎对于行将离校者予以歧视与苛待耳，而对于政府维持后方公教人员生活之至意未稍顾及也。

上列数事特其荦荦大者，同人等因已停聘或退聘行将离校，对于上列事实雅不愿多所评论，谨以负诸左右藉见一斑。设或不幸母校瓦解，则摧残之罪庶几责有攸归，同人等实不任其咎也。专此奉陈，诸维察照，是所感幸，敬颂

道安

晚 李化民 胡志远 卢绣 杜公振 蒋起鹍 邓瑞麟 章兀瑾 李晖

陈景道 蒋以模 徐泉生 陆格 房师亮 卓励之 黄潮海 郑太朴

沈尚德 沈凌云 梁勉程 刘新华（签名钤印）

三十三年七月十日[1]

2019年1月9日李庄同济广场，以示抗战期间的艰难足迹（岱峻拍摄）

---

[1] 台湾"中研院"近史所朱家骅档案，档号301-01-09-743；转引自岳南《那时的先生》，湖南文艺出版社，2016，335—337页。

梁方仲致陶孟和（6月3日重庆寄至李庄）

中研院有派遣研究人员出国进修的惯例，学人趋之若鹜。1944年经院务会议批准，拟派遣史语所丁声树、全汉昇与社科所梁方仲等人出国。按照规定，出国人员必须到重庆浮图关中央训练团受训。报名注册时，须填写履历表，其中"已入党否"一栏，未入者须填上"申请入党"字样。社会所所长陶孟和闻此曾以"手示"劝其考虑变通。以"不入党、不做官"为宗旨的梁方仲致信恩师陶孟和，表示自己不易之决心。

和师：

  生于上月廿八日受训完毕，功德完满，已领到毕业证书。唯奉到手示系在出团以后，故未有入党。此次全国不入党者，仅十六人，其中中央研究院者占去五人，闻段书诒先生对生等颇表同情，故得幸免。

  出团以后四出打听，始悉近日局面又趋向和缓。团长在团中对留学生表示态度亦正良好，力予必保证将来一律出国。今早朱院长召生及丁、全二君前往商量，决定仍由本院备正式公函向外交部请求颁给出国岁（或"随"）员护照。午间由余又荪先生前向关系方面打听，亦云大约可望批准。生公事刻下已办妥，定后日（因明日为星期日）上午亲送外交部。丁、全君等，大约稍缓亦可送出。

  此后出国事仍须积极托人进行，闻中央设计局（熊式辉或何粹廉）主持筹划出国建设人才，此外教育部之态度亦至关重要。

  傅孟真先生原定今晚上船返李庄，刻下忽又退票。据云昨日下午委员长召见，后日参加会报。生对其纵横捭阖之手段近来领略已够，此后出国进行事宜唯有孤立苦撑而已。返李庄行期恐须稍缓，不识可否，仍乞示遵，至叩。

  此函赶赴邮，乞恕草！余容再陈，敬请教安

生方仲叩六月三日晚八时四十分

关于生在渝用费及旅费，院长谓在院拨之五万元内开支，并闻[1]

---

[1] 引文及观点，皆出自吴景键，"毕竟是吾辈"：梁方仲的"出国难"，《上海书评》，2020-05-20。

丁文渊致蒋融（6月12日）

1944年6月12日，同济大学校长丁文渊给南溪县长蒋融致信催拨食粮。

镕兄县长大鉴：

敬启者，敝校员工食米向由粮食部价拨在贵县仓库按月支领，惟近闻该库以上年度存粮逐渐减少，本年度田赋则尚未届开征之期，青黄不接，致对于敝校所需之米遂未能按月拨足，致敝校无法及时发放，影响各员工学生生活颇非浅鲜。凤稔吾兄维护教育向具热忱，而敝校员生大半系来自战区，经济异常困窘，各情想亦为睿见所及，用特函恳吾兄惠予特别协助，设法按月尽先将敝校食米拨足，以应事实上之需要，而维各员工学生之膳食，不任铭感。端此奉恳

即颂时绥！

弟丁文渊上 卅三、六、十二

孔德成致董作宾（7月21日重庆寄至李庄）

彦堂仁兄先生史席：

久未肃候，系念为劳。屡于斯居常得悉尊况慰慰。前者逢足下五秩大寿之期，汉隶小联一副，用祝南极之庆。唯以裱工太迟，昨日始送来。兹转托（刘）次箫兄转托贵所便人带呈，区区微忱，尚乞哂纳。蒙赐法书亦已释收转交，前逢故属代致谢意。

弟前本拟于孟老同来李庄，以时所迫未克如愿，顷闻伟大法师言，孟老曾有信致伊，言贵所正在曝书，属弟缓来。唯法师未以信示弟，消息如何，敢祈便中代为一询为感。

弟日来少感不适，据医云，盖系轻微之肋膜炎。现正遵医嘱静养中。天热卧床实觉烦闷也，依忱草草，祈恕不恭，专此奉谢，即候

撰安。

弟孔德成上 七月廿一日

注释：

大法师：卫聚贤（1898—1989），字怀彬，号介山，又号卫大法师，山西万泉人。1927年毕业于清华国学研究院，历任暨南大学、中国公学、持志大学教授。曾致力于江浙古文化遗址调查。1943年在重庆任"说文社"理事长，主编学术月刊《说文》。

陈寅恪致李济、傅斯年（11月23日成都寄至李庄）

此信可能是陈寅恪双目全部失明前所写的最后一封信。陈寅恪已深知后果之严重，遂心有恐惧，感伤至极，发出了若果真如此则生不如死的悲鸣。

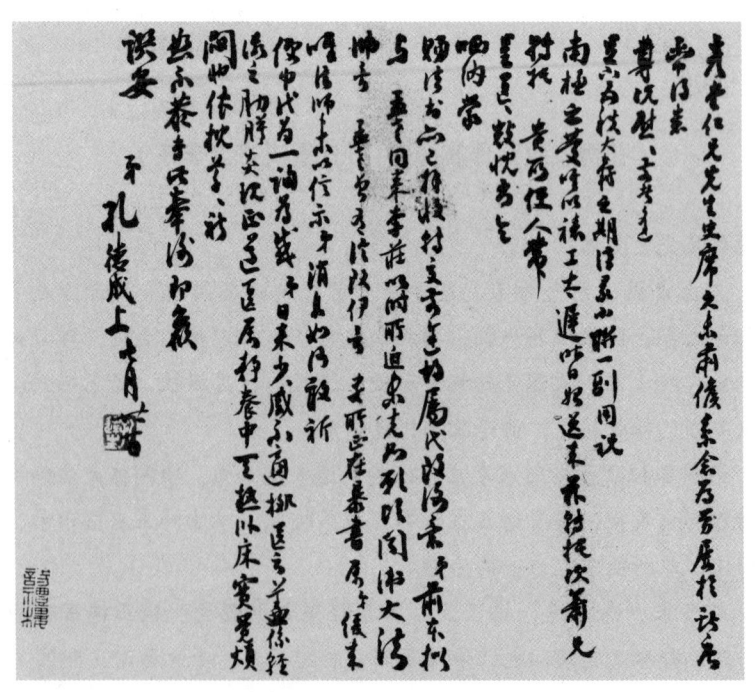

1944年7月21日 孔德成致董作宾信札（董敏供图）

济之、孟真两兄同鉴：

弟前十日目忽甚昏花，深恐神经网膜脱离，则成瞽废，后经检验，乃是目珠水内有沉淀质，非手术及药力所能奏效，其原因想是滋养缺少，血输不足（或其他原因不能明瞭），衰老特先。终日苦昏眩，而服药亦难见效，若忽然全瞽，岂不大苦，则生不如死矣。现正治疗中，费钱不少，并觉苦矣，未必有良医可得也。兹有一事即蒋君大沂，其人之著述属于考古方面，两兄想已见及，其意欲入史语所，虽贫亦甘，欲弟先探尊意。如以为可，则可以为其寄具履历著述等，照手续请为推荐，其详则可询王天木兄也。弟不熟知考古学，然与蒋君甚熟，朝夕相见，其人之品行固醇笃君子，所学深浅既有著述可据，无待饶舌也。匆此敬叩著安并祝

时福

弟　寅恪　上

十一月廿三日

所中诸友乞均代候。赐示乞寄成都华西坝广益路四十五号，不必由燕大转，恐延误也。[1]

刘敦桢致李济（11月28日重庆寄至李庄）

刘敦桢原在李庄中国营造学社任文献部主任，1943年8月举家迁居重庆沙坪坝，刘敦桢回到中央大学，出任建筑系主任。1944年春，小女刘叙彤因患脑炎无法救治而不幸死去。数月后，失去爱女的刘敦桢得到另一个失去爱女的父亲的慰问信。是谓天意怜幽草，人间有真情。

济之先生赐鉴：

久未通候，正深驰系，忽奉手示，辱承唁问次女叙彤之丧，辞意殷切，捧诵循环，存殁俱感。叙彤之病，初起甚轻，抽筋以后，遂成不治，宛如暴风骤雨，猝然而至，不仅弟等彷徨失措，即医生亦束手无

---

[1]　《陈寅恪集·书信集》，三联书店，2001，100—101页。

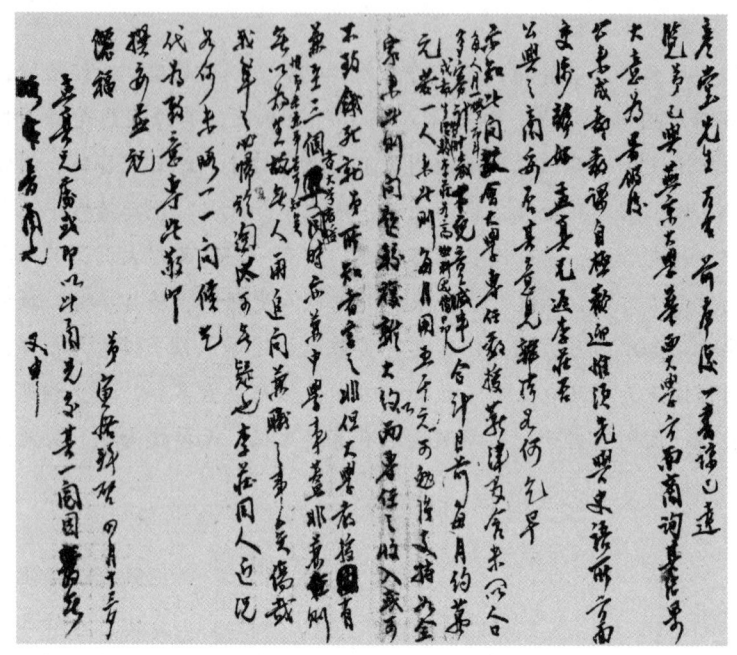

1944年4月13日，陈寅恪致董作宾信札（董敏供图）

策，只有付诸天命而已。盖棺以后，迄于最近，病名犹无确论。以症状观之，其为脑部发炎，似无可疑。当时即使获救，亦成废人。际斯乱离，能就此解脱，在渠本人或尚为不幸之幸，故亦不足深悲。

新宁失而复得，附郊庐舍为国军轰炸，什存一二。舍下虽硕果仅存，但兵燹以后，仅余躯壳，恐不久亦荡为灰烬也。专复顺候。

老伯大人前祈叱名问候。嫂夫人均候。

再者，顷接曾小姐一致拙内函，备蒙慰问，感谢莫名。惟拙内旧患心忡，经此变故，又复发作，未能握管，至深歉仄，并此道谢。祈代转达为幸。

弟刘敦桢 拜启
1944年11月28日 [1]

---

[1] 刘敦桢：《刘敦桢全集》卷10，中国建筑工业出版社，2007，200页。

一九四五年
李陈启华致李济（1月29日李庄寄至重庆）

陈启华，是在李济赴美留学前家里定的亲。李夫人温婉娴熟，富有同情心。其如黑格尔所言："爱情在女子身上显得最美，因为女子把全部的精神生活与现实生活都集中在爱情里和推广成为爱情，她只有在爱情里才能找到生命的支持力……"

济之：

我廿五日的信想你现在已是收到了？前天听曾小姐说，他路中遇着梁再冰，他们在宜宾得来的肖（消）息，你们的长红轮不到泸州船就出了毛病，你们又另换船坐，不知同人当时狼狈的是什么样子？几天才到重庆？这次你出门赶的时候太不好了，我们真惦念得很！请速写回信。

李庄这两场米价上涨可是百物也就跟上涨，花生油卖到二百四元一斤。重庆平价东西能买到就便买点吧。请陈德宏替我们买点棉线，深蓝、黑、白各重（种）买点。道圜兄请你替他买三丈深蓝土布（宽面），款子等你回来再付。四妹、佩萱都会着没有？一切事情有头绪没

1930年代中期，李济夫人陈启华与女儿鹤徵在南京家中（李光谟供图）

有？甚念。今天是腊月十六，我们都盼望你能回家过年。

伯伯精神如常，光谟也很好，我的咳嗽这几天完全好了。你想是怎么好的吗？我买了两百块钱的白萝卜，早晚就生吃的，吃了一天，夜里咳嗽就停了。此地天气如何？李庄自你动身就阴，今天才晴，出了大太阳，看样子又可以晴几天。近来板栗坳本所新闻甚多，所长大人够他烦的。余言再详，即祝

安好！

启华

元月廿九日[1]

曾昭燏致李济（2月15日李庄寄至重庆）

乙酉年正月初三，是旧历年假上班的第一天，总干事曾昭燏给去重庆开会的主任李济写信谈工作，也包括未来的设想。

济之先生：

一月廿九日及二月八日两次手示均奉到，长虹的事，总算天幸！我们在宜宾合众公司打听，公司所说由民生公司船载长虹乘客下驶，可见全是假的，长远翻沉了，事情闹的很大，重庆想已知道。现在水浅，川江航行很凶险，千万等水涨了再回来罢。

博物院一切如常。卅三年度十一、十二两月追加之生活津贴及今年一至六月之生活费均到了。旧历新年，前昨二日大家因为有点应酬而停工，今日又照常工作，请释念。

中博院此时不成立也好，既然经费增加了，职员人数也增加了，今年很可以做点事，我们去年人数是廿五人，今年增为廿七人（所谓廿七人是否兼任的在外？），郭先生和王晋华的缺都还没有人补，所以我们可以有四人的空额，望在重庆与翁咏霓、李仲揆二位先生商量。我们自然馆的事，已经找了杨钟健，决定虚位以待，但在杨未回国有，希望

---

[1] 此件李光谟先生提供。

能有一人（最好是杨的助理或学生，由地质调查所或研究所让与我们）替我们做点地质学标本采集整理和图表制造的工作，庶几博物院一成立便有东西陈列。这人算是博物院的职员，但不必长久住在李庄，可将大部分的时间住在重庆，受地质调查所或研究所的指导，以便工作进行。（此事唯一的困难，便是李庄的生活费较重庆的人少，但最近由各机关联名出代电，请教育部一切照重庆学校及机关办理，希望可以办到）。如地质部分能如此办，则动物部分、植物部分亦可如此办，望于暇时往北碚一看动物研究所替我们采集的标本，如认为满意，便可商量今年的工作，并制员薪津，由博物院出的问题，如地质、动物、植物三方面均有人员负责，则博物院自然馆的基础便可逐渐成立（植物一门，因为保存的手续繁杂，药品缺乏，一时或难进行，但不妨与中研院植物研究所所长一谈）。

关于去年工矿展览会的物品何不试试和朱（家骅）先生、翁（文灏）先生一谈，如能接收过来，则工艺馆的基础亦可成立，乘同济大学在此，找学工的人来负管理的责任还不十分难也。

听说中研院于三月十五日开院务会议，傅（斯年）先生将于三月五日左右起程来渝，梁（梁思成）先生是否会早回来？此间阴历年底，下雪数日，冷得不得了，今日稍好一点，但房间里仍须生火，重庆如何？吃饭问题如何解决？暇时望来信。专此敬叩

旅安

昭燏谨上　卅四年二月十五日[1]

李光谟致李济（2月17日李庄寄至重庆）

在小女儿、大女儿相继去世后，唯一的儿子一下子就长大了。有正义感、知道体贴人，也有些好笑的"大人腔"，摆家长里短……总算给憔悴的父亲一点安慰。这封信也透出"长远轮"李庄水难的很多细节，比如卖花生的那个"哑巴"水中救人的故事……这是流离乱世的人伦温情。

---

[1] 龚良主编：《曾昭燏文集》（日记书信卷），文物出版社，2013，523—524页。

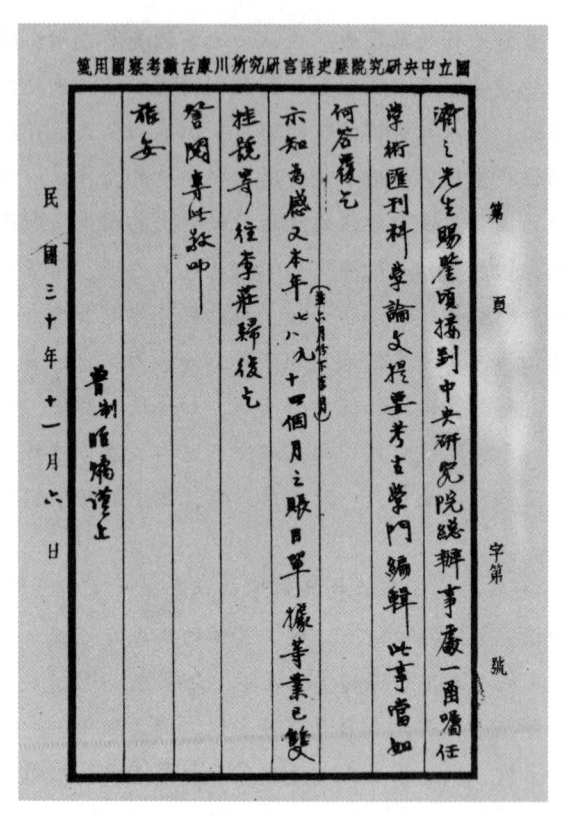

1941年11月6日，曾昭燏致李济信（李光谟供图）

Daddy：

接到您八日的信，聆悉一切。

李庄冷了许久，旧年后稍好。长远轮出事后，大家都替那些淹死的、冻死的人伤心，这件事现在弄得到处满城风雨，其结果恐怕比民惠轮肇事的情形远严重。（因为地方上各界有请于二位参政老爷伸张正义，也许不久《大公报》上有社论出现？）

我们的熟人中没有罹难的。张访琴是走到码头上船开了，没死；社会所的余胖子本要走结果有事那天没去成，没死；南溪第五区区长本来从宜宾乘船预备去南溪，到这里有人找他，上了岸，没去，没死……额手称庆"更生"的人不少，……南溪县参议会议长□□阶淹死了，那位金太太介绍才嫁了人的"庞来阿姨"淹死了……

买花生的哑巴是个大英雄，他逃了命，而且拉了八个人出来（有人说是十二个人），研究所的书记员李临轩就是他拉上来的，大家准备给他立匾……

这一回死了近三百人，可谓您走后，这里第一桩"大事"。

过年我们请了两次客，梁（从诫）小弟算接了风，陶（孟和）伯伯的饯行也算在内了，陶伯伯打算二十五六日动身。

重庆您的事都忙完了没有？大约什么时候可回来，盼您回前打一电报来，好派人接行李。

八日打一电报（舅舅打的）七日一信（托人带到重庆发的）想您都收到了？若是实在没有大船，您可以晚点回来。

那三本书既要价太贵，您若不易凑着钱，请不必买了，等以后需要的时候再说。

大表姐结婚的事如何？大约无什问题了吧？四姑还在重庆吗？她是否还是常闹病，或者比以前健康了？干妈在"从军"，拿美金，一定很阔绰吧？我很久没寄信去了，因为一来不知道她地址，二来怕她太忙，请您见面时代请一个安。

知道赵（元任）家新娜二姐出嫁了，很高兴，又感到日子真快，不知道赵太太的姑爷是怎样一位先生，我们猜想，连赵太太都能相上的姑爷一定是很了不起的，……当然这话也不一定全对就是了！

听说明天傅（斯年）伯伯要大请客（印的帖于），而且"席设"第二院大礼堂。据王天木说，陶所长大为不悦，而明天不预备去赴席，而要吃王天木的水饺……

昨天去上坝梁家拜了年，所谓"亲睦邦交"，今天再冰小姐同她外婆来回拜年，"结果甚为圆满云云"。

我们廿六号开始上课，我预备后天（十九号）上宜宾检查身体去。徐容再禀。敬请

福安

光谟谨禀

（1945年）二月十七日[1]

---

[1] 此信由李光谟先生提供。

傅斯年致夏鼐（2月23日李庄寄至敦煌）

西北考察像一只放飞朔北的风筝，而时在李庄的傅斯年、李济都是隐隐的牵线人，关系斡旋，后勤保证，就是业务指导也都须臾未曾松懈。这封信也透出向达性格上不和人的一面。

作铭兄：

前接来电，当即写一详信奉上。寄信之日为二月六日，是日长远轮在南溪上之出名险滩筲箕背落水，全船沉没，初意信在其中，及细检信是下午三时方付邮，已赶不及此船。然此后邮政（寄重庆者）断绝，至今未复原，而重庆亦无信到，故六日之信，现在不知搁置何处，即此信亦不知何时到达也。今日接一月廿三日来书，即以电复，电文恐又误，另抄附。兹再详陈之。

兄此行成绩如此，至可佩可喜！弟本有留兄今年在甘肃工作二季之意（前信），兄既自有此意，甚好甚好。费用到重庆后必为筹得，今年情形或比去年好办些。一、今年只兄一人，费用较少。二、向先生态度使弟不能了解，忍之又忍，终无办法，弟伺候他亦有时而尽也。去年余款，兄可先用作调查整理费，其不足之数，电弟于重庆，总想一法弄出来。运费另外。一切即照兄之计划，舆弟前信办去可也。甘、凉以北之河流草地，似可去，采陶区亦可去，二者虽不同，亦不妨均去。

标本运否，当决于朱先生，朱（家骅）先生尚无信来，（或即受沉船影响，信搁在中途。）未知兄接彼之电否？如运，运费自当另算。如不运，兄之返程路费及本所公物，亦当由本所算。（同人行李，一并设法运来也。）如运，运费自当由博物院出其大半，其实仍是朱先生想法子耳。运法当待朱先生决定运否之后再决，或先运广元，或改油局车径运重庆，但如运广元时，自当由博物院托人照应，决不一切请兄负责也。

至于兄之计划，此时以至秋季为宜，秋末恐必须返，因报告待写也。

在兰存物及工作之处，袁翰青先生前面允设法，弟又电之矣。如须另托人，可一访赵厅长龙文兄。

　　六朝花砖墓之工作，可喜可喜！此与汉简皆极可喜之事也，本所同人，当皆兴奋。兄为本所考古同人后起之秀，后来为中国考古学之前途负责大矣，愿兄勉之。（昨与梁先生谈，彼亦有同感也。）今年即专心作野外工作，无以费用不继等事为虑也（前信数目当可足用）。一切到重庆开过会后再详写。余事已详前信。专颂

　　旅安

弟斯年上二月廿三日

　　再，敦煌艺术研究所主持人常君，向先生说得一文不值，弟不知其详，无从断定。然此时有人肯以如许小款，埋头于沙漠之中，但是努

1943年史语所开具傅斯年钤印的出差介绍信（李光谟供图）

力，便算难得。教育部应给以鼓励乎？盼兄有所示及，以便向朱先生道之。

向先生于人多否少可，而彼所许之人，每每非狂则妄（如于道泉），故弟于彼之论断亦不敢轻信也。[1]

傅斯年致张群（3月10日）

1945年2月6日，川江航运出事，"长远轮"在李庄筲箕背附近翻沉水中，乘客二百多人罹难。傅斯年致信川省最高军政长官张群，禀报详情，厘清原委，防范未然。作为外来移民，这类事"原不欲有所置词"，但又是参议员，傅大炮不能不发声——

岳军先生赐鉴：

长远轮失事，溺死二百人左右一事，前经电达，计蒙垂览。斯年等客居在此，原不欲有所置词，惟此事发生，衷心恸悼，而事后各种怪事，层出不已，五内如焚，盖人命事大，死者之不可复生也。重以我公受司隶之寄，体民胞物与之怀，夙承推爱，敢以所知略以奉闻，当承鉴谅耳。

此事发生，船政局之宜宾主任尹君，一口咬定系打滩所致，又发大水，似与公司及各管理机关全无涉者。航政局长周厚钧氏又在报上发表此类谈话。（二月十日《大公报》，并见成都各报。）按，打滩并未在滩槽（漕）施工，此事当待中央主管者查明，且事之查明不难，至于"江水陡涨"之说，斯年等在此目覩，全是慌（谎）语也。平日长远轮行驶宜宾、李庄、南溪间，几无一日不载重过量，而旧历年前之景象，挤得不成事体，斯年下山遇到，每觉其景况着实可怕，屡向地方人士言之。然宜、南管理之人，固一听其自然，不加以管理也。

即便打滩使水流略急，而管理之失职，似亦不能卸其责任。查当日沉没情形，原系遇漩涡不能稳定而倾覆，并非遇礁触石，其为载重过量重心上移之故明矣。兹觅得在李庄、在宜宾上船遇险生还者二人，其

---

[1] 王汎森、潘光哲、吴政上主编：《傅斯年遗札》卷3，第1100函。

人之来历可考，词说可信者，记录其所经历，附呈垂览。此事发生，关系者不一，在此时行驶之义务，此不待言；然二百人溺毙之责任，必须求明，无可疑也。且此事之重心所在，在管理者不加管理，此时情况即令公司不善，若无管理者协助，并不能维持秩序，故亦不可谓不诿过于打滩，即须由公司负其全责。凡此责任，自当由中央主管机关查明。若能对死者中赤贫而负家庭生计者有所抚恤，更足以平民气。斯年日内赴渝，当向行政院一请，惟有效与否，未可知耳。

至于此事之特别涉及省府管辖范围者，为南溪水上警察临事之各种怪现状，此未可公开言之，以其太失民族体面也。此事一切人证、物证，闻已由南溪县搜集，移送六区王专员办理。如承我公督其依法认真办理，实慰地方之望，亦所以儆将来，故敢以陈闻，敬乞鉴察，至荷至荷。专此，敬叩

政安

(民国)三十四/三/十

附：李临轩、王鹏亮遇难记录

李临轩，年卅一岁，李庄人，任中央研究院历史语言所书记。

是日由李庄搭长远轮赴南溪。前此两日，长远轮因载客太多，未在李庄靠码头，故是日虽靠码头，但等船客人不多，上去者约二十余人，上船前买票者十七张。一上船，即见船右倾，大约先已左倾，故船上管事者命李庄上客皆向右。以后船虽斜，未加调整，亦因乘客挤得不堪，无法移动。自李庄开出时，转湾已见有水打入，经过九索子、黑脸观音、关门崖，都有水打人。到筲箕背下滩，船上人员招呼："坐平"！船本甚重，滩中又向右转，正过危险地带，船后面进水，始过险滩，即出事，船行时，下面货舱中人满，中层也满，周围走廊上占着两排人，下层有货不多，顶棚上无人。船没后，江上浮着人与行李，救生之船，沿上找货，若有人恰遇到，亦抓上去。

王鹏亮，年四十六岁，李庄人，原为中央博物院门房数年，近因生活艰难，改作小本生意。于本年二月六日在宜宾搭长远轮往

南溪。当上船时,码头人甚拥挤,每人均欲上去,卖票者云:"公司限定卖往南溪之票二百张,卖往李庄之票一百五十张(坐木船者)"。结果上船后补票者约四、五十张,另有伤兵十余人,及师部副团长一人,护兵八人,未买票。到李庄,放下木船,又上来二、三十人。其时叙南师管区特务长(不知其姓名)即与船上经理闹,云载重过多,将有危险,何以尚许人上来。过李庄后,至僰溪口下粮厅子对面酒勺子滩,打入两浪,乘客颇为慌张,特务长即大声劝人镇静。又下行,距南溪三十里,至黑脸观音,又打入二浪,计两次打入之水,约数十挑,在底舱深寸许。旋至过兵滩,又打入数大浪,进水约百余挑,以后无事。至筲箕背,船已下漕口(即深峡之口),转一直角,尚未出漕,忽向南倾侧,水从栏杆边一涌而入,但船又向北倾侧,水涌入更多。此时人尚未乱动,唯见特务长撕开衣服,立刻船又扬正,听得求救之哨放出响音,立见黑烟一股向上冲,锅炉即灭。船又向南倾侧,横倒水上。是时船内情形,底舱之后舱装货,只琐碎小包及客人行李等,前舱有乘客百人以下,其余乘客均在舱面及栏杆边与船前后头。原有数人在顶棚上,至李庄时,被茶房唤下,顶棚上只有水糖三挑。船既倒,秩序大乱,只见经理领江同时跳水,南边栏杆人向下落,北边栏杆人向顶棚上乱爬,王自己在南边栏杆,即手抓栏杆上之救生软木,但被钉钉紧,不能取下,因将栏杆紧紧抓住,是时王已全在水中,手摸到船篷,睁眼一看,头已出水,自入水至出水,约五六分钟。此时因人多落水,船重量减轻,船又扬正。王至顶棚上,全身均出水,同在顶棚上者约十余人,有两女人,手抓栏杆,已奄奄垂毙。江面四处有人浮沉,船被水冲,仍向下流,但渐又下沉。王见烟囱角上有二木板合钉成之凳,即去抓住,是时水已至脚背,再四顾,见后面有一短木板,又抓住,只见其余之人多脱衣跳入水中,船又沉下,王亦沉入水中,但赖两板之力,即刻浮起。此时沙湾赶场回来之船在江中救人(打滩之船并未救人),王被冲至横板口,遇滩,又沉入水中。至沙湾,遇小船救上。计自船沉时至被救,约一小时余,时间

约为下午四时余,此小船共救起八人。(下略)[1]

游寿致董作宾(4月2日重庆寄至李庄)

　　史语所图书管理员游寿已为人妇,但在李庄始终被视为"小姐"。她之所以不愿声张家事,或有难言之隐。但如此一来,请假,超假,再请假……就会被认为不实之辞。比如这类信,后来就引得董作宾和傅斯年反感——

彦堂先生、海萍夫人大鉴:

　　山川小别忽已两旬。寿沙坪坝小住,聊道师友契阔,唯苦人多,食住均不甚适。而江水下落,西上为苦。孟真先生许续假一月,未知先生何日下渝。近来渝市物价骤增,教员学生日感困苦。唯当地绅商仍优余玩赏艺术。先生倘在渝作书展可得巨资,亦有意乎?闻济之先生尚在渝,但不住聚兴村,未得往谒。思成先生一晤未及详谈院会情况。想先生已闻凌先生甚得朱部长赏识,公务甚忙,寿数次晤面皆略谈而已。匆匆敬请撰安。

晚游寿拜启 四、二

注释:

　　时间判断,据傅斯年图书馆史语所档案:游寿自1945年3月中旬离开李庄,4月11日再向傅斯年续假:"前蒙准假一月,现已届满,唯尚有多待,且江水多阻,续假一月,旷日恐久,请即停薪,以塞众议。"

---

[1] 王汎森、潘光哲、吴政上主编:《傅斯年遗札》卷3,第1108函。

1945年8月27日游寿致傅斯年（董敏提供）

一九四六年
傅斯年致董作宾并转同人（2月19日）

傅斯年告示以安民。此时，他已代胡适长北大，也有请他入阁当教育部长的动议。傅斯年凛然作答，掷地有声："决不舍研究所而做官，亦决不于研究所不搬前自己去休息！"

彦堂先生并转本所同人惠鉴：

弟自三日来重庆，一直未回，心中极度不安。惟有一事声明者，即弟决不去做官，在任何情形下不为此也。亦不离研究所入北大，目下只是为人拉夫，而定明是短期也。适之先生下月可归，所以我对北大的责任四月也就结束了。

我的身体，有绝对医治休养之必要，承研究院给我此便利，甚感。然决无钱在美多留，几个月就回来。而且我在研究所搬家无着落时，也决不走。

研究院日下要统筹，故弟只能建议：一、买地；二、盖家庭宿舍；三、接洽船支。均已开始，而情形复杂，目下尚无具体结果可告，然均在进行中也。南京的房子，我们决租不起，故非建不可，最困难在此。东南物价高涨，上海已比重庆贵，此又是大困难。目下同人须准备夏间搬家，船太少，人太多，私人东西火带不多，只好留下一部分，后来再说。（推人看守，公物亦不能一时竟尽。）

赵元任先生今年九月返所，陈寅恪先生亦将自英返，在本院养病。周一良兄亦将来所。方桂先生有赴美意，否则返所。以后本所非无前途，然今后经济复员，社会安定，大非易事，同人是免不了准备吃苦的。

弟最后声明一语，决不舍研究所而做官，亦决不于研究所不搬前自己去休息，敬乞　鉴察。专叩

著安

弟斯年谨上　三十五年二月十九日[1]

---

[1] 王汎森、潘光哲、吴政上主编：《傅斯年遗札》卷3，第1150函。

冯友兰致李济（3月1日昆明西南联大寄至重庆）

抗战结束后，迁往后方的高校复员在即，百废待举。清华冯友兰致信邀请李济、赵元任、李方桂等名家回校任教，以开新局。

济之我兄左右：

二月十七日来示今日始接到，欣悉一切。兹谨将清华聘书寄上，乞将应聘书掷下为感。兄所任功课总以考古及人类学为限。清华例每教授任三门功课，每周六至九小时，视每门功课之授课时数而定。考古人类学方面需要何种设备书籍，望先示知，俾便及早筹备。清华习惯系主任职责最重。语言人类学系系主任一职，将俟方桂、元任及兄诸公到后再为商定也。此请

近安

弟冯友兰 谨启 三月一日[1]

唐筼致傅斯年（3月16日成都寄至某地）

孟真先生大鉴：

前上一函，想已达左右。近日屡接寅恪来书，对于病眼治疗之结果颇为失望。本拟再往美洲一行，今以种种不便，旅费亦不敷用，遂决定等船及觅伴归国。船亦不多，伴更难得，不知何日始能离英。

兹有一事奉恳者，寅恪有书籍四箱，拟托历史语言研究所复员时同运至南京。事前筼可托五十厂便车先带至重庆，但不知可交与何人？乞先生酌，指定某处某人可接洽，并代为保管者。乞 示知为盼。此事亦曾写信舆彦堂先生。琐事烦扰，不安之至。专此，敬请

道安

陈唐筼拜启 一九四六年三月十六日

寅恪来书云：对燕大事已辞谢，大约欲回清华或回史语所专事著作。筼又及。

---

[1] 此信由李光谟先生提供。

傅斯年致董作宾（4月7日某地寄至李庄）

  依此信看，傅斯年对形势的研判异常清醒，知道这艘船可能的结局："经济总崩溃""政治总解体"，但既在船上，只能随之沉浮。他后悔当时没把史语所迁到成都，否则就留下来——学术史会是另一种样貌。历史不能假设，他即使到了美国，还是"归骨于田横之岛"——这就不能不令人唏嘘。

彦堂兄：复员事，问题正多。

  一、南京住家问题，本院正在大批盖职员住宅，每人有处住，是不成问题的，但恐须八月方可完也。每家大约二间一厨房，在北极阁山之后，弟旧寓之一带也。弟在此，于此事不无助力，仲济兄能办事，一切顺利进行，实在亏了他，极可感也。（中央机关如此者绝少，中央大学羡慕之至，然非可就此添人也，勿为院外人道之。）

  二、京沪物价，三倍于李庄，如何是了，虽有调整，决不济事。弟初料今年六月可涨至李庄三倍，不意提前四个月。后来乃竟涨至六倍、七倍亦未可知，其故因交通不复、经济破产之故。同人前去，无异自投火炕。当年逃难，是向便宜处跑，犹不得了，今年向贵处跑，如何是了！此间各机关入，多不愿迁。李庄同人，对此事感觉如何？如自愿留一年，（一留便是明年，因冬水涸也。）政府决可同意，济之力持此说，弟亦渐有同感，只是弟有赴美之行，不敢发此论，以免同人误会耳。弟对整个大局看法，异常悲观，以为经济总崩溃（勿向外人道之）、政治总解体，十九不免，留落在京沪，无法子，留落在李庄，亦无法子。设若本所在成都，弟即主张不搬也。弟当年颇悔不于大闹血压时死了，胜利后曾大高兴，今又有"不如无生"之感矣。出洋治病，亦矛盾之行为也。看来李庄同人兴致颇佳（结婚者纷纷），须投一付清凉散，准备着受以前未受十倍、百倍之苦也。

  总之，中央大学暗中考虑缓搬，中央公务员，东南无家者，大多不想搬。留下亦无好法子，真进退维谷也。复员补助费，不足为买锅、碗、床几之用，同人如决定搬，而有余赀，可寄璋如代买必需品，以后更不了也。

三、交通工具，江上交通工具，决不够，本院列在前，然恐亦非九月不可。事实上船不足三分之一，如此闹还都，真是笑话。照政府规定是这样子的，每人有一百公斤，（眷属在外）其中廿五自带，余统运，人用轮船，行李（自带者外）用木船，[1]公物除极重要档案外，用木船，木船十个至少翻一个。轮船须在重庆上，宜昌、汉口两换。照此办法，简直要比逃难还糟。

四、于是不得不想特别办法了。弟想以图书、标本、古物为理由接洽包船（包船之价甚贵），公司与航政司皆许可（口头许可），但船舶支配所未接洽，（其人宋子文之所用，不卖入主账，文化事业不懂。）此不可早接洽，早则更吃亏，不若临时应变。也许交通部换人后更好办些，（俞大维兄继任，已定，但中国事可随时改变。）但此等船恐只是百吨内的，（如民文、民武之类）本研究所人是能搬走的，东西是搬不完的，如行两次，全院三所的人是可搬走的，东西是搬不完的，[2]但一次已难，两次更不易，三次全无望也。然则其结果（最好的）必是留下些东西，（公物及私人不自带之物）因木船恐无人肯也。所以在山下租张家祠，继续一年，公私以比例分摊，或为不可免之事也。试一打听，如何？此一特殊办法，弟必竭力进行，为做到几许，未知全定。

弟于搬家时返李庄一事，在弟当然有此义务，惟有一问题须先决者，即我们在京、渝、李，必须皆有主持主人也。弟目下计划如下：

一、在京，与政府、船舶管理所接洽，弟去办，此事未可托总办事处，因他们人手太少，（总处实无人可托）且弟办此等事比较擅长也，一笑。

二、在渝，又荪兄，（此事亦不简单）再由本所加派一人，专与公司接洽。

三、在李，上船各事。（在宜宾恐亦须有一人）如李庄同人能另推一位在京，弟自当于船定后来李。（内人已走）弟拟住处想在方桂办公室（凉爽些）或西文书库（彼时当已装箱），[3]并乞留志维在李庄，照

---

[1] 行首自注："国民政府、经济部，均用轮拽木船。"
[2] 行首自注："一切仍皆是假定。"
[3] 行首自注："研究所的纱布为此留下点，或弟寓中者。"

料弟事。若接洽船顺利，可不致变更，（什一希望也没有）弟亦自愿来李一行，弟于李庄之人与地，皆甚恋恋也。专此，敬叩

道安

弟斯年上四月七日

此信乞示宝三、君谊二兄。

此信乞兄转告同人，并留在那先生处大家取观，万勿贴出。[1]

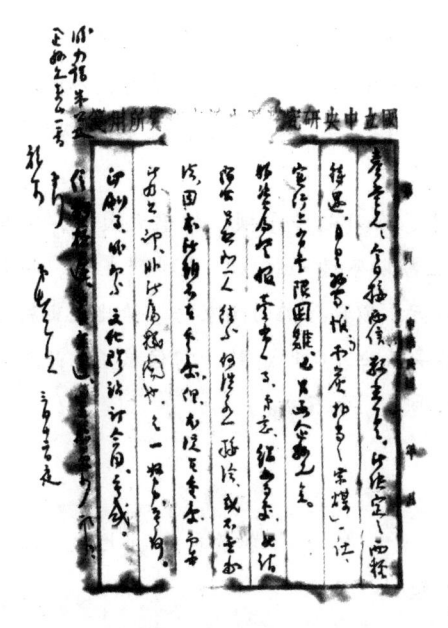

1940年代，傅斯年致董作宾信札（董敏供图）

黄彰健致董作宾（9月22日）

　　黄彰健时为史语所历史组助理研究员，此信向史语所代理所长董作宾汇报复员还都经过及其见闻，如梁思永处境的艰难等。

---

[1] 王汎森、潘光哲、吴政上主编：《傅斯年遗札》卷2，第1156函。

彦公代座钧鉴：

敬陈者，健此次侍母赴京诸事均渎清神，至深铭感。承（王）志维君助，女眷得先日上船，于二十日下午四时，安抵生生花园宿舍。此间屋共七间，四家分住三间，尚宽敞，饮用之水亦颇方便。包饭每日三顿，八百元，中晚四菜一汤，早晨稀饭，与李庄伙食团相比，似不恶劣。每日皆由其送至，亦可免外出也。

抵宿舍时，曾晤李文治君，据李君云：飞机每人可带十五公斤，手中可提三公斤；前所云十公斤者，由彼一时看掉"五"字。好在健等所携本已逾十公斤，尚无大关系也。嘱带诸函已交李孝定兄。翌日健至院时，亦看见余又荪先生，据云（余君云）先行还都旅费，各所均实报实销，不得超过出差新标准之三分之二，抵渝之后，伙食费，职员可报五天，眷属可报三天，如此而已。

梁（思永）先生飞机事，今日赴沙坪坝，据梁太太云，仍拟直飞北平，其登记本在前，惟至期以不适而耽误，又排列在后。联大百多人滞渝，无专机，如久候不行，拟再搭机由南京转。健此次飞机大约在二十六日，头日过磅，仅随身三公斤临时过磅，需住旅馆，此与昔年乘机异耳。包船事，孝定业已函禀，今不办。

匆此敬颂

铎安

职黄彰健敬上 九、二十二日

健等旅费，由总办事处垫付。又及。

严中平致董作宾（10月2日重庆寄至李庄）

1946年10月2日，中研院社会所专任副研究员严中平致信董作宾，向他通报社会所坐船离开李庄，顺利到达重庆的一路所见。

彦老大鉴：

廿七日大示，今日不知何人带到总处。夏天到时，原想写信来，乃烦乱不堪，终未执笔，甚憾甚憾。

廿七早上船，货物装来很快，不到两小时便装完开行。社所五十六七个体积吨，不满，大约还可装十来吨。船行甚平稳，当晚停江津，次早九点多便到渝。一路除泸县有水警，来抄去吨位数字外，未见军警来烦麻，到渝亦不见。江津晚上无戒备，亦平安。贵所拟用驻军保护，似乎可以不须，在李上船开行前，须会同船上人清查一番，尤注意底舱，看有无杂人偷上船来，（须有三四人把守，严禁杂人上船。至渝后一切便无问题了。）这一路走来，并不如想象之麻烦危险，大可放心。

来示谓有致王之屏，傅公信，令平带来，祇有王的早已投邮，没有傅公的。孝定兄函亦转交。

五、八两晚有专机，贵所人迟迟不来，此地非常着急。

专此即颂大安。

中平 十、二[1]

注释：

严中平，1909年7月1日出生于江苏涟水，1936年毕业于清华大学经济系，同年入职社会所，从助理员一直到副研究员。

2021年3月29日李庄码头，当年那些学人即由此上船离去（陈捷摄影）

[1] 董敏先生提供。

杨希枚致董作宾（10月4日）

　　杨希枚本是中研院体质人类学研究所筹备处助理研究员，因人类学所遭裁撤，重新回到史语所人类学组。机构变异，财物转接，尤其是研究资料的交付，总有纠纷。神仙打仗，凡人遭殃。即使在这批高素质的知识人中似也未能免俗。

彦堂吾公赐鉴：

　　上月初奉上一函，曾将晚负责押运人类所公物不克留渝助理孝定兄一节向公禀明，惟以公物东下迫切，未及奉到吾公复示，即冒然离渝，待廿八日抵京后进谒（傅）孟真所长。果以此事获咎，晚当将原委同样陈明，告以实非攸于个人私事故意违背吾公命令。况本所工作纷忙，为晚深知，尤以吾公此次越格关注，卒然返所，晚虽至愚，亦不致如是也。孟真所长其后虽已原谅晚之错误，但私心仍觉愧对吾公及所长。故除敬向吾公致歉外，尚吾公便中代向孟真所长婉为关说为感。

　　又闻所中眷属房屋已行分配，因晚该时尚未返所，自无屋分配。但徐德言先生来此后已辞去，之屏兄允晚先移住该屋，并恳吾公依照规定核予住屋，以免日后无着。如实已无余额，即恳准予递补徐大夫房屋为祷。专此敬叩
　　大安

晚杨希枚 十月四日

又如渝云仍需人，晚可前往分劳。

陶孟和致董作宾（7月18日某地寄至李庄）

　　陶孟和复信，谈到中研院院务会讨论裁撤体质人类学研究所及对筹备处主任吴定良的处理意见；答复董作宾所询办理出国手续等情况。

彦堂我兄：

　　大札谨悉，谢谢。五月中到沪后即应上书问候起居，但心神不定，未能执笔，乃承大札，先领罪甚甚。所说"年轻了二十年"全属子虚，果真如此岂不成了老妖精？体重确曾增加，但近来又似乎减轻了些。老兄将赴美讲学的消息在美即已闻之，可喜可贺。美国面包实值得一吃，我的体重增加即其明证。但外国菜吃久便伤胃口，还是想故国烹调，而老兄用的是人家的外汇，与在民穷财尽时用国帑不同，更可称贺。吴均一事已解决，两次讨论，几乎众口一词的请他走路，保全中研院的名誉，此事详细当由老萧作报告也。

　　出洋手续如下：

　　（一）身体检查及各疾注射。注射为伤寒，虎列剌及种痘三种，（虎列拉不要太早）如先期注射由医师证明，可省在渝京时间，身体检查须在美领馆认可机关（以前渝市民医院内即可办）。

　　（二）领护照。此事可与身体检查及注射平行进行。如外部、教部有熟人，由自己跑一两星期可办好，否则二个月半年不一定。

　　（三）到美领馆签字，余到极可签。

　　（四）定船无美领馆签字无法定船，而定船位极不容易，因旅客拥挤之故，少者一个月，多者须三四个月，视旅客及船只多少而定。故为免除误期，老兄至迟九月间即须来此。但若运气好，而□□又善于奔走，则十一月初到此，似乎也可以。中国旅行社或总统线公司也。□可以早日定舱位，但他们必须看到护照及签字才可以发船票。

　　□子后天赴平，他现在是"社会贤达""第三者"，可佩可美。李庄生活如此便宜，羡慕之至。如军事不停，十月以后期望有船只可登，请告大家勿急，急也无用，政府不放船只谁也无办法。社所各事，多蒙协助，感激莫铭，容当面谢。余不一一。

　　即颂双安

　　合府均吉

弟孟和顿首 七、十八

1946年4月11日史语所医生徐德言画最后的板栗坳（董敏供图）

一九四八年

李济梁思永往复通信（7月2日，8月5日）

这是李济与梁思永的最后通信。此后，台海隔绝，彼此再无联络。信中显露出两位学人相互尊重的情谊，以及在未来工作中的良好愿望。

7月2日南京寄至北平

思永吾兄：

考古学报第三册近已出版，拙著《记小屯出土之青铜器：上篇》抽印本，今晨寄到，特航寄一本，送呈吾兄评正。此文于付印之前，未能就正于兄，为弟一大憾事。排印期间，校雠数次，仍有脱误。原文尚有数处未作到十分满意，诸祈指正，曷胜盼祷。中篇《锋刃器》已将脱稿。"小刀子"一节拟借用侯家庄材料作比较参考之用。至希惠允为感。又上篇亦有数处用到侯庄材料，以为旁证，并希吾兄加认。

近日第四期已可集稿；本组同人，均努力异常，一年以来，不少佳作，此亦穷苦生活中之另一境界也。

尊体近日何似？嫂夫人想必康健。柏有读书想必大有进步。自令姊令娴夫人北归后，即未得兄消息，但心中无日不念也。余不尽，专此并颂

暑安

弟制济 谨启
卅七年、七、二日

注释：

考古组有一项不成文的规矩：凡田野发掘的出土物或其他发现，主持发掘人有第一研究权，其他人若要在论文或报告中使用，须征得同意。

8月5日北平寄至南京

济之我兄：

考古第三册抽印本和里面附带的信收到了，多谢。大著已拜读过，佩服佩服。偶有鄙见与尊说不尽合之处，也只是彼此看法上稍有差别，且多涉及枝节问题，无关重要。他日会见时再当面请教。侯家庄材料请兄随便使用；三组工作兄所领导，何须如此客气。

弟五月底入协和医院，住院十二日。检查身体，结果是右肺健全，左肺压塌状态良好，胃肠透视都没有发现毛病。除了气管里的结核病灶可能尚未痊愈外，可以说没有病了。不过身体经过这几年跟病菌斗争之后，真有如战后的英伦，虽然战胜敌人，但元气消蚀殆尽，就要恢复到小康的局面，也万分困难。为了肃清气管里病菌，现正试用链霉素。已注射了六十三克，似颇有效。预备再注三十七克就停止。

弟近间起坐之时已加多，且能出到院中行走。只可恨注链霉素后发生头晕现象，走起路来摇摇摆摆，不很稳当。

看情形秋后大概可以开始做点伏案工作。欲想趁机整理两城报告。不过在这动荡不定的大局中，把珍贵的稿子拿到北方来，又觉不甚妥当。盼兄分神考虑考虑这问题。

内子小女托庇粗安。即此顺祝

暑安嫂夫人、光谟统此问候。三组同人,见面时祈一一代候。

弟思永 拜上
卅七、八、五[1]

注释:

两城报告：1936年梁思永和刘燿主持的山东日照两城镇两处发掘的报告。

2004年9月14日，岱峻随李济之子李光谟（后排右）拜访梁思永遗孀李福曼（前中）女儿梁柏有（前左）

曾昭燏致杭立武（12月6日）

中博院总干事曾昭燏就文物迁台事，致信中央博物院筹备处主任杭立武，表示反对意见。

---

[1] 两信由李光谟先生提供。

立武主任先生钧鉴：

　　前日，本院理事会决议将本院所藏文物选择精品装壹佰贰拾箱运至台湾。此决议纯为诸物之安全着想，凡爱护民族文化之遗存者必然无异辞。唯是夜即闻招商局江亚轮在吴淞口外爆炸沉没消息。爆炸原因传说不一，最大可能为触浮雷或船中预置爆炸物，交通当局深以航行安全为虑。又昨日有从台湾来者，谓台湾屡次要求托管运动，皆一部分美侨所策动支持。今日美国态度昭然若揭，万一南京有失，美国既不愿意放弃其军事根据地之台湾，又不愿卷入中国战争漩涡之中，最巧妙方法为支持台湾人要求托管或宣布独立，此运动若成则所有迁台文物恐无运出之日。

　　此次遵照理事会决议，所选诸物均独一无二之国宝，若存京文物安然无恙；而运出之物在途中或到台之后，万一有何损失，则主持此事者永为民族罪人。职对此事虽无责任，然为本院保管文物已七八年，对于诸物有浓厚之感情，知有各种危险，岂可缄然。望钧座陈之本院理事长，转商各理事，慎重考虑，权衡轻重，更求较安全之策，则幸甚矣！

　　谨此上陈伏乞垂察立
　　赐复乃祷祗请
　　钧安

职曾昭燏谨上　卅七年十二月六日[1]

一九四九年

陈致平致董作宾（6月8日）

　　陈致平（1908—2002），湖南省衡阳人，毕业于北平辅仁大学1929级史学系，曾执教北平两吉女中、辅仁、汇文、崇德各中学。与妻袁行恕育有四个孩子：即长女陈喆（作家琼瑶）、长子陈珏、次子陈兆胜、次女陈锦春。抗战期间流寓西南，曾任教成都光华大学、李庄同济大学。或许是在李庄，陈致平与董作宾曾有交集。于是，兵荒马乱，走投无路之际，陈致平寄信故人，希望能帮助在台湾谋求一份公职。

---

[1]　龚良主编：《曾昭燏文集》（日记书信卷），文物出版社，2013，532页。

彦堂先生道席：

别来半年而无事，一败至此痛心之极！纷乱之中久疏问候，然彼此情况当可意会也。同济大学早已无形解散，平以家眷于年前先遣返乡，故此次于上海最紧张之时乘轮南下转穗返衡，乃衡阳满城皆兵，遍及是匪。又据南来之难民陈说解放区之情况则对我辈之威胁性仍大，种种困难，懔然不能留此。昨接友人寄来台湾之入境证，兹决定日内即携眷起程来台，虽明知台省已成壅塞之地，殊非好去处，然事逼致此亦无可如何。将来到台后第一严重当为工作问题，则唯寄望于先生之大力接引，此情前曾面陈，早在洞鉴中。目下流亡台省之人虽多，多属军政人员，教员或尚有插足之地，按政令则流亡教授亦应有优予安插之权利也。良觌匪遥。先此布陈者，冀我公于孟真先生前，有以容焉，赴公家之难，匪仅私情，更以知爱之深，故敢以此琐琐相渎。诸祈垂察不尽，临颖延致，敬请崇安。

后学陈致平 肃上 六月八日

1969年陈致平（右一）、南怀瑾（右二）等在台北松山机场候机赴日（刘雨虹供图）

附　录

抗战时期迁入李庄的主要单位
（1940年冬至1946年秋）

国立同济大学（九号信箱）
医学院　工学院　理学院　法学院（1946年在李庄成立）
国立中央研究院　历史语言研究所（附北大文科研究所）（五号信箱）
国立中央研究院　社会科学研究所（一号信箱）
国立中央研究院　体质人类学研究所筹备处（1944年6月成立，1946年6月撤销）
国立中央博物院筹备处（三号邮箱）
中国营造学社（四号信箱）
中国地理研究所大地测量组（1941年由重庆北碚迁入）

本书主要人物简表（1948年统计数据）[1]

姓名	字号	年龄	籍贯	职务	主要业绩
傅斯年	孟真	52岁	山东聊城	中研院史语所专任研究员兼所长	治中、上古史，利用新材料新眼光，考订古代制度、地理及文籍体制；主持中央研究院历史语言研究所
李济	济之	52岁	湖北钟祥	专任研究员，中研院史语所考古组主任兼中博院筹备处主任	我国田野考古的领导者；精于中国史前文化及殷代陶器铜器研究
李方桂		46岁	山西昔阳	专任研究员，中研院史语所语言组代理主任	致力于边疆各种语言研究调查，考订上古语音
梁思永		44岁	广东新会	专任研究员	主持大规模的殷墟发掘研究工作，发现南北史前文化次序的实证
董作宾	彦堂	53岁	河南南阳	专任研究员	用发掘经验测分殷墟卜辞时代，考订殷代历法及祀典
凌纯声	民复	47岁	江苏武进	专任研究员兼史语所人类学（民族学）组主任	
陈槃	槃庵	43岁	广东五华	专任研究员	
劳榦	贞一	41岁	湖南长沙	专任研究员	
郭宝钧	子衡	55岁	河南南阳	专任研究员	
石璋如		46岁	河南偃师	编纂	
全汉昇		36岁	广东顺德	专任副研究员	
董同龢		37岁	江苏武进	专任副研究员	
夏鼐	作铭	39岁	浙江永嘉	专任副研究员	
傅乐焕		35岁	山东聊城	专任副研究员	

---

[1] 参考资料：李扬编著《国立中央研究院史》，中科院图书情报工作杂志社，1998。

续表

姓 名	字号	年龄	籍贯	职务	主要业绩
李光涛		47岁	安徽怀宁	专任副研究员	
逯钦立	卓亭	35岁	山东钜野	助理研究员	
王叔岷		34岁	四川简阳	助理研究员	
马学良	蜀原	36岁	山东荣城	助理研究员	
那廉君	简叔	39岁	河北宛平	管理员	
萧纶徽		44岁	广东中山	管理员	
王志维		34岁	河北宛平	事务员	
魏善臣		54岁	北平市	事务员	
曾昭燏		39岁	湖南湘乡	中央博物院筹备处总干事 博物馆学家、考古学家	
李霖灿		35岁	河南辉县	中央博物院专门委员 东巴文化研究者、美术史家	
陶孟和	履恭（原名）	60岁	天津市	中研院专任研究员兼社会所所长	研究中国都市及乡村社会；主持社会调查研究机关
巫宝三	味苏	43岁	江苏句容	专任研究员	
梁方仲		39岁	广东番禺	专任研究员	
罗尔纲		45岁	广西贵县	专任研究员	
李文治		37岁	河北容城	助理研究员	
宗井淘		39岁	察哈尔怀安	管理员	
俞德复	溪久	51岁	北平市	事务员	
吴定良	均一	54岁	江苏金坛	中研院体质人类学研究所筹备处主任，史语所人类学组主任，专任研究员，各族骨骼、黔省苗族体质的研讨	
梁思成		48岁	广东新会		主持中国营造学社多年；研究中国古代建筑物，实地搜求，发现甚多
林徽因		44岁	福建闽县	建筑师、诗人、作家	

走出李庄的两岸学者当选院士不完全名单

南京　中央研究院
第一届（1948）
生命科学组
吴定良 男 字均一 江苏金坛 1894年2月5日—1969年3月24日 （75岁/上海）
童第周 男 字蔚孙 浙江鄞县 1902年5月28日—1979年3月30日 （76岁/北京）
人文及社会科学组
傅斯年 男 字孟真 山东聊城 1896年3月26日—1950年12月20日 （54岁/台北）
梁思永 男 广东新会 1904年11月13日—1954年4月2日 （50岁/北京）
梁思成 男 广东新会 1901年4月20日—1972年1月9日 （71岁/北京）
陶孟和 男 原名履恭 浙江绍兴 1887年11月5日—1960年4月17日 （72岁/上海）
董作宾 男 字彦堂 河南南阳 1895年3月20日—1963年11月23日 （68岁/台北）
李济 男 字济之 湖北钟祥 1896年7月12日—1979年8月1日 （83岁/台北）
李方桂 男 山西昔阳 1902年8月20日—1987年8月21日 （85岁/美国加利福尼亚州圣马刁郡）

台北　"中央研究院"
第二届（1957）
劳榦 男 字贞一 湖南善化 1907年1月13日—2003年8月30日 （96岁/美国）

第三届（1959）

凌纯声 男 字民复 江苏武进（今常州） 1901年3月8日—1978年7月21日（77岁/台北）

第四届（1962）

陈槃 男 字槃庵 广东五华 1905年2月2日—1999年2月7日（94岁/台北）

第五届（1964）

周法高 男 字子范 江苏东台 1915年9月29日—1994年6月25日（78岁/台中）

第六届（1966）

高去寻 男 字晓梅 直隶安新（今河北安新） 1910年7月1日—1991年10月29日（81岁/台北）

第八届（1970）

严耕望 男 号归田 安徽桐城（今安庆） 1916年1月28日—1996年10月9日（80岁/台北）

第九届（1972）

屈万里 男 字翼鹏 山东鱼台 1907年10月21日—1979年2月16日（71岁/台北）

张琨 男 字次瑶 河南开封 1917年11月17日

第十二届（1978）

石璋如 男 河南偃师 1905年10月4日—2004年3月18日（99岁/台北）

第十四届（1982）

芮逸夫 男 江苏溧阳 1898年5月18日—1991年7月7日（93岁/台北）

黄彰健 男 湖南浏阳 1919年2月2日—2009年12月29日（90岁/台北）

第十五届（1984）

全汉昇 男 广东顺德 1912年11月19日—2001年11月29日（89岁/台北）

中国科学院学部委员（1955）

丁声树 男 号梧梓 河南邓州 1909年3月3日—1989年3月1日 （80岁/北京）

向达 男 字觉明 湖南溆浦 1900年2月19日—1966年11月24日 （66岁/北京）

夏鼐 男 字作铭 浙江温州 1910年2月7日—1985年6月19日 （75岁/北京）

刘敦桢 男 字士能 湖南新宁 1897年9月19日—1968年5月10日 （71岁/北京）

夏坚白 男 江苏常熟 1903年11月20日—1977年10月27日 （74岁/北京）

参考书目

1. 李扬.国立中央研究院史[M].北京：图书情报工作杂志社，1998.
2. 杜正胜、王汎森.新学术之路："中央研究院"历史语言研究所七十周.纪念文集[M].台北："中央研究院"历史语言研究所，1998.
3. 追求卓越："中央研究院"八十年[M].台北："中研院"出版社，2008.
4. 王汎森，潘光哲，吴政上主编.傅斯.遗札（三卷本）[M].北京：社会科学文献出版社，2015.
5. 陈存恭，陈仲玉，任育德.石璋如先生访问纪录[M].台北："中央研究院"近代史研究所，2002.
6. 罗常培.苍洱之间[M].沈阳：辽宁教育出版社，1996.
7. 李约瑟，李大斐.李约瑟游记[M].贵阳：贵州人民出版社，1999.
8. 岳玉玺，李泉，马亮宽.傅斯.——大气磅礴的一代学人[M].天津：天津人民出版社，1994.
9. 冒荣.科学的播火者——中国科学社评述[M].南京：南京大学出版社，2002.
10. 陆发春.胡适家书.[M] 合肥：安徽人民出版社，1996.
11. 夏鼐.敦煌考古漫记[M].天津：百花文艺出版社，2002.
12. 罗琨.甲骨文解谜[M].武汉：长江文艺出版社，2002.
13. 何兹全，郭良玉.三论一谈[M].北京：新世界出版社，2001.
14. 高增德，丁东.世纪学人自述[M].北京：北京十月文艺出版社，2000.
15. 林洙.困惑的大匠梁思成[M].济南：山东画报出版社，1997.
16. 费慰梅.梁思成与林徽因——一对探索中国建筑史的伴侣[M].北京：中国文联出版公司，1997.
17. 丁言昭.骄傲的女神林徽因[M].上海：上海书店出版社，2002.
18. 葛剑雄.谭其骧日记[M].上海：文汇出版社，1998.

19. 杨杨，陈引驰，傅杰. 学人自述[M]. 杭州：杭州大学出版社，1998.

20. 马学良. 马学良学述[M]. 杭州：浙江人民出版社，2000.

21. 耿云志. 胡适研究丛刊[M]. 北京：中国青.出版社，1998.

22. 刘培育. 金岳霖回忆与回忆金岳霖[M]. 成都：四川教育出版社，1995.

23. 张光直. 考古人类学随笔[M]. 北京：生活·读书·新知三联书社，1999.

24. 罗尔纲. 困学觅知[M]. 杭州：浙江人民出版社，2000.

25. 李霖灿. 神游玉龙雪山[M]. 昆明：云南人民出版社，1994.

26. 李光谟. 李济学术文化随笔[M]. 北京：中国青.出版社，2000.

27. 青木正儿，内藤湖南. 两个日本汉学家的中国纪行[M]. 北京：光明日报出版社，1999.

28. 童第周. 童第周：追求生命真相[M]. 北京：解放军出版社，2002.

29. 邓九平. 谈友情[M]. 北京：大众文艺出版社，2000.

30. 许国良. 20世纪中国纪实文学文库第一辑（1900—1949）苦难与风流[M]. 上海：文汇出版社，1996.

31. 李竹溪，刘方健. 历代四川物价史料[M]. 成都：西南财经大学出版社，1989.

32. 周一良. 郊叟曝言[M]. 北京：新世界出版社，2001.

33. 桑兵. 晚清民国的国学研究[M]. 上海：上海古籍出版社，2001.

34. 龚良主编.曾昭燏文集（日记书信卷）[M].北京：文物出版社，2013.

35. 卢刚，王钢.德源中华济世天下——同济医学院故事集[M].武汉：华中科技大学出版社，2017.

36. 方俊.从练习生到院士——方俊自述[M].长沙：湖南教育出版社，2012.

37. 四川省档案局编.抗战时期的四川——档案史料汇编[M].重庆出版社，2014.

38. 江鸿波，祁明编.烽火同济在李庄的日子里[M].上海：同济大学出版社，2007.

39. 石璋如.殷墟发掘员工传[M].台北："中研院"历史语言研究所，2017.

40. 王汎森，潘光哲，吴政上主编.傅斯.遗札（三卷本）[M].社会科学文献出版社，2015.

41. 夏鼐.夏鼐日记[M].上海：华东师范大学出版社，2011.

42. "中央研究院"院史编纂委员会.追求卓越——"中央研究院"八十.（三卷本）[M]. 2008.

43. 谭旦冏."中央博物院"廿五年之经过·王世杰序[M]. 台北：中华丛书出版编审委员会，1960.

44. 董作宾.董作宾先生全集甲编乙编[M].台北：艺文印书馆，1978.

图书在版编目（CIP）数据

一本战时风雅笺 / 岱峻编著. -- 成都：四川人民出版社, 2023.6
（发现李庄）
ISBN 978-7-220-12903-2

Ⅰ.①一… Ⅱ.①岱… Ⅲ.①诗词—作品集—中国—现代②书信集—中国—现代 Ⅳ.①I226②I266.5

中国版本图书馆CIP数据核字(2022)第213101号

发现李庄（第三卷）
YIBEN ZHANSHI FENGYAJIAN
一本战时风雅笺
岱　峻　编著

出版人	黄立新
责任编辑	张　丹
宣传推广	王其进
封面设计	张　科
内文设计	经典记忆　戴雨虹
责任印制	祝　健
出版发行	四川人民出版社（成都三色路238号）
网　址	http://www.scpph.com
E-mail	scrmcbs@sina.com
新浪微博	@四川人民出版社
微信公众号	四川人民出版社
发行部业务电话	（028）86361653　86361656
防盗版举报电话	（028）86361653
制　版	四川省经典记忆文化传播有限公司
印　刷	成都东江印务有限公司
成品尺寸	160mm×240mm
印　张	20.5
字　数	315千
版　次	2023年6月第1版
印　次	2023年6月第1次印刷
书　号	ISBN 978-7-220-12903-2
定　价	88.00元

■ 版权所有·侵权必究

本书若出现印装质量问题，请与我社发行部联系调换
电话：（028）86361656